守护生命的路

健康苏区行

本书策划：邹志江

本书编委会：邹志江　万德芝

王少臣　黄迅前

龚小平　戴岳华

采访及创作：蒋泽先

守护生命的路

健康苏区行

蒋泽先 著

江西科学技术出版社

图书在版编目(CIP)数据

守护生命的路：健康苏区行 / 蒋泽先著. —南昌：江西科学技术出版社, 2017.2
ISBN 978-7-5390-5843-6

Ⅰ. ①守… Ⅱ. ①蒋… Ⅲ. 报告文学—中国—当代 Ⅳ. ①I25

中国版本图书馆CIP数据核字（2017）第003057号

国际互联网(Internet)地址：
http://www.jxkjcbs.com
选题序号：ZK2016177
图书代码：D16062-101

守护生命的路：健康苏区行 蒋泽先 著

出版发行	江西科学技术出版社
社址	南昌市蓼洲街2号附1号 邮编：330009 电话：(0791)86623491 86639342(传真)
印刷	江西千叶彩印有限公司
经销	各地新华书店
开本	787mm × 1092mm 1/16
字数	250千
印张	21.75
版次	2017年2月第1版 2017年2月第1次印刷
书号	ISBN 978-7-5390-5843-6
定价	39.80元

赣版权登字-03-2017-4

卷首寄语

以我这一颗虔诚真挚的心
写出的这一行行微弱的文字
记录的这一件件感人的故事
及赣南苏区的几年的变化

谨献给行走在健康中国建设
路上的同行们。
愿我们每个人都是健康中国建设的
传播者与践行者。
我们携手，永远在路上
——为了健康中国！

作者于长征源——将军县——红都——宁都

目 录

引　子

风景这边独好

——呵护生命之路的那段起始

水是生命之源。

有一条孕育生命的江，起于江西，止于江西。这条江是长江下游第一大支流，其主河源叫贡水，源自石城县境内武夷山的南段石寮東，出石城，经瑞金，过会昌，到于都，在赣县处顺着一座有2000年历史的赣州古城墙脚下缓缓依城而流。在城头八境台摆脱了孤独，与西来的、源于崇义县聂都山中的，叫章水的支流相会相融，合而为一，浩荡北去。章、贡两字放在一起是“赣”字，这条江就名为“赣江”了。

沿江溯源，由北向南，会发现两岸的土地越

来越红，红如血色。即便青松翠竹长满的山峰，蕨类茅草铺满的山谷，只要往深里看，在根系之间，在叶干缝隙里，就有血色样泥土映入眼帘。

《现代汉语词典》中对“红土”一词的解释是：“分布在气候湿热的热带和亚热带地的红土壤。主要成分是铁的氧化物，铝的氧化物和石英。有黏性和强酸性。我国长江以南有这种土壤，也叫红土。”

奔腾不息的赣江流淌在红土地的怀抱里，与红土地一起滋润了一代代百姓黎民，孕育了两岸一座座城镇乡村。

江西人对赣江两岸的红土赋予了新的含意。这“红土”不仅仅自然之红，更多是“血色之赤，血脉之红”。

毛泽东率部离开井冈山后，转战闽西赣东南终在赣南创建了中央苏区根据地，“纵约四百里，自赣县至永丰，横约三百里，由万安至瑞金。”拥有31个县，“终于形成了一片总的有联系的苏区，成为中国苏维埃临时政府的胎盘。”每一个苏区人都明白，这儿的每一块红土地都渗进了共产党人的鲜血。在苏区群众心中，苏区叫红区，红土地的“红”更多的是共产党人血肉之躯的着色。

1931年11月7日，在瑞金召开了中华工农兵苏维埃第一次全国代表大会，成立了中华苏维埃共和国临时中央政府。中央苏区是中国共产党领导下第一个全国性红色政区，是新中国的雏形，是中华人民共和国成立的预演。在开幕式上，毛泽东题词：“苏维埃为工农劳苦群众自己管理自己生活的机关，是革

①摘自1931年9月3日《江西的中央苏区》。

命战争的组织者与领导者。”

苏维埃政府成立的第一天，中央内务部设立卫生管理局，中央革命军事委员会设立了总卫生部，这两个中央机构专门管理苏区的医疗卫生工作，同时对受伤牺牲的红军专门设立了中国工农红军抚恤委员会总会。总会下设立了红色战士残废院和红色士兵疗养院，派有专职负责管理伤残战士的工作人员。

苏区政府制定了群众医疗卫生工作政策：防病胜于治病，增设“中央防疫委员会”，专职负责卫生防疫工作。把普及防疫卫生知识，教育民众改变不良的传统习惯工作放在首位，如“不在天井圈粪”，“消灭用塘水作饮水”。发放《卫生常识》小册子。目的很清楚：就是保障苏区广大民众和红军战士的身体健康。

红色土地上深深镌刻着红色记忆；红色传统深深渗透进了苏区人的血脉。

瑞金沙洲坝人忘不了1933年初春的那个黄昏，毛泽东在瑞金沙洲坝元太屋前的大樟树下与百姓聊天。一位老表挑着一担水从他身边走过，毛泽东随口问：“这么脏的水，做什么用啊？”

“吃呗。”老表答。

毛泽东凑近一看，桶里还有毛毛虫，又问：“没有更干净的水？”

老表长叹一声说：“毛主席，不瞒你说，沙洲坝有所民谣：沙洲坝，沙洲坝，无水洗手帕，有女不嫁沙洲坝；家无夜粮饿死鼠，天旱干死老蛤蟆。全村人吃喝、浇地、洗衣洗菜，全靠的是塘水。几百年了，都是这样。”

毛泽东无语。这话，他已记到心里了。

第二天，毛泽东找到国家医院院长傅连暲，中央政府总务厅长赵宝成一起来到塘边考察。

人在塘边挑水，牛在塘边饮水，烂叶枯枝浮在水面。毛泽东说，打一口井，让塘水渗到井里过滤，会干净些的。

第二天一早，毛泽东和警卫员小吴就在村头寻找水源。选好址，动手挖，挖了几天。秋风虽凉，每个人额头上都冒着汗，挖到约莫五米深处，毛泽东顺绳下井，在井底铺沙垫石，放了一堆木炭，加强水过滤，再一次环视井底，干干净净，方才上来。看见了井里慢慢渗出了水，用桶吊上来，果然清亮！毛泽东笑了。从此，元太屋周围的人都可以喝上干净的井水了。当地人把这口井叫“红井”。

一口井不能满足村里人需要，中央政府警卫连又在村头打了另一口井。乡亲们起名叫“红军井”。

“红井”的故事就这样代代相传。后人在井边立碑刻字：吃水不忘挖井人，时刻想念毛主席。

毛泽东由此还想到要为群众办好两件事。在村里建一座公共厕所，避免粪便污染水源；在村里办一所列宁小学，让孩子识字明理、有文化、讲卫生。即使是在战争的年代，毛泽东依旧这样把老百姓的事放在心中。那时，这样办事已是常态。可以这样说，现在反复提出的农村改水改厕问题，早在80多年前毛泽东就情系心上，情贴民生了。

1932年1月13日，苏区重要的报纸《红色中华》发表了由苏区中央局代理书记项英撰写的社论《大家起来做防疫的卫生运动》；第二年春，又发表了《加紧防疫卫生运动》的社论。

这年7月颁布了《卫生运动纲要》，规定卫生运动日，定期检查卫生工作。

当时的《红色中华》负责指导全苏区的政治、军事、经济、司法等各方面工作，也包括医疗卫生工作，尽管很忙，尽管事务众多，该报仍不忘定时拿出一定的版面发表指导医疗卫生防疫工作的文章。政府规定：保护孕妇、产妇、保育婴儿，禁止巫医马脚。政府带领群众修建饮水码头、挖井、建立公共厕所、禁令出售和吸食鸦片、创办各类医院。

1933年的秋天。第119期（10月15日）的《红色中华》发表了一篇报道：决定替群众看病开单，不收看病费。政府要求，在各县区内务部卫生科设立一个诊疗所。这一诊所应该在十月十日以前完全建立。开设了“平民医院”，免费为农会会员诊病治病，在中国，有了开天辟地的第一回。

这事，发生在赣南。

这儿是苏区。

在这里，中央政府任何一个部门都能找到自己“童年稚影”，都能寻觅到红色故事。

在这里，流行一支歌——《苏区干部好作风》：苏区的干部好作风，自带干粮去办公，日穿草鞋干革命，夜打灯笼访贫农。苏区的干部好作风，真心实意为群众；柴米油盐都想到，问寒问暖情义重。

过去了80多年，这支歌还在中国大地传唱，会继续传唱。

这里诞生了中国最早的红军医院，第二次反“围剿”前驻地在兴国，因与战场过近，故迁往瑞金，再后随红军长征，落户延安。有一部分在延安成立了中央医院，302医院是其沿革

（还包括西安市儿童医院）一部分应是301医院前身。

这里有中国共产党创办了第一所医校，叫中国工农红军军医院校。毛泽东为学校制定了“政治坚定，技术优良”的办学方针。这所学校跟着部队走完了长征，边走边办校，边走边医治伤员，一直走到延安。学校在延河畔发展壮大，为前线源源不断输送医务工作者，又源源不断接治前线送来的伤员。1940年，经毛泽东提议，更名为中国医科大学。今天，中国医科大学正以更真的情怀，更高的卓越，更多的创新服务社会，服务百姓，走向世界。

这里有中国共产党创办的第一张宣传普及卫生知识的报纸，为的是让百姓和战士获得健康知识，这张报纸曾让无数前辈受益，至今还在让当代人受益，这张报就是今天在卫生界、医药界发行范围最广、发行量最大、最受读者关爱的《健康报》。

苏区中央机关所在地在瑞金的沙洲坝，是苏维埃的首都，在瑞金百姓称为红都。第五次反围剿失利时，中央机关迁往瑞金西部的云石山。云石山成立了长征第一山；长征第一渡叫于都河，河水紧贴于都县城而过。于都河是贡江的一段，县城叫贡江镇，江水滋润了于都人，老表们亲切地叫它：“于都河”。

赣之南，江之源。

于都河，长征源。

赣南，红色之源。

一个刚刚诞生的苏维埃，还在摇篮里的政府就为百姓大众开辟修建了一条呵护健康、守护生命的路。这条路一直延伸到今天，一代又一代守护者，用生命呵护生命，为的是让百姓生活更灿烂，生命更有尊严，这条路一直在拓展，在延伸……

重返苏区，重返先辈走过的路，回到苏区，回到孕育生命之路的那段起始。

沿赣江溯源，沿历史轨迹逆行，在穿越历史中看今天，在看今天时穿越历史。仿佛听见瑞金云石山十里松涛在低吟当年的红色歌谣，仿佛听见红土地上的百年香樟在向后人诉说先辈的红色故事。走进赣南、走进苏区就是走进了红色精神殿堂。

走在这片土地上，自然想起80多年前毛泽东写下的那么多瑰丽豪迈、气壮山河的诗篇——

“此行何去，赣江风雪迷漫处”；“赣水那边红一角，偏师借重黄公略”；

“万木霜天红烂漫，天兵怒气冲霄汉”；“战士指看南粤，更加郁郁葱葱”；

“二十万军重入赣，风烟滚滚天来半”；“赣江苍茫闽山碧，横扫千军如卷席”；

“赤橙黄绿青蓝紫，谁持彩练当空舞”；“踏遍青山人未老，风景这边独好”。

伟人的声音还在蓝天下回响：我们应该深刻地注意群众生活问题，从土地、劳动问题，到柴米油盐问题。妇女群众要学习犁耙，找什么人去教她们呢？小孩子要求读书，小学办起来了没有？对面的木桥太小会跌倒行人，要不要修理一下呢？许多人生疮害病，想个什么办法呢？一切这些群众生活上的问题，都应该把它提到自己的议事日程上。应该检查、应该讨论、应该解决。要使广大群众认识我们是代表他们的利益的，是和他们呼吸相通的，毛泽东这样对党员干部说。

这是1934年1月27日的瑞金。

今天读起来是那样亲切与温暖。

说这话，做这事就是中国共产党成立的初衷，就是中央政府成立的宗旨。

起始，关心群众生活；归宿，为人民服务。

树高千丈有根，水流万里有源。饮水思源，不忘初心；牢记根本，情系民生，红色源泉，血脉相传……今天蓝天下又回响起关爱百姓的声音，同样是亲切与温暖。

“没有全民健康，就没有全面小康。”

“没有苏区赣南的小康就没有中国的全面小康……”

“让老百姓过上好日子，是我们一切工作的出发点和落脚点。”

土坯房已成历史，栋栋客家新房在绿荫丛中错落有致，房屋四周时不时飞出山歌笑语；赣江在在翠绿墨绿中弯弯曲曲向北流去。贫瘠的土地在蜕变，处处呈现一片生机。红井依然在，只是饮水改（国家大力“改水改厕”）。不改的是千万年的红土地，在这片土地上耸立的新房，铺向远方的新路，彰显健康生活的新景致正与历史对话。红色记忆依然在，红色传统未能忘；历史在告诉今天，今天会告诉未来：赣南苏区在变，一年一变样，三年大变样，五年上台阶，八年大跨越。

真的吗？

红色精神已融入苏区健康生活，红色情怀相伴健康苏区行。

十里松涛，百年香樟。

苏区今昔、健康小康。

第一章
健康小康：飞向幸福的翅膀

一、保障人民健康：党中央吹响了集结号

***长征源："红"到骨子里的赣南**

没有走近赣南，就听见了赣南的歌声。

没有走苏区，就感受到苏区人奋进的激越，就看到苏区人崭新的面貌。

不是互联网的馈赠，是真实的零距离接触。于都县长征源合唱团在传播长征精神的演出。

于都县是红军长征的集结地，中央红军长征的出发地，是百万人口大县，国家级贫困县，是全国健康促进项目示范县。

2016年9月22日。金秋北京，北塔寺干休所。

长征源合唱团在演出《长征组歌》，来看演

出的观众大都是老军人、老干部、老同志及红军的后代。有坐轮椅来的、有由人搀扶来的、有的拄着拐杖来的、有的已不是第一次，而是二次、第三次。他们不是来欣赏一场音乐会，不是简单地听听苏区人的大合唱。这歌声会引领他们穿越历史，走回青春，勾起无限思念——怀念战友，怀念逝去的岁月。

台上合唱队员因对先辈丰功伟绩的感动，唱每首歌曲时都为之动情含泪；台下听众，因每一个音符，每个舞姿而热泪盈眶。每次演出结束时台上台下的人，都不能自已——忘情地握手、拥抱、拍肩、合影。眶下默默闪烁的那滴滴泪珠传递着心灵的互动，一切都在无言中。

红军二代也是老人了，他们已近花甲、古稀之年。生在北京、长在北京，愿听乡音、不忘乡情。与合唱队员交往，仿佛找到了回乡的感觉，从合唱队员身上，他们感受到了故乡的巨变，感受到苏区人奋进的魅力。

这已是合唱团第四次进京，他们曾走进北京师范大学、走进北京工业学院耿丹学院、走进北京几所中小学校、走进总参干部休养所，他们曾参加16届中国老年合唱艺术节会演，荣获文化部颁发的“百鸣杯”奖、他们曾与原北京军区战友文工团同台演出，结为“姊妹团”。从南到北，他们重走长征路；从东到西，他们传播长征精神。

甘肃会宁县，红军三大主力会师之地，长征结束之地。

于都县长征源合唱团来了，红军集结处出发地与结束地的后代在一起了。

从第一首《告别》唱到第十首《大会师》，是追思、是缅怀、是分享。这红色的情缘相隔千万里却近在咫尺；久久藏在心中，情感今夜迸发。

这夜，会宁无眠。

合唱队成立了6年，队员来自于都县79个单位，义务演出200场，队员80%是红三代，红四代。每个队员家中都有一个自己的红色故事，爷爷、父亲、祖母、母亲都会口口相传。就是这代代相传的红色，推向他们走上舞台，给了他们用歌声讲述长征故事的勇气、力量与信心。那时，赣南全红县全红乡的农家，都有盼儿、盼郎归的女性。红土地上的百姓无从知晓西去的时间，望穿秋水，盼家人归来。直到新中国成立后，许多家人才知自己的儿子，自己的丈夫长眠在长征路上。

走之前，不管是妈还是媳妇，谁也不知这一去就是十五六年，他们当中许多人是走向成熟的少年，是血气方刚的青年，他们以为像往日的“东征”或“反围剿”那样，胜利后就回来，却不知再也回不了故土。

那时，还没有“长征”这一说，只叫“西行”“向西突围”，当到达陕北后，在1935年12月毛泽东用了“长征”这一个传世之词。他说，长征是宣传队，长征是宣言书，是播种机，是以我们的胜利和敌人的失败而结束。

“长征”进入史册、于都进入史册。

1934年10月16日，集结在于都的红军主力部队出发了。于都人民在于都河畔全力以赴开辟了十几个临时渡口，架起了几座浮桥。

那些天来，军民都在忙，无暇顾及在于都河畔何屋的一个人。他高热寒战好几天了。这个人是毛泽东，他已离开了权利核心，在休养。临近秋天，突然病倒，病情加重。

1934年4月28日中央苏区门户广昌失守，中央苏区丧失了大部分根据地后，决定军事转移。

1934年9月29日张闻天发文《一切为了保卫苏维埃》，已暗示要离开。权利中心几个人准备让毛泽东与项英、陈毅等一起留在赣南，如果成为事实，中国历史恐怕会是另一种局面。历史当然不可能假设，此时的毛泽东卧病在床，何屋是赣南省苏维埃政府所在地。正房是办公室，偏房是毛泽东的病榻。

他时而高热头痛，时而畏寒颤抖，时而大汗淋漓，时而几张被子捂身。如果这时要他骑马随部西行，恐怕他体力也难支撑。他希望疾病尽快好转，身体尽快康复。他想到傅连暲。那时傅连暲任中央红色医院院长，电话请他出诊的是张闻天。

从瑞金梅杭到于都约90公里地，傅连暲骑一头骡子上路了。时值立秋后的中午，秋日气温闷热，赣南的阳光如夏日一样炽热。当夜没赶到，当夜也没歇息。乘月凉风爽的晚上好赶路。天亮终于看到了于都河，终于走进了何屋。那时，傅院长只有听诊器和体温表。一量体温，41℃！听听呼吸音，粗糙急促。肺炎？不像！一直没有咳嗽，脑炎？不像！一直没有昏迷。没有显微镜，不能查血；没有X光机，不能摄片。像当代村医一样，全靠经验诊断治疗。最终确诊为疟疾。毛泽东患的是恶性疟疾。俗称“打摆子”，是重型的那种，难治。治这种病的药物叫奎宁，当时只有唯一，没有之一。毛泽东开玩笑地说，傅医生，我限你三天给我治好！三天？怎么样？

傅连暲也笑着回答：三天，三天。好，好。

因为“恶性”，所以要加大力度。傅医生加大了奎宁用量。

我们立军令状！如何？三天为限。毛泽东急，急啊！我没有时间害病呐！毛泽东又说。

傅连暲回以一笑。他想，这哪是治病？这军令状能执行吗？

何屋外，红军在集结。马蹄声，脚步声昼夜在响。

三天后，出现了奇迹。毛泽东的体温居然下降了，接近正常了。诊断、治疗都没错。傅连暲放心了，只留下了三片奎宁，不是傅院长小气，缺药啊！再一次量了体温，正常，才不舍地离去。又一次叮嘱，对刚毕业的卫生员钟福昌说，多饮水哈。

1934年10月15日上午，于都县谢家祠堂。祠堂里坐着近200名留下来的干部，毛泽东与大家一起沉闷地抽着烟。赣南省委在中央红军出发的最后时刻，召开省、县、区三级干部会。大家希望毛泽东，这位41岁的苏维埃共和国主席能说几句话。说什么呢？毛泽东心情十分沉重，他大病初愈，面容憔悴。这时，苏维埃的一切权利已归“三人团”——博古、李德，周恩来。沉默了片刻，毛泽东还是说了，他按照自己的想法说了：你们不要怕，不要以为红军主力走了，革命就失败了，不能只看到暂时的困难，要看到革命是有希望的。红军一定要回来，毛泽东当时想，把敌人调开这后，再回来。然而……

三天后的下午，毛泽东来到于都县城北门与军委队伍会合。长龙般的队伍首尾不见，谁也不知道脚下的路在哪里？谁也不知道，哪年哪月再回来？

阵阵秋风，掠过于都河，静静的流水拍打着两岸的红土。

毛泽东神情沉重默然，秋风掠过他未剪修的长发，拂过他肩上背着的一袋书，一把雨伞，一块油布包裹的两条毯子，拂过他没有笑意的脸。

三粒奎宁，他一粒也没剩，一口气全吃了。他坚信身上的疟原虫一定会全部被杀死，疟疾一定会远离，诚如他相信革命一定会胜利一样。

他双脚已有了力气，没有头重脚轻的感觉，他那穿着布鞋的双脚迈上了浮桥，向西，向西，只用15分钟走过了600米宽的于都桥，踏上山路。那时刻，他还坚信，三四年或五六年后再回来。

谁也没有料到，历史会用这样的诗，这样的词，这样的歌来重现当年一个个场景，重现当年的故事。

向西、向西、再向西!

越向西，故事越来越残酷，生命越来越脆弱，40天后，出发时的8.4万名战友，居然只剩下3万人。

合唱队员管冬梅，邱承岳、刘瑛、林丽萍、余玉兰、黄荣……他们的父亲或母亲都是烈士遗孤。

邱承岳说，爷爷走的那天，奶奶送到渡口，就像十送红军唱的那样，盼望红军早日回来。这一盼就是十五六年。

不知多少年后，爷爷的战友转告他们，他爷爷牺牲在湘江战役中。

黄荣的曾爷爷叫黄传榜，牺牲得更早。在一次反“围剿”战争中，正值壮年的黄传榜血染红土地。两年后，在“扩红”中，曾奶奶又把三个儿子中一个刚满18岁，一个还只16岁的儿子送去当红军。大儿子进了“红五军团”，二儿子加入了“少共国际师”。又一年后，在一个个萧萧秋风的夜晚，兄弟俩踏上了长征之路，曾奶奶望穿双眼，两个儿子再也没有回来。之后，奶奶也去逝了，只留下还只四岁的小儿子，黄荣的爷爷。后来，爷爷娶了一位烈士遗孤，这就是黄荣的奶奶，两人默默承载着几个兄弟香火延续的责任。

这个特殊家庭的门框上一直镶嵌着三块国家民政部颁发的“光荣烈属”牌匾。昭示着黄荣爷爷“一子顶三房”的神圣使命。

1984年和1991年，他像母亲那样，把两个孙子送进了部队，穿上了军装。

红色血脉已完融入了于都长征源合唱团。这个合唱团是红色于都，红色赣南的缩影。是苏区人的新形象。

赣南苏区是一部博大恢宏，气势磅礴，波澜壮阔的历史巨卷。读懂她需要时日，需要深思，需要融入，需要反刍。读懂了，才明白，赣南儿女为什么会有咬钢嚼铁的信仰，为什么对人民对党有绝对的忠诚。

什么是信仰？什么是忠诚？在赣南红色故事里，在赣南红色歌声里。在父辈的血脉里，在后代传承的精神里。

2014年11月25日。广西兴安县。

于都县长征源合唱团受桂林市兴安县邀请，携手参加纪念湘江战役80周年演出。

儿时，在队员心中，多么想来湘江看看，寻找先辈的足迹，瞻仰他们战斗、牺牲的地方。

湘江不是进入湖南境内的湘江，在众多人的理解中，湘江之役一定在湖南。多么熟悉的诗句——“湘江北去，橘子洲头。”

真实的故事是，1934年11月25日，初冬季节，红军部队集结在湘江东岸，准备渡江，追兵在后，要阻击来敌，要守好渡口，确保后续部队渡过湘江。兴安、全州、灌阳三县呈一个三角形，是主战场。

从11月25日到12月3日，8万余红军与30万敌军浴血奋战七天七夜，粉碎了敌人想全歼红军于湘江以东的计划。红军以牺牲团以上干部17人，红五军团损失过半，少共国际师、红八军团几乎全军覆没的代价，换来主力部队渡过这100米宽的湘江的结局。合唱团来到这曾血染的湘江，曾尸骨遍野的江岸，耳边仿佛响着炮声，眼前仿佛子弹在飞，历史的画面再现。

那不是耿飚团长吗？他领着战士冲上去，夺回阵地。中央首长的渡船划过江中心。在江东每多坚持一分钟，他们就安全向西进一尺。然而，每一分钟都得用生命换取。全团已牺牲过半，政委负伤，正在“打摆子”的耿飚不仅在子弹飞的天空下坚守阵地，还要与冷热交替侵蚀他肌体的疾病作战。坚持，再坚持！倒了，又一个倒在血泊里……

1934年12月1日下午，毛泽东与周恩来平安过了湘江。

江东还有断后的部队。黄昏临近，萧华率领少共国际师来到通往渡口的路上。路已被敌军割断，四周架满机枪。已是饥渴疲惫的少年红军，要想渡江，只有决一死战。同样是以生命换取进程，每进一步倒下的都是一批批年轻的生命。一排排的倒下，一排排的冲上，他们终于看见了江水。从小在于都河边，在兴国潋江边长大的少年们，怀着革命的理想，怀着对明天的向往，怀着胜利的信心，一个猛子跳进了湘江，100米，游过去！身后响起了机枪声。河水殷红，浮尸满江。他们最小的还只14岁，最大的也只18岁。青春的生命在冰冷的江水里随风而逝……

这一天，这一夜，还在江东作战的三十四师师长陈树湘腹部中弹，昏迷了。在昏迷中被俘，他被敌人抬上了担架，准备押往长沙。陈树湘师长醒了，知道了一切。担架行走在弯弯曲曲的山路上，陈树湘把可以活动的手伸进伤口进入腹中，掏出自己的肠子一拉，掐断了！

这年，陈树湘29岁。他的头挂在长沙小吴门城墙上。

过江后，方知8.6万人锐减到3万。这一仗，打痛了红军，打醒了红军，从上到下，从下到上，都认识到：错了！这仗，这路线错了！然而，路在何方？这仗，为遵义会议打出了基础，打出了必要。

合唱队员的先辈，大都牺牲在湘江畔。余玉兰的爷爷余士茂、林丽萍的叔爷林罗发，还有近千名于都子弟倒在湘江东岸。

兴安县承载了太多太深烈士后代的情感，盛一瓶湘江水、捧一堆桂林土；带回于都，带回兴国，带回去、带回赣南去。湘江流走了太多太浓的后代思念。

早在纪念长征70周年时，这条红丝带就把于都人与兴安人紧紧连在了一起。那年的6月1日，于都人用于都唢呐吹响了“十送红军”。在烈士陵园栽了三棵树，用于都带来的水浇灌树苗，用于都带来的酒祭奠英烈、祭奠自己的先辈亲人。

江水中有邱承岳爷爷的鲜血，江东岸边土地上有黄荣家先辈的骨骸。

陵园修改后，江西省就报来烈士名单10多万人，经核对查证，现记录百姓有名英烈为20462个。

2016年10月16日，纪念长征80周年，合唱团再次来到兴安县，再次回忆“慷慨悲壮”的往事，再次吟诵“惊心动魄”的史诗，再次面向今天，面向未来唱响长征。走长征路需要的是信仰，需要的是忠诚，需要的是勇敢。

当红军走后，陈毅与赣南百姓一起在深山老林里坚持斗争。1936年冬，由于叛徒出卖，陈毅被敌兵四个营围困。没有能枪击活捉，敌人放火烧山，满山茅草瞬间成一片火海。《梅岭三章》就是陈毅伏在草丛里留下的绝笔诗：“断头今日意如何？创业艰难百战多。此去泉台招旧部，旌旗十万斩阎罗。南国烽烟正十年，此头须向国门悬。后死诸君多努力，捷报飞来当纸钱。投身革命即为家，血雨腥风应有涯。取义成仁今日事，人间遍种自由花。”面对枪林弹雨，面对烈火燃烧，他没有蝼蚁贪生的怯弱，没有哀怨，没有祈求，没有屈服。诗句何等的豪迈，心境何等的圣洁，精神何等的乐观。天助贵人，赣南油山有灵，一阵风，送来一阵瓢泼大雨，陈毅脱险了。他们坚守三年后，终于走出了油山，走进了赣州，穿上了新四军服，北上抗日。在抗日胜利后，赣南百姓坚信，红军一定会回来，毛泽东主席宣布中华人民共和国成立后的第二年，中央政府派出了慰问团，赣南人高兴地四处奔走相告：“当年红军回来了！”

回来了！

面对昨天与今天，合唱队队员的歌声能不饱含深情？能不热泪盈眶，能不追思先辈？能不珍惜今天？

继续新长征路上仍需要忠诚，仍需要信仰。

当赣南百姓还处在贫困线以下的日子，他们自力更生，吃苦耐劳，一样坚信，党中央不会忘记赣南苏区，没有赣南小康，就不会有全国小康。坚信赣南会与全国同步！

在迈向小康的路上，在走进小康的日子里，于都长征源合唱团成立了。

合唱团不仅用歌声一次又一次讲述长征故事，传递长征精神，给后人记忆里增添一丝鲜艳的红色，还不在意地与全国各地朋友分享了小康的幸福与感动；在对先辈的思念与缅怀时，不在意地彰显了当代苏区人的风采与英姿：健康向上，真情质朴，文明端庄，豁达乐观。

让更多人感悟到，看到了苏区人起飞，那腾飞的一对翅膀，就是健康与小康。

在建设小康的进程中，于都人，同时推进了健康于都的建设。

当年先辈们流血牺牲就是为了让老百姓过上好日子，就是为了一代又一代人的幸福。长征路的故事会久久流传，长征路上的有些对话会让子孙久久难忘。

突然的西行，给长征路上的女兵们带来了“突然”的困扰，一些女兵们上路前已有身孕，她们不愿离开部队。红九军团二十二师师长周子昆的妻子曾玉，这位1928年参加湘南暴动的女共产党员，已怀孕六七个月，西行转移的名单上没有她，她却悄悄地跟上了部队。跟上了也不行，属于“无编”人员。没有口粮，靠贺子珍、蔡畅、邓颖超这些姐妹们，从口里省下一点点给她填填肚子。困扰的事终于发生了，在枪林弹雨中过了湘江，爬上老山界，胎动了。腹痛，剧痛，要临盆了。战友把她扶上了担架，远处响起了枪声，抬担架的民夫听到枪声跑了，战友把曾玉又扶上马。马上颠簸，腹部疼痛加剧，出血了，血从大腿内侧流到脚下，流进战友们的视野。快，快，扶下马，是不是要生了！几位女战士，把她扶下，走到路边的草丛里，曾玉躺下，三位女战友站在身边。什么都没有，布、纸、水都没有，只有茂盛的已染上斑斑血迹的茅草。得生出来，生出来！远处枪声逼近，孩子还没有出来，只有鲜血在滴，在滴！为了她与孩子的安全，阻击，阻击，多几分钟，就多一分希望。终于，枪声与孩子的哭声一起在这山中回响，是个男孩。这已是立冬的季节，山风袭来，寒战不止，只能用茅草裹着孩子遗弃在山野里。枪声与哭声追赶着曾玉，她一步一回头……

过了赤水河，毛泽东的妻子贺子珍临产了。那是第二年的2月，摆脱了追兵，总算找到一间茅屋，总算有一个饭盒。李治医生平安地把孩子接到人间，帮孩子洗净了身体，接受了远征的洗礼。部队要继续前进，董必武在孩子身边留下了30块大洋，两包烟土，一封信，毛泽东的孩子一样遗弃在人间。

这期间，邓发的妻子陈慧清也分娩了，难产，疼痛，没有止痛药，痛得她只能用大骂丈夫来减轻自己的痛苦。临产前，邓发曾建议，她留在百姓家里，她没同意，坚决要跟着部队走。难产，在追兵逼近的时刻难产：董必武派人告诉殿后的红五军团军团长董振堂：一位女红军正在生孩子，请他务必顶住。董振堂命令一个团的兵力阻击，阻击战进行了2个多小时，直到生完孩子才撤出阵地。一些指挥员不理解：为了一个孩子，牺牲了那么多战士，值吗？董振堂说：我们革命打仗，不就了为了孩子们的未来吗?

这里多说几句，董振堂是河北邢台市人，参加过1926年北伐，原是政府编制的26路军25师73旅旅长。1931年春，他奉命南下江西参加第二次“围剿”苏区，包围宁都。因不满当时政府的消极抗日，这年冬天他与赵博生一起率兵2.6万，举行震惊中外的“宁都起义”，参加了红军。次年加入中国共产党。长征的任务是殿后，当时被称之为铁流后卫。

1937年董振堂在甘肃高台与敌军战斗了九天九夜，为了孩子，为了未来，他壮烈牺牲了，时年42岁。他没有等到未来，或者他已等到了未来。

牺牲是为了拯救，也是为了守护，用生命呵护生命之路。

***健康是权利与责任——源于爱、源于守护**

宁都人，于都人，瑞金人，兴国人，会昌人，信丰油山人，全体赣南苏区人都知道他们，记得他们。每个苏区人会珍惜这来之不易的好日子。他们知道自己肩上的责任，全面小康要实现，全民健康也要实现。有享受小康的权利，更有建设的责任，在小康路上不能被疾病击倒。疾病是致贫返贫的大敌，是幸福快乐的对立面。少生病，迟生病，不生病是于都人与赣南苏区人希望的，并要逐步实现的目标。

他们已开始朝这个方向努力。

2014年10月，于都县被列为全国第一批健康促进工作试点县。2015年，健康促进工作在全县全面铺开。同是这年，国家卫计委，健康教育中心的全员和其他有关专家，七次来到于都县调研指导。这年年底，全国健康促进县区经验技术交流会在于都县如期召开。

会后数月，省内外领导和专家12批次来于都县考察。

“没有健康就没有小康”。这句话在于都，已成为流行语，在赣南红土地上也已成为了流行语。于都合唱团用就是健康与小康传播了红色精神，展现了红色记忆。

“将健康融入所有政策。”已成为了于都县干部工作的指南，也成了赣南红土地上每个干部工作的指南。

健康长寿，生活美好，人生幸福是中国百姓千百年来的追求。健康是美好与幸福的基础，这是每个人心中牢固的理念。

在今天，提出“要把人民健康放在优先发展的战略地位”，是一个刷新过去，面对未来的崭新的健康理念。

“将健康融入所有政策”，这是前所未有的要求。

于都县何时成了“健康中国”建设的启动的领头羊？赣南苏区又怎么走向了健康中国的高地？

一起回望集结号吹响的背景与那个时刻。

“没有全民健康就没有全面小康。”这句话当下已成了中华大地的一句流行语。

守护生命健康之路在延伸，在夯实，在拓展，在系紧民生，在深入民心。

2014年12月13日，习近平来到江苏省镇江市世业绩卫生院考察农业医疗卫生事业发展和村民看病就医的情况表达了他的健康观：以人民为中心，以健康为根本。

2015年10月29日，中国共产党的十八届五中上全党已提出推进健康中国建设的新概念，新思想，新战略。

北京。2016年8月19日至20日。全国卫生与健康大会正在举行，七位政治局常委全部出席。

中共中央总书记，国家主席，中央军委主席习近平在会上发表了重要讲话——

没有全民健康，就没有全面小康。

要把人民健康放在优先发展的战略地位，以普及健康生活，优化健康服务，完善健康保障，建设健康环境，发展健康产业为重点，加快推进健康中国建设，努力全方位，全周期保障人民健康，为实现“两个一百年”奋斗目标，实现中华民族伟大复兴中国梦打下坚实健康基础。

我们党从成立起就把保障人民健康同争取民族独立，人民解放的事业紧紧联系在一起。要坚持基本医疗卫生事业的公益性，不断完善制度，扩展服务，提高质量，让广大人民群众享有公平可及，系统连续的预防治疗康复，健康促进等健康服务。

要把人民健康放在优先发展的战略地位。

推进健康中国建设，是我们党对人民的郑重承诺：健康中国“将健康融入所有政策”“人民共建共享”“各级党委和政府要把这项重大民心工程摆上重要日程，强化责任担当，狠抓推动落实。”

会议上，国务院总理李克强具体提出：为保障人民健康，要营造良好环境，把健康资源更多引向农村贫困地区，加大对贫困地区大病保障，医疗救助支持的力度。他特别指出：健康也是生产力。

这一款款郑重承诺，是为每个中国人健康保障吹响的集结号，是对全国医务工作者下达的动员令，是为全国人民，尤其是医疗卫生专业工作者提出了一个全新的健康理念。

美好的生活不能失去健康。健康是美好生活的基础。

“人民对美好生活的向往，就是我们奋斗的目标。”这是习近平总书记矢志不渝的追求。

习近平早就说过：我们人民热爱生活，期盼有更好的教育，更稳定的工作，更满意的收入，更可靠的社会保障，更高水平的医疗服务，更舒适的居住条件，更优美的环境。

健康是一种权利，人人应该享受；健康是一种资源，人人应该珍惜；健康是一种素质，人人应该提高；健康是构建和谐幸福的基石，人人都应明白，人人都应维护。

关爱人，关爱健康，关爱生命，就是最大的人性，最大的爱。

不管是东部与西部，不管是发达与落后地区，早日走进小康是每一个中国人的心愿。小康不是幸福的全部，而小康与健康绝对是振兴飞起的翅膀。

小康标准大致有具体16条，选择与健康有关的几条作对照：

（1）人均国内生产总值2500元；

（2）城镇人均可支配收入2400元；

（3）农民人均纯收入1200元；

（4）城镇人均使用住房面积12平方米；

（5）人均预期寿命70岁；

（6）婴儿死亡率3.1%；

（7）农村初级卫生保健基本合格县比重100%。

显然，落后地区、贫困地区与这个标准还有差距。小康没有上，健康是关键，疾病拉后腿，对于贫困地区百姓来说，想飞没有翅膀。

百姓在焦急、在期盼；党中央国务院，一样在焦急、在思考，下大力度给予更多的关注，扶持。

今天的赣州总面积3.94万平方公里，人口980余万人。

中央苏区时，人口是240万，参加红军33万。

聚焦到兴国县，现有人口80万。在中央苏区时，毛泽东多次到过兴国，当年的“兴国模范师”名震苏区；当年“第一等工作”传遍苏区；毛主席写的《兴国调查》传承至今；《兴国山歌》唱响中国。让后代铭记的是在长征路上，平均每一公里就倒下了一个兴国籍战士，有名有姓的兴国籍烈士有12038名，兴国模范师幸存老红军为500人，授予少、中、上将56人。当年，兴国县第一任中国共产党的县委书记是陈毅。

兴国县还有“模范县”“将军县”“烈士县”“红军县”许多美名。

时代在前进，赣南原中央苏区也在前进。

赣州市国土面积占全国的0.41%，占江西省的25%；人口占全国的0.68%，占江西省的20%。2011年的经济总量和财政收入占全国的0.28%和0.17%，主要人均经济指标是全国平均水平的三到七成，是中部地区平均水平的五到七成。

人均生产总值，1952年赣州为中部和西部地区平均水平的138.1%和153.9%。60年后，降到54.7%和58.1%。

赣州18个县、市、区仍有国家扶贫重点县8个，省级扶持贫困村1119个，分别占县和村总数45%和35%。全市曾有贫困人口为215.46万人。全国发生率29.99%，高出全国贫困生产率

16.5个百分点。目前赣南苏区小康目标实现程度比全国低10.3个百分点。据统计，2011年年底，赣州市仍有69.52万余户农民居住在危旧土坯房中，约占全市农户40%。

经过三年努力，2015年年底全市还有70.24万，农村贫困人口占全省1/3多，贫困村923个，占全省近1/3。其中因病致贫，因病返贫约有40%。

再说兴国县。

从兴国8户农民家庭几代人的演变说开去。

这8户农民是毛泽东著名的《兴国调查》文中的调查对象。文中开头这样讲述：

> 我趁此机会作了一个兴国第十区即永丰区的调查。找到了傅济庭、李昌英、温奉章、陈侦山、钟得五、黄大春、陈北平、雷汉香八个人开调查会。调查时间是1930年10月底，开会地点是新余县之罗坊，开了一个星期的调查会。
>
> 这八位先辈中，唯一看到新中国成立的是温奉章。他当时因腿疾没有被批准当红军，留在苏区坚持游击战争。队伍打散后，讨饭回乡从事农耕。1972年10月因患鼻咽癌病逝。时年64岁。他们当中六位当了红军，五位成了烈士，一位失联，两位留在原籍。

他们当时参军与无数中国农民一样。默默无私的把自己的一切奉献给了中国革命。他并没有奢求什么，更不是怀着当官赚钱的目的穿上军服。

55年过去了，即1985年，这八个农民家庭的后代日子过得还好吗？

1985年8月9日至12日，时任江西省委书记的万绍芬到兴国视察，发现该县1/5的农户人均纯收入低于80元。有2万多户农民尚未解决温饱问题。毛泽东调查的8个农户的后人恰在贫困之列，万绍芬大为震惊，兴国县很快被列为全国重点扶持的贫困县，每年得到500万元专项贴息扶贫贷款的扶助。

1988年，江西省社联和兴国县社联组成联合调查组找到了8位农民的后人，对他们的经济状况，进行了全面调查和测算，并同毛泽东当年的调查进行比较，得出了一个惊人的结论：新老一辈都未摆脱贫穷、落后的生活。

调查报告从四个方面同毛泽东当年的调查进行对照和比较：

劳动方式、生产工具——8个农户的后人以家庭为生产单位，他们和祖辈使用的生产工具都是犁、耙、锄、铲，几乎没有变化。

口粮和债务——8个农户过去有7户吃不饱，至今也有7户口粮不足，缺粮数相近，1930年有8户欠债，1987年仍有7户欠债。

文化程度——据统计，老一代人在毛泽东调查时，平均读书5.1年，新一代人在1988年调查中平均读书5.3年，仅增加了0.2年。

生活水平——1987年8户农民人均年收入166元，处在贫困线之下，远远低于同期全省农民人均纯收入406元的标准。

这份“调查报告”出来之后，在某内刊上登载过，其中的结论部分被一些报刊陆续转载披露，在社会上引起了极大的反响，激起了人们对老、少、边、穷地区农民生活的热情关注，促进了扶贫工作向纵深发展。

不久，清华大学、江西师大第一批高校的社会学研究机构，纷纷派出调查组来到兴国，打算深入8户农民家庭再作调查。他们有的未能如愿，因这8户农家，分居于两个乡七个村，相距甚远，十分零散。

1990年，中央政策研究室重新布置对“兴国调查”8个农民后代的生产生活再作调查的任务。江西省社联根据上级布置的任务，再度组织调查组，自1995年至1996年11月上旬，先后做了3次调查，形成了一个详尽的“调查报告”。

（1）傅济庭曾任红军预备队的营长，新中国成立后评为“革命烈士”。

次子傅学扬一家8人（夫妻双方、1子1媳1女，1孙2孙女）。年人均纯收入不足2000元，生活水平在村里属中等偏差，傅学扬身体差，病痛多，妻子是哑巴。住房是20世纪70年代建的土木结构房，连院子占地160平方米。家有7亩责任田，全种水稻。家有1台黑白电视机、1辆自行车。

（2）陈北平，1996年补发革命烈士证书。

继子陈显来全家7口人（夫妻双方、儿子、儿媳、女儿和两个孙子）。4个劳力（两男两女）。有责任田3.5亩，责任山8亩。人均纯收入2200元。儿子常年在外打工。房屋占地面积130平方米，有自行车1辆、手表2只、电风扇1台、彩电1台。人均口粮600斤，基本上够吃。

（3）陈侦山是看“风水”的农民，参加红军后是红三军团优秀基层干部，在第五次反“围剿”中牺牲于广昌保卫战中。

继子陈坊琼，于1999年去世。妻刘秀英，67岁。全家总人口23人（刘秀英、5个儿子、5个儿媳，6个孙子、6个孙女）生活水平在本村属中上水平。老三做泥水匠、老四做木匠，现都在广东做小建筑承包商，老二、老五做建筑工地的领班，协助兄弟管理工地。老大在赣州市与人合股开小饮食店。陈坊琼家年人均纯收入在3000元以上，老三、老四作为小建筑承包商，年纯收入无法统计，估计每人可达6万元（按月收入5000元估算）。他们家庭生活已经从单纯的务农转为经商和做工为主，兼及农业。

（4）黄大春参加红军，无音信。

继子黄英明是黄大春的侄子，全家总人口6人（夫妻双方、儿、媳、孙子、孙女）。年人均纯收入超过2000元。2000年新建砖混结构住房一栋，占地面积100平方米，花了3万多元。黄大春革命前是做鞭炮的，黄英明继承了这一传统手艺。他利用业余时间做鞭炮，交别人出售，这是他家庭的重要副业收入。前年因外地发生鞭炮爆炸事件后，有关部门进行清理，取消了他家的小作坊。前年出栏肉猪4头，出笼肉鸭400只，种甘蔗7亩。有彩电2台，摩托车2辆。

（5）雷汉香参加红军后，在湘江战役中牺牲，新中国成立后评为烈士。

孙子雷怡来全家5口人（夫妻双方、儿、女、侄）。儿子是木匠，每年有大半时间在广东打工，可以赚回几千元。家里原有老屋一栋，1994年在村口路边新建四扇三间砖瓦房一幢，占地约120平方米，后陆续添建附属建筑，占地70平方米。因为是自己动手，建房花钱不多，总费用大概1万多元。前年人均纯收入2000元左右。年出栏肉猪2头、仔猪2窝。欠债不多，大约1000元左右。粮食略有剩余。家里主要大件物品有轻骑1辆、黑白电视机1台、自行车2辆，在村里生活算中等。

（6）钟得五参加红军后从未返家。

继子钟来发全家现有6口人（父亲、夫妻双方、2女1子），年人均纯收入1800元左右。拥有土木结构房子1栋，占地110平方米。3个小孩均初中毕业。有黑白电视机1台、自行车1辆。主要收入来源于农业生产。有3亩水田，1亩多鱼塘和一小片柑橘果园。

（7）李昌英佃农出身，当年48岁，未被红军接受，后回村工作，客死赣州。

孙子李吉柱全家7口人（夫妻双方、2个儿子、1个儿媳妇、1个孙女、1个待嫁的女儿）。李吉柱儿子是泥水匠，大部分农闲时间在县城的建筑工地打工，打工的收入不确定，全家年人均纯收入2000多元。房子是父亲李全波建的，占地250平方米，上下两层，土木结构。当时李全波两个儿子，建房时做得比较大，自己住中间，有一个客厅，两个儿子住两边，有两个小厅，院子比较大。李吉柱排行老二，住在房子的右半边。粮食自给有余，人均粮食800斤左右。大件物品有：轻骑摩托车2辆、彩电1台、黑白电视机1台，有1部电话（座机）。

（8）温奉章因腿疾未参军。

长子温常鑫，56岁，是教龄38年的小学教员。夫妻俩吃饭，自己月薪600多元，妻子还有一份田，他还要兼顾种田。一栋土砖房子建了10年了，墙壁都没有粉刷，家具非常破旧，多年来一直债务缠身，现在还欠2000元。工资不低，夫妻俩的人均年纯收入有4000元以上，问题出在3个儿子身上。温常鑫是教员，3个儿子读书都很少，只有老大读完初中，两个小儿子都是小学文化。老大学木匠、老二学篾匠、老三学裁缝，除老大的技术可以养家外，老二、老三的手艺都不能赚钱。从1986年到2001年15年间，他为3个儿子前后娶亲4次（其中二儿媳难产而死，二儿子又娶了一妻），每次为儿子娶亲，他都要借债5000至15000元，前后借债四五万元，其间建土木结构的瓦房1栋。两个小儿子因为文化水平不高，缺乏技术，打工收入都很低。

1988年，调查时，他所在的村尚未通路、通电。1996年，汽车可以通到他的房前，电通了多年，去年年底还装了程控电话，看上了有线电视。

8个农户地处深山，生产条件差。1987年他们的生活水平不仅低于当时全省农民的水平，也低于同期兴国全县农民的生活水平。

14年后，8户农民的生产生活水平有了质的变化。

发展存在不平衡，各地总会有差距。问题是，差距有多大？或能向前吗？

赣南人站在赣南的土地上不会不左顾右望，不会不前思后想。

东是沿海地区与长江三角洲，东南与南是海峡两岸经济区，珠江三角洲地区，西部是大武汉与长沙、株洲、湘潭湖南城市群，往北是省内的鄱阳湖生态经济区。四周都在崛起，四周都在迈进，赣南苏区怎么陷入“下塌”的境地呢？

这几年，喊得最多的是“东部大发展”，“西部大开发”“中部大崛起”“东北大振兴”等，革命老区呢？欠发达的贫困地区呢？在通往小康的路上，赣南原苏区已远远落后，不能同步了，已处于边缘化的境地。

显然，靠赣南自身发力，是很难同步走进小康，激发内力，加大助力，聚集合力才能加速。

2012年6月28日，《国务院关于支持赣南等原中央苏区振兴发展若干意见》（以下简称《意见》），文件指出：迄今为止，原中央苏区，特别是赣南地区，经济发展仍然滞后，民生问题突出，贫困落后，面貌仍然没有得到根本改变，还有不少群众住危旧土坯房，喝不上干净水，一些红军烈士后代生活依然困窘。

关于百姓健康问题，《意见》中明确指出："加快解决农村饮水安全问题，2014年年底解决赣州市农村饮水安全问题。""鼓励城镇供水管网向农村延伸。"提出"城乡医疗卫生服务水平，健全农村、县、乡、村三级和城市社区医疗服务网络……"加快重大疾病防控等公共卫生服务能力建设，加强赣州市市级医院建设，支持中心城区增设三级综合医院，建设儿童、肿瘤等专科医院和市县两级中医院、妇幼保健院，支持人口大县建设三级综合医院，到2015年千人口床位数到达江西省平均水平，2020年达到全国平均水平。提升区域性医疗服务能力。加强基层医疗卫生队伍建设，积极培养科研医生。

《意见》的核心是"民生问题"，优先解决突出民生问题，凝聚振兴发展民心民力。

防病、治病、百姓健康，是民生问题。改水改厕是民生问题，"患病返贫"、"因病致贫"是民生问题，农民看病难看病贵是民生问题。

2013年2月，卫生部一位领导在罗霄山片区域扶贫攻坚工作会议召开期间对记者说：卫生事业也存在差距。赣南苏区卫生资源总量明显不足，基础设施落后，很多乡卫生院还没有开始建设，有17%的村没有合格的村医，11.8%的村没有卫生室。

直白地说就是缺场地、缺设备、缺人才，说出来是三缺，实际是两个字：缺钱。2015年统计：全市每千人口拥有病床位数，执业（助理）医师数，注册护士数分别是全国水平的73.4%，66.97%，72.69%；乡镇卫生院高，中，初级职称人员分别是0.9%，14%，85.1%。赣州市还有297个行政村没有卫生室，大多数村级卫生院一直用老三件看病：听诊器、血压计、体温计。每千人口执业路生只有1.01人，低于全国水平。医疗条件与医疗水平不言自明。

健康赣州要与健康中国同步。

呵护赣南农民的健康才能走进全民全面小康。这就是当下要面对的现实。

国家卫生计生委闻风而动，立刻在国务院《振兴发展的若干意见》（以下简称《若干意见》）出台后半年，为赣南等原中央苏区量身定制规划。

2013年1月15日，出台了《关于支持赣南苏区原中央苏区卫生事业振兴发展实施意见》（以下简称《实施意见》）。这个文件的核心是，“以人为本，维护健康”，目标明确：要围绕“保基本，强基层，建机制”制定政策措施，加大投入力度，在资金、项目方面向赣南倾斜。任务具体，目的明确：为实现全面小康保驾护航。

文件要求，到2015年使每万名城市居民拥有2名以上全科医生，每个乡镇卫生院都有全科医生。千人口床位达到全省水平。

到2015年新农舍政府补助标准提高到每人每年360元，以政府范围内住院费用报销比例达到75%。

逐步提高人均基本公共卫生服务经费补助标准，到2015年达到人均40元以上。加大重大传染病、地方病、慢性非传染病，精神疾病和职业病的防治力度，继续开农村孕产妇住院分娩补助，农村妇女乳腺癌、宫颈癌检查（简称“女性两癌”），新生儿疾病筛查，贫困白内障患者复明，开展儿童营养改善，有效降低孕产妇死亡率和婴幼儿死亡率等项目。

到2015年，初步形成纵向贯彻省、市、县、乡、村，横向覆盖主要医疗卫生机构，基于居民电子健康档案，电子病历，门诊统筹管理的医疗卫生信息化体系的基本架构，实现省内跨机构，跨区域互联互通和信息资源共享，确保赣州市享受到西部大开发的各项政策。

句句求实，款款可行，没有空话，没有套话。

赣南等原中央苏区一步跨进了全新的“特区”。开始了向“一年一变样，三年大变样，五年上台阶，八年大跨越”，分步走的目标向健康赣州迈进。

*从数据看中国卫生保健走过的路

回顾历史，回首走过的路才能加深理解习近平总书记讲话中将健康中国提到战略高度的内涵，才能感受到他国家对人民负责的强烈担当与复兴中国梦的使命感。

1981年，第34届世界卫生大会通过了12项供全球使用最低限度指标，并且进行了两次全球性的“2000年人人享有卫生保健”的进度评价。在广泛征求各会员国和专家意见后，对全球最低限度指标进行了修订，经修订的全球卫生目标有十二项，其中第三项是：至少有5%国民生产总值用于卫生事业。

1986年，我国政府明确表示对“2000年人人享有卫生保健”全球目标的承诺。

我国卫生部制定了在20世纪末人人享有卫生保健的改革和规划目标：即到2000年，全体人民都能获得基本的卫生保健服务，总体上达到与小康水平相适应的健康水平，实现人人享有卫生保健。这一目标的确定不仅是我国政府对世界卫生组织提出的全球性卫生战略的积极响应与承诺，更是出于卫生发展与社会和经济战略目标相适应的考虑。

2000年6月，世界卫生组织在对全球191个成员国卫生系统的业绩做出最后评估后，对这些国家的卫生绩效进行了排名。结论令人震惊，中国在“财务负担公平性”方面排名188名，倒数第四。与巴西、缅甸和塞拉利昂等国列为卫生系统“财务负担”最不公平的国家！对此结果虽有异议，但我国农村筹资水平远远低于城市却是不争的事实。

世界银行有一份监测和评价全球卫生目标的实现程度资料显示：1990年中国医疗卫生支出占GDP的3.5%，人均医疗费为11美元，分别是世界平均水平的44%和3%左右，甚至低于印度等许多发展中国家的医疗卫生支出。1993年全国农村卫生费用为472.73亿元，占全国卫生总费用1355.47亿元的34.9%。

1997年，《中国中央国务院关于卫生改革与发展的决定》

提出了卫生事业财政投入的增长速度不低于政府性城市居民人均卫生总费用710.2元，前者是后者的1/4，农村卫生事业费占全国卫生事业费的比重仅为32.72%。

1998年，全国农村卫生费用为907.53亿元，占全国卫生总费用3639.25亿元的24.9%，5年下降了10个百分点。

据2000年世界卫生组织的公报，我国政府的卫生投入占GDP的2.7%，在191个国家和地区的排序当中倒数第九。而美国占13.7%，德国占10.5%，法国占9.8%，发展中国家巴西为6.5%，古巴为6.3%，印度为5.2%，《中国统计年鉴》显示，从"一五"时期到2000年，中国的卫生事业占国家财政的比例一直徘徊在1%~2%左右。

2001年卫生部朱庆生副部长在全国基层卫生工作会议上的讲话明确地指出"长期以来，农村卫生投入严重不足，使农村公共卫生和预防保健服务得不到保证。如1998年全国卫生总费用为3639.25亿元，其中农村为907.53亿元，即占全国3/4的农村人口只用了全国1/4的卫生费用，农村居民人均卫生专业费用几乎比全国平均水平低一半。农村卫生服务在很大程度上提供公共卫生产品，或准公共卫生产品，这是政府应承担的责任。"这应视为我们政府对农村卫生投入的实话实说。

2002年，国家投资建立了全国县以上疫情报告系统，一些防疫站的负责人发愁："虽然有了电脑，没钱维护，没钱上网，还是跟没有一样。"

卫生部卫生经济研究所副所长王禄生对农村公共卫生的现状作过很多研究。他在农村调研时发现，某些地区政府给卫生院的财政拨款还不足支付离退休人员的工资。微薄的医疗收入既要承担在职人员工资，保证流动资金，又要维持预防保工作的正常运转。难！危房面积占20%~30%，病房没有抢救设施，非专业人员多，比例达30%。

2002年10月29日，卫生部前部长张文康在全国农村卫生工作会议的讲话中说“约90%的农民自费医疗，在一些贫困地区农村有24.3%的家庭靠借钱或欠债支付医药费，5.5%的家庭为了看病而变卖家产，因病欠债的家庭有47%存在温饱问题。”“村医疗点中，还有13.2%没有血压计，40.5%没有消毒锅，乡镇卫生院卫技人员中具有本科生以上学历只占1.4%，中专学历占53%，有36.4%的人员是普通高中及以下水平。”

在2003年的两会上，卫生部基础卫生与妇幼保健司副司长张朝阳在接受记者采访时，强调农村卫生体系建设待加强，他把2002年在广西和山西进行的一个农村调研报告结果告诉了记者：广西近70%的乡镇卫生院有危房，35%的乡镇卫生院没有X光机，40%多的卫生院没有B超，60%的卫生院没有心电图机。在达不到标准的乡镇卫生院中，有80%~90%是急救室和产房没有达到标准；山西30%的乡镇卫生院没有心电图机和X光机，60%多卫生院没有B超机，50%多的卫生院还没有常规检验设备，更有少数的卫生院仍然靠体温计、血压计、听诊器工作。张朝阳说，这一组数字基本概括出我国农村卫生服务体系建设的一个现状。虽然东部一些地区要好一些，但我国大部分农村卫生基础设施条件差、技术人员水平低、管理落后是一个现实的问题。而造成这个问题的原因，一个是财政投入不足，另一个就是政策支持不够。

2003年3月18日温家宝总理在十届全国人大一次会议后举

行的记者招待会上回答香港凤凰卫视记者问题时说："中国13亿人口有9亿农民。目前没有摆脱贫困的3000万左右，这是按每年人均收入625元的标准计算。""如果标准再增加200元，农村贫困人员就是9000万。""中国东西差距很大，大家想必只是从概念了解，我想说一个数字，中国沿海五六个省市GDP超过全国GDP总值的50%。"温家宝总理在这段讲话之前报告了一组令人高兴的数字：中国改革开放以来GDP的增长速度年均在9%以上，近5年尽管受到亚洲金融风暴影响，GDP增长年均在7.7%，2002年达到8%。尽管GDP在提前翻番，但是，在我国"2000年人人享有卫生保健"的目标并没有实现。按照党中央、国务院提出的建设小康社会标准，到2000年，我国还存在农民人均纯收入，人均蛋白质日摄入量，县、初级卫生基本合格率等3项指标没达到标准。这3项都与农村、农民有关，都与卫生健康发生直接或间接的联系。这说明，一方面是经济发展的不平衡导致了卫生事业发展的不平衡（失衡点在广大农村）。另一方面是卫生事业的发展并没有达到与经济发展相适应的水平（同样，卫生事业欠发达地区仍是农村）。

20世纪末据卫生部提供的数字，我国有8%的人没有获得医疗服务，这个比例是低的，但按8%计算就约有1亿人口没有获得医疗服务。1999年，卫生部统计信息中心公布的第二次国家卫生服务调查主要结果的初步报告中告知，65.25%患者因经济困难需住院而未住院，33.18%的患者需就诊而未就诊。

进入了2014年，世界卫生组织资料显示：中国医疗保健支出占GDP5.5%，应该是有所增加。但是，放眼开口世界：高收入国家是12，3%，中等国家是5.8%，低收入国家是5.7%。如美国17.1%，瑞士11.7%，挪威9.7%，巴西8.3%，印度4.7%。

诺贝尔经济学奖得主阿马蒂亚森提出；享受美好人生依赖三个条件：第一，可支配资源。第二，健康。第三，文化知识。其观点是：贫困不能仅仅视为收入低下，还应视为基本能力的剥夺和机会的丧失。从这个角度看，因病致贫、因病返贫的根本原因不仅仅是因为看病所要支付相对收入高得多的医疗费所导致的，而是因为享受基本医疗保障和公共卫生服务的可及性丧失，以及因健康水平下降而导致参与经济活动能力被剥夺的结果。基于他这一观点，我们对健康贫困的认识将会更深更广。

2016年首次由联合国开发计划署驻华代表处和国务院发展研究中心共同撰写了《中国人类发展报告2016》，人类发展指数的选择就源于阿马蒂亚森的三个条件而制定的：由经济收入、健康状况、受教育水平三方面内容组成，报告中显示贫富差距逐渐拉大，指出中国医疗和教育的投资在全世界范围之内处在偏下水准。疾病抢走了幸福，全民健康还在远方。

二、健康贫困：强国富民的头号杀手

***永远的不等式：农民年收入与一次住院费。**

健康贫困释义是一种机会丧失和能力剥夺，即由于经济发展水平低下，支付能力不足所导致的参与医疗保障、卫生保健和享受基本公共卫生服务的机会丧失，以及由此造成的健康水平下降导致的参与经济活动的能力被剥夺，从而带来了收入的减少和贫困的发生或加剧。

南昌县南新乡是产粮区，该乡楼前村农民刘德田，54岁，年收入1500元左右。

一个黄昏，他摔了一跤。不是痛，他不会上医院。医生说摄片，交80元，做CT要交280元。报告为股骨颈骨折，交费3000元。他吓得叫儿子把他抬回去，说：熬草药吧！

国家卫生部每次统计信息中心发布的《2001年全国卫生事业发展情况统计公报》显示：2001年平均每一个出院病人住院医疗费用是3245.5元。那么，收入偏低的农民该如何面对这样住院费用。

永丰县在江西省中部，正是“肚脐眼”的部位，也是原中央苏区。毛泽东写第二次反“围剿”的词：“雾满龙冈千嶂暗，齐声唤，前头捉了张辉瓒。”龙岗就是永丰境内一个乡，是老区，也是贫困区。永丰县2001年农民人均收入是2253元，2002年人均收入2335元。

永丰县民政局刘美雪副局长提供了几户因病返贫的典型家庭。

永丰县藤田镇老圩村宁德根，40岁时正逢耕田责任到户，几年辛劳，几年积蓄，盖了房，还买了一辆手扶拖拉机。2003年8月患上了白血病，不到一年的时间里，20年的积蓄一夜花光。治疗费花去了45000元，每周还到县医院治疗，每次治疗费840元，现已向银行贷款1500元，向村里借了1100元，拖拉机也卖了。身体彻底垮了。是继续治还是终止治疗，全家人举棋不定。他们所剩下的家产就是那幢新房子了。

比他们更惨的是沙溪镇不塘口村的叶元香，她38岁时丈夫患了癌，夫妻俩勤劳肯干，20世纪90年代初就盖了砖瓦房。丈夫患病三年，开刀两次，花费5万元，最后是人财两空，留下三个孩子，分别读高中、初中、小学。经济负担很重。叶元香没有弯腰，她坚决要把孩子抚养成有文化的人，她卖掉自己和丈夫用血汗砌起的新房，到县城去打工，她相信，孩子有文化就会有出息，就能再盖起一座新房。

双桥乡是江西赣南一个贫瘠的小山村，从那块红土地上走出了无数名红军将领。他们当年举起刀枪闹革命，就是为了让后人世世代代不受贫困的煎熬。

改革开放后，一些农民富裕了，农民富裕了就想盖新房，赖旺新就是其中一个，农忙已过，他正筹划着旧房换新居。可是赖旺新关节痛已半年了，就到乡卫生院买了几块伤湿止痛膏贴贴。不久病情加重，走路瘸拐。拖到隆冬盖房进县城购材料时才顺便到县医院看看。拍了X光片，医生告知，可能是长了瘤子，要他到省城医院再查查。他屈指一算，路费、住宿费、伙食费，没有三五百元怕是打不下来。先就近找个土郎中看看吧。他包了几服草药敷在痛处，无效，病情继续加重。无奈只得启程到省城，挂号、拍片、血检，还做了CT……各项检查完毕，回程的盘缠又不够了。医生告知，是恶性肿瘤，要尽快住院开刀。住院预交费是3000元，他找谁乞讨呢？不能白白等死，搭车返乡借钱，卖了猪、鸡，卖了耕牛，最后还卖掉了刚动工的全部盖房材料。腿锯了，命保住了，出院了。望着他那在寒风里抖动着的空裤脚，妻子落泪了，他们家将如何度过余下的岁月呢？

农村特困户有更多的是患病，病人又分几种：一是丧失了劳动力，二是巨额的医疗费用的亏空无力填补。

中国农民勤劳勇敢世世代代过着俭朴的生活，他们不怕苦，他们相信用自己的双手能战胜苦难，战胜贫穷，这些年政策好了，更坚定了农民们的信心。

在农村，像赖旺新、叶元香这样吃苦耐劳、坚强好胜，不向苦难低头的人很多，他们最怕的是什么呢？怕病痛，怕意外。

对于在贫困线上徘徊的农民，不是谈看病难的问题。看病难是指想看病治病，医疗机构无法满足患者的需要，而在看病难之前是病不起，医不起，怕生病的问题。

迫于经济重压，农民失去了求医治病的权利，或压缩了他们生存的时间与空间。农民如果患了恶性肿瘤，或是患上了需要支付巨大医药费用的疾病如肾炎、血液病、心脏病，要做肾移植、人工肝、人工肾时，那就意味着他们靠近了死亡。

生活中，许多农民到城里求医的目的只是讨个“说法”。是恶性的无钱治？是良性的舍不得治？说白了，这个说法就是要个“死因”——我是得什么病死的？

患了恶性肿瘤固然是生命的无奈。城市的大医院在肿瘤科病区或在优质病房，可以看到一个个病人躺在洁白的床单上，抗癌药一点一点在闪烁的阳光下流进他们的血管。昂贵的药费使他们生命得以延伸一年、二年甚至三年、五年。床头的鲜花，室内的空调，年轻护士的微笑，老专家细心的检查和叮嘱。在他们生命最后的时刻享受着人间的温暖与亲情，当药物无能为力的时候，他们安详地闭上眼睛。曾有一个医学院的学生颇有兴趣地对肿瘤放化疗的病人做了个简单的调查统计，他惊讶地告诉老师，农民患癌症的少，城市人口患癌症的多，占总人数的80%。老师告诉他，不是农民患癌症的少，恰恰相反，农民患癌症的人要比城市多，只是他们无力接受需要巨额费用的放化疗。

20世纪80年代初的一个冬天。安远县中医院来了一个病人，是个小伙子。右手肿得厉害。挂号，写病历。拍了片子，医生说是骨折。要复位，要打石膏，要预交50块钱。当时50块钱是大学生毕业后一个月的平均工资。病人把口袋都翻尽，总共只凑到3块钱。医生没多说："回去搞钱吧！"骨折的小伙子走了。医生心里明白，农民是搞不到钱的，他们自己会找点草药熬熬，错了位，他们照样做事！得要活命！那时，有些外伤病人十几里路带来，没有钱住不进院，门诊止止血，打个绷带又抬回去了。

没钱的农民患了急症住不进院的情况，并非安远县才有，各县市都大量存在。一些退休的老医生回忆起来感叹不已：农民的命，唉——，没得到及时的抢救，结果必然是或死亡或残疾。

郭雪保是吉水县农民，20岁当兵，两年后退伍回家，自学成才读了夜大，到深圳打工，父亲患了癌症，他陪着来医院治疗。他在广州、深圳一带打工已深深地感受到被歧视的痛苦，自卑和愠怒。回到家乡，陪着父亲住院，他再一次遭受了这种歧视。因为没钱，整个医疗环节无法有效地衔接，因为没钱，常被停药，整体治疗无法到位。更让家属无法接受的是，城市的病人在临终前一分钟还在继续抢救，而农民离死亡还有一段很长很长的路时，医院、医生害怕农民欠费就变相的逐渐的终止治疗，劝家属带病人回家。当然这些话都是好话好说："你们赚一点钱很难，不要人财两空，早点抬回去吧！”

生，是人生的起点，为起点而欢庆；死是人生的终点。到了终点呢？病了，谁都希望得到良好的医治，在医生呵护下无憾地死去，而不是痛苦地辗转于贫病交加、求生不能的人生旅途上，更不愿等待死亡静静地到来。然而，经常会听到或见到这样悲痛的事，就在某一个冬天的夜晚或是某一个春寒料峭的早晨，一个农民的家中，一位老人几声咳嗽，几声哮喘就这样离开了这个世界，无声无息死在家中。中国农民普遍有这样的习俗：死在家中。贫穷正好满足了他们的这个心愿。他们难道不清楚这个习俗对于他们是生命的不公么？

农民赚1元钱是多么不容易，存100元是多么艰辛。

许多农民家庭一生的追求只是盖一幢供全家居住的砖房，农民自己盖房，其成本只是3万~5万元，人生风风雨雨，坎坎坷坷，往往一场大病就把这个住房的梦境击破，把那一点点积蓄冲走。为省下住院的钱，也就痛苦地躺在家中等待，等待生命的息止。

在农村就有了这些顺口溜：

脱贫三五年，一病回从前。

救护车一响，一头猪白养。

耕一春，收一秋，病一次，汗白流。

累死累活几担粮，几声喷嚏就花光。

一人生病，全家受累，卖猪卖鸭，付不起药费。

于是便有了这样的感叹，疾病猛于虎！

于是农民生病只能处于这样的状态，小病扛，大病拖，生死由命。

于是有了这样的呼吁：农民要小康，身体要健康。

***细节中见中国基层医疗贫困**

《中国人类发展报告2016》中显示中国医疗和教育投资在全世界范围内处在偏下水平。

偏下水准概念是什么？

从“非典”说起。

“非典”把中国农村推向了世界，也把中国农村医疗贫困推向了世界。江西哪一位医务人员忘得了抗击“非典”的日子？

当时世界卫生组织担心疫情一旦在农村扩散，后果十分严重。中国农村人口占全国人口70%，扩散的原因有二：一是无监测防疫体系；二是农村人口流动量大。世界卫生组织在一份声明中说，他们尤其担忧中国边远省份的“非典”疫情。

这是一个极受全球关注的悬念。

江西吉安县是革命老区，井冈山就在该县的西部。非典那年全县人口48万，外出人口8万。大都在北京、广东疫区。那段时间每天返乡约300人，已返乡5000多人。

吉安县让悬念成了事实。

当年4月，出现了一名病人返乡。病人叫聂春兰。送进了吉安县医院，全县万众一心，众志成城，实现了零死亡，零感染，零扩散。为抢救她一人生命，投入经费17万元，这17万是政府买单，在“非典”流行的日子，农民总算享受了一回公费医疗。

其他县市呢？其他县市在严防死守。

黄昏的雾霭里响起那首高亢的兴国山歌的旋律：

“哎呀嘞，嗳唱山歌你听清，

‘非典’预防最要紧。

干咳少痰病初起，

喷嚏一打传疾病，

同志哥，赶紧到医院量体温。

哎呀嘞，全身关节都酸痛，

三十八度往上升，

有了病情早报告，

相信科学要认真。”

一阵山歌几声锣，翻山越岭，走村串户，这个唱歌的不是歌手，是村医。

熟悉的旋律在宣传着疾病预防的知识，熟悉的旋律似乎还在传播着山里人那股坚定和自信。让人感受到了一种文化的穿透力，穿过了战争的风雨，穿过了艰苦的岁月，在顽强地表达着叙述着什么，那夕阳下戴着草帽，汗水浸透衣裳的村医背影已在百姓群众脑海里凝固成一幅沉甸甸的油画。那个苦夏的日子里，赣南每个县的每个乡、每个村都有由一名村医和两位农民组成的巡视组，在走村串户发送宣传单，宣传抗击“非典”的知识，检查监督流动人口的返乡。责任重大，工作艰辛，方法原始。就是这样原始的方法，已经让许多农民知道了“非典”的知识，知道了发热就要报告，知道了染上“非典”就要隔离。山里农民不担心自己染上“非典”，他们最担心是外出的子女，山高路远，捎不上信，他们只有烧几炷香，对远方默默地祈祷……

村村设卡，户户设防，各村各户，严防死守，再也没找出第二个病人，她是第一，也是最后一个。

聂春兰出院了，江西胜利了。

世界各国卫生工作者无法相信“中国式奇迹”——赣南苏区就是用这样原始的方法阻击《非典》进村，就这样赢得了预防“非典”的胜利。那《兴国山歌》的歌声使人坚信红色基因在一代又一代人身上遗传，那唱山歌画面早已定格成为历史……

这场人疫之战展示了白衣战士的英雄风采，也暴露了中国基层医疗卫生防疫体系之脆弱。让聂春兰等农民患者感受到了免费治“非典”的社会主义优越性，也让我们看到农村医疗保障体系是大片空白。免费治疗毕竟是非常时期的非常措施，预防与治疗“非典”政府可以为农民埋单。 其他疾病的预防和治疗呢？局部的突发事件呢？对此，赣州市立医院急诊科几位老医师记忆犹新。

那是一个企盼阳光的季节。

绵绵秋雨淅淅沥沥下了七八天。

急诊科一夜平安无事。大亮时分，电话铃响了，总值班通知，马上出诊，地点是赣州市郊湖边公社石灰山大队。因淫雨久浸，那里几家农舍倒塌了。七八个农民受伤。

救护车出城，在105国道上向北疾驶，走了十几里地，向西拐进窄小的泥泞乡村公路，厚厚的泥沙黏打着轮胎，坑坑洼洼，车速很慢。行驶了近两个小时，车停了，车前是溢满了秋水的稻田。雨雾中，可见稻田一边有人家，已听得见鸡鸣狗叫了。

司机按了几声喇叭，来了一位头戴斗笠的农民，自称是大队长，陪着走进了一条更滑、更窄、泥胶更黏稠的山间小路。一弯又一弯，进了村，路两边是黄泥墙黑瓦房，又一拐坍塌的泥房呈现在眼前。迈过瓦砾，受伤的人安置在还没倾倒的里间和邻居家的厅堂上。桌上躺着的是孩子，竹床上卧着的是成人。村里人都来了，是围观还是在关心相助，说不清。一名赤脚医生简单地讲述了经过：大概在夜半（没有钟，只能是估计），几天来雨大风猛，这几间房子被水泡松了，散架了。人都压到泥砖底下。一个人拉不动，急忙找生产队长，生产队长找大队长。大队长说赶紧往公社打电话（那时，一队只有一部手摇电话，设在大队部，总机在公社，转外线要经公社总机话务员的同意）。后来得知，公社卫生所医生还在路上，公社只有一部吉普车，没有允许，谁也不能开。

没听他讲完，急诊医生首先抢救小孩，抠净他们鼻孔口腔里的泥土，尽管是全身发紫，还是进行了口对口人工呼吸，作心内注射，做心脏按压，总指望能救活一两个。近百双眼睛在望着。焦急、期待，希望出现奇迹。奇迹没有出现，房塌已过去了8个小时，太久了！如果救护车能及时赶到，如果当时可以就地抢救，一定会有幸存者。死者中有几个不是死于外伤，而是窒息！如果这不是经不起风吹雨打的土坯房，如果这儿有医疗设备，有医生……

在这偏远的山村，没有输液条件，没有给氧的设备，更不可能有呼吸机。赤脚医生没有抢救的基本知识。这儿只有“红汞碘酒，擦了就走”的简陋村卫生所；只有“头痛发烧，APC三包”的治疗水平。

这里没有公路进村，村公社卫生所没有执业医生，没有抢救设备。没有，真的什么抢救设备都没有。救护车无奈地启动了，落寞地开往来时的路。车后那呆滞、悲痛、无望的目光一直尾随着他们。仿佛穿越了时光的隧道，十几年来时不时地扎向他们的脊背。而农村的那一幢幢土坯房还立在雨中，不知哪天悲剧还会发生……

死者一共六人，两个大人，四个孩子。最小的只有3岁。

那位急诊科医生说，他只在做学生时，走在解剖室里才面对过这么多的尸体。每次学习解剖课前后，都会向死者深深地鞠一躬。是他们为医学的献身，才使医学生能顺利地走进神圣的医学殿堂。此时此刻，医生低下了头，不知该祈祷什么？祈祷雨季不再来？祈祷来生他们会更好？他们心痛，每次讲述，每次心痛。

时光进入了今天，路修好了，救护车配备了，土坯房在改造，医务人才还是缺乏。

寻乌县。

当年毛泽东写《寻乌调查》《反对本本主义》的地方。

剑溪河是赣江的源头之一，河水清澈见底。朱德率南昌起部队在河坝分兵后曾住在剑溪乡桅杆下村再奔安远天心圩上井冈山的。毛泽东来赣南后，在古柏的陪同下来到剑溪乡，开展调查工作，住在石壁下剑溪乡苏维埃政府，陈毅、项英都到过剑溪乡，剑溪乡是有红色故事的地方。

寻乌县剑溪乡卫生院是20世纪70年代末建造的土砖木板瓦房，被定为B级危房，没有输液室，病人只能走廊、诊室门口打点滴，医院只有3名医生。2011年，江西省卫生厅给他们配发了尿液分析仪、半自动生化仪、心电图机等医疗设备，三个人都不会用，又抽不出时间去进修学习，只能暂时搁置。

整个寻乌县只有13所卫生院，这些卫生院要承担寻乌县30万人口的疾病预防与治疗任务。假如每个卫生院按5名医生计，平均每名医生要承担4615.4个人的健康保证。这真叫千人健康一肩挑。

红色故都瑞金市，市结核病防治所的55年的成长发展史可以视为赣南苏区卫生资源的“两个缺乏”的一个缩影。

诊所是1958年由一幢古祠堂改建的。

改建之初，在当时的瑞金县当然是佼佼者，有1000平方米，够大了。风风雨雨55年过去了，还是砖木结构的那幢房，还是1000平方米建筑面积。大门正面在白底红字的院牌写着：瑞金市结核病防治所。那斑驳脱漆脱泥的墙，宛若是风雨中一个早衰老人，让人感受了无比的沧桑。55年的风雨洗刷，该所全部房子鉴定为危房，门诊部为C级，住院部为D级。

400平方米的门诊部分一划为五：分别是接诊室、化验室、X光室、药房及所长办公室。药房与收费室，新农合报账室共用一间。

目前编制内医师有10名，聘用医师5名，每月薪金平均不到2000元。

2010年防治所接受了比尔与梅琳达·盖茨基金会捐赠的一台X光机。然而，这台机器至今还在走廊上。原因简单，X光室太小，很难安装防护设备，危房又无法扩建改建装修。瑞金市现在人口66万，每年约有10万人感染结核菌，来防治所治疗的病人每年只有500例左右。

所长杨逢长把食指指向危房，进而把食指伸进有一指宽的裂缝里。一声叹息表达了他的无奈与期盼。

***贫困镇不住那颗爱心**

尽管赣南贫穷，赣南的医务工作者并没有停下自己的脚步，他们用那颗真心，那片真情实实在在地为赣南百姓服务。

寻乌县项山乡福中村地处赣粤闽三省交界山区。全村辖区10.03公里，耕地面积1100亩，山地面积2万亩。潘昌荷是这里一名村医，双肩担负着这村224户， 934人的健康守护工作。行医42年，清贫42年。年轻时出诊全靠双脚，后来乡里修了路，出诊就靠摩托车。用跋山涉水，风里雨里，走遍全村来形容他都难以表达他工作的全貌。由于他态度好，看病认真，粤闽两省农民患者接踵而至。福中村距福建武平县民主乡9公里，距广东平远县差干镇20公里。武平县民主乡村民何国栋的母亲患尿毒症，常请他上门看病。过去是亲自来请，熟了，有了电话，就只要打电话了。不管白天黑夜，电话一响，他都会背上出诊箱上路。何国栋已记不得潘医生上门多少次了，但他记得，收费最贵的一次是50元钱，这是包括几大的针剂和几副中药的总费用。贴钱，出诊不收费已是他的习惯。他有一个原则：命比钱更重要，认真对待每个病人，用最简单最有效的方法，治疗每个病人。凡是60岁以上的老人看病免收门诊费；外伤包扎、测量血压等全部免费；一般只给病人开两天用药。如果效果不好，安排转诊。第一时间帮助患者联系上级医院，亲自护送病人到达。

武平县民主乡坪畲村中书垇村民何方远，59岁。患有先天性青光眼。2007年农历正月二十那天，他从寻乌县大中村骑摩托车回家，途中摔断了左腿。他信得过潘昌荷。潘昌荷不负所望，连续6天到何方远家为其复位敷药。在回家路上摩托车坏了，潘昌荷花了350元维修。6天治疗费，他收了120元。算起来，他出诊亏了本。2008年7月，村民谢传凤自采草药治疗自己的中风病，喝了药汤出现晕厥。潘昌荷晚上12点摸黑赶来她家，血压很低，可能是中毒性休克。潘昌荷紧急救治，一夜未眠，守到第二天早，见她苏醒才回家。这12小时的守护，只收了13元的药费。村民潘其和1995年患上肺气肿后，其间都是潘昌荷在照顾，只要病情发作，潘昌荷总会在第一时间赶到。病情紧急时，潘昌荷还会亲自护送到上级医院治疗。用潘其和的话来讲，潘昌荷不仅是医生，更像是他的兄弟。因为潘昌荷亲人般的呵护，村民们的常见病、多发病得到及时解决，一些疑难杂症也能得到有效缓解。

本村村民赖和辉说，他上门看病，从不收摩托车油钱和出诊费。每次都是病人硬要塞给他10元，20元的油钱。在没有修好通村公路的那个年代，要走半天山路才能到潘医生家，看完病又不能当天回家，病人就吃住在他家。潘医生免收吃住钱。潘医生家一直留着一间空房为患者，给当天看病回不了家的病人免费提供住宿。他熟记村里每个人的健康状况，记住哪个老人居住在哪间房屋，掌握哪些人对什么药物会过敏，经常了解掌握本地病情发生变化等。

潘昌荷的妻子说：这几年来，她和孩子承受着各种家庭的艰辛和委屈，也数落过潘昌荷“没出息”，但为了支持潘昌荷行医，他们都会尽力为其分担。对于家人的支持。行医42年不收病人出诊费，主要是为了减轻病人负担。没有收到病人的医药费，不后悔，没有盖新砖房，住土坯房，也不后悔。有些村民已经进了城或盖了砖瓦房。潘昌荷陈旧的土坯房中没有一件像样的家具，茶几、木制沙发、电视柜、板凳上的油漆脱落得所剩无几。2004年，潘昌荷花费4000元建了一间30多平方米的门诊室，目的是为了让村民看病有一个好环境。

42年来潘昌荷觉得自己最愧对的是老婆与孩子，为了这个家，她要比其他女人承担更多的劳动和负担。

2015年9月，潘昌荷荣登“中国好人榜”后，在寻乌县城的项山，在福建的武平，在广东的平远，村民最担心的是怕村医生潘昌荷接受褒奖调离这里。潘昌荷说，他不会离开这山、这片土地。他最担心的是自己老了，村里谁来接班。最近，他发现儿媳妇为人平和，可以学医。县领导支持他的想法，经审查与联系，赣南卫校已破格同意让他媳妇入学学医。

正是两个担心化解时，又传来喜信：寻乌县卫生和计划生育委员会为扩建完善村卫生室，拨款6万元。

赣南安远县是座交通闭塞的小县城。不大，只有一条街，县中医院、县医院、县政府、文化馆都在这条街上。中医院在路中段，县医院在街尽头。逢三六九墟门诊还有百把人，墟过之后，冷清。说得好听一点是清静，实际是冷落。改革开放后，开发了三百山，宣传了供香港同胞饮用水的源头东江发源地。就因三百山，安远开始有了点小名气。

已有20多年护龄的龚晓英是安远县医院手术室护士长。苗条身材，瓜子脸，很秀气。她的工作是在手术室和医生一起抢救病人。大多数病人是全麻，病人是看不见，感受不到的她的辛苦劳累。她说，手术室往往就是医院的上甘岭，抢救病人的生命往往就是那么一瞬间。在市场经济浪潮的冲击下，进了手术室就得支付钞票。而农民患了急症时，往往是没带分文，或仅仅凑了几个钱，根本不够。在手术室工作的她，也就往往要挺身而出，不仅是挑起抢救的重担，还挑起病人欠费的重担。

从孔田镇抬来一位叫钟仁娣的妇女，急腹症，术中要输血，病人没有钱，她决定出面取血，账记在自己的名下，救人要紧。这是一件很小很小的事，却触发了她。像这样送进手术室进行抢救的而又没有钱或钱不够的农民，她遇见的又何止钟仁娣一个人。往往医生在手术台上等病人凑钱取血，拿药。医生怕欠费，不得已而为之。她在手术台下，要指挥护士救病人，又要为无钱的病人跑血、跑药，她怕误了抢救病人的时间。只要她当班，凡是钱不够的病人，她都勇于去挑这笔经济账。

有人问："病人会还钱吗？"

她说"大多数病人都会还，家境困难的，会拖几个月。不是他们有意拖，确实他们手头紧，拿不出来。"

"手术室应该成为救命的绿色通道，决不能因为病人缺钱而误了病人的治疗。"她要求手术室每个护士都这样做："要血取血，要药取药，就是扣我们的工资，也不能影响抢救。"

她有这点权，她就用这点权。几十年来，她都是这样做的。手术后，没有钱、没有营养品的，她会掏钱为病人解决。内儿科收治了一位患重病的女婴，因病情严重，患儿父母弃女离去，龚晓英掏钱给病儿买奶粉，动员护士轮流护理。当孩子转危为安后通知其父母。没有亲人或不会护理的，她会主动伸出手去帮助，她自己并不富裕，她是农民的女儿，一名赣州卫生学校毕业的中专生，她也要养家糊口。只不过行走在金钱和人道之间时，她选择了人道。她是江西省赣州市优秀护士。2004年与2012年两度授予全国卫生系统先进工作者荣誉称号。

龚晓英乐于助人，乐于为农民服务，那是她品德的崇高。为什么总要让品德崇高的人们承担那么多呢？政府、医院、企业可不可以筹集一笔钱供这些贫困的农民周转呢？

他是农民的儿子，是从深山里走出来的穷孩子。22岁赣南医学院毕业，分配到乡卫生院当一名乡医。

工作两年后，院长说：我们乡没有一个牙医，你去进修吧。农民生活好了，我们医院要帮农民看看牙、治治牙。

他去了江西一家最大的医院进修一年。回来后，他真想为农民解决牙病，那年月，国家投资少，乡卫生院，县政府还拿不出钱来配置牙椅牙钻，也就买了几把牙钳，为农民拔拔牙。他也只能用最原始的办法，解决最简单的问题。

有一天，一位外伤病人送到了医院大门口，满脸是血，口里吐血。据说，原已送县医院，县医院说，那里没有颌面外科，治不了，要他送赣州市或直接送省城南昌。那时还没有京九线，到这两个地方都是坐汽车，都要很长的时间，一路颠簸，谁能保证不出人命？偌大个宁都县就找不到一个这样的医生？

左打听，右打听，听说黄陂卫生院的王医生在省里学过颌面外科。南昌大学第一附属医院的口腔颌面外科是省里重点学科，这样的外伤，在进修时，他一定看过，就这样来了。别说在基层医院，就算在县市级医院，这种病人，口腔外科也不会多见。学医的人都知道，口腔科分科太细了，一个口腔科要分10多个科，口腔颌面外伤的病人都会送到有这类专科的医院。

病人进了医院，看不看？

看了，做不做？用什么做？

他看了看病人，问了病史，测了血压，做了血常规，摄了胸片，确认没有内脏头脑损伤后决定：接！这是要担风险的！好在那时虽然穷，医患关系还好，家属听说他愿意接，悬着的心终于放了下来，有的还赶快掏出钱，要送红包。

他拒绝了，他冷静地在想，没有全麻，这伤筋动骨的手术痛吗？局麻能行吗？局麻自己注射，能保证一针到位吗？再说，这儿哪有固定钢板和钢丝啊？出血是因为骨折的断端血管外露，有良好的固定后，压迫就能止血。他在科里一个抽屉一个抽屉翻，找了几根短短剩下的钢丝，又找了几截铁丝，他立马浸泡消毒，只能“土法上马”了。

那时没有进口麻醉药，麻醉用的是目前很少用的普鲁卡因。他让病人躺在手术床上，让家属好言安慰，让护士打好点滴，第一针做了颏神经阻滞麻醉，病人疼痛好点，又做了下齿神经阻滞麻醉。当年学习下了功夫，这两针都准确无误。他乘病人不痛时，立马手法复位，用钢丝结扎。还好，不需要切开，然后，一颗牙一颗牙扎稳，这是慢活儿，他坐着。扎一颗，又一颗，出血终于止住了，牙齿错位对好，脸上皮肤裂开出血也对合缝好了。三小时，手术结束。他用盐水把伤者脸上清洗干净问：痛吗？

病人说：有点痛。我不叫痛，你才会放心帮我做呀！

他很感动，说：谢谢你的配合。

病人说：你救了我的命，治了我的病。我应该谢谢你。

这是毕业后第一次抢救病人，也是进修回院后的第一次手术。他当然没有想到，当年中央红军在第五次反“围剿”时，从广昌石城退下来的病人大都在宁都抢救，也无设备，也无麻醉。锯腿竟会用木工的拉锯。而今天他竟也用原始的手法救治了病人。他高兴。院长更高兴，说：你真为病人解决问题了，再困难，再无钱，也要支持你把口腔科办起来，拨给你4000元钱。你到省里去办点设备吧！

他高兴的到了南昌，到了南昌大学第一附属医院，找到老师问：这4000元钱买什么设备最合适呀！

真难为老师了，4000元还不够买一台牙科椅。买一台好一点的电钻也不够。买什么呢！

两人都犯难了。然而，在老区，在乡卫生所，4000元钱却是个大数目啊！每天看病的收入只是几块、几十块钱，要看多少病人，行多少次肌肉注射，才能收入4000元呀！当时，挂号费是5角，肌肉注射是5角。拔牙也只是1.5元。

最后，他只好无功而返。经再请示，补了1000元，购了一台高速涡轮机，以后开展了更多的工作，包括难度较高的唇裂修复术，颌面小肿瘤切除术。这就是那个时代的乡卫生院，那个时代的医生。

他真想为老百姓做点实在的事，宁可自己多担一点风险。

后来，由于工作需要，他又进修了骨科、外科。24岁开始行医，35岁提升为乡卫生院院长，49岁晋升为副主任医师。他叫王海生，是宁都县洛口乡卫生院院长。洛口乡距县城10余里，有3.2万人口，乡卫生院担负着全乡百姓的疾病预防与治疗工作。乡卫生院有60名工作人员，开放床位有60张，年收入300万，下属有13个村卫生所。

一晃30年过去了，他从宁都黄陂乡卫生院起步，走过大沽乡、田埠乡，又到洛口乡，辗转了五个卫生院。年过半百的他，已不是当年的小帅哥，已是一位有经验的乡镇卫生院医疗专家与管理者。

农民的儿子愿意一辈子为农民服务。他跳出了“农门”，却没有走出农村，他心甘情愿地为农民服务。他知道农村、农民十分需要他，那些山里的农民从心底里尊敬信任他们，把生命交给他们，放心！

*爱心没有镇住头号杀手

阿马蒂亚的一个重要的观点：经济学必须关注贫穷。他曾说过，你不能凭富强和繁华判断一个社会的快乐程度，你必须了解草根阶层的生活。无疑，农民平民是草根阶层的终末支。他们的富裕才能显示我们社会的富裕。许多人走在致富的路上又返贫了，抑或他们就没有富过？

重读一次熟悉的数字：我国卫生资源的20%分布在农村；我国城乡人口比例是3∶7。80%的卫生资源，那是大多数；70%的人口那更是大多数。致病返贫，因病返贫家庭是怎样？这到底是怎样一种伤害？

医生的经历与所见应该是真实的。这是一位年轻医生讲述。

我忘不了她那双注视我们的大眼睛：清澈、明亮，宛如一泓山泉；我忘不了她那呼喊我的稚嫩声音：甜润、清脆，像在窗前跃动的黄鹂鸣叫。认识她，是在她爸爸住院的日子里，她陪护着他。每天，她早早起床把病房扫得干干净净。把用过废弃的矿泉水瓶子、百事可乐、健力宝的瓶瓶罐罐放在她爸爸的床下。每次护理员都不好意思地说："谢谢，你又扫了。"她只是笑笑。她需要这些瓶瓶罐罐，她是病房里病友们的"拐杖"。谁要去检查，谁要去上卫生间，她都主动地去搀扶。大家高兴地称她是：病房病友们的女儿。

"你几岁了？"被她的勤劳单纯所感动，我问。

"八岁。"

"读书了吗？"

"没有"。她羞涩地低下了头，目光里流露出一点忧郁。又说，"爸爸说了，病好了，出院了，赚了钱一定送我去读书。""识字吗？"我关心地问。"会，会写自己的名字。"她大概是怕我不相信，顿了顿又说，"叫咏梅，梅花的梅"。我记住了。

她爸爸是肝病晚期患者，肝硬化、腹水、贫血，基本上丧失了劳动力。那正是春忙的季节，她妈妈和姐姐回家忙春插耘田去了。那阵子，我们共青团正开展学雷锋活动，我便组织了青年医生和护士为她买了几本书和练习册。她高兴极了，我问她："想读书吗？"

"想"。很快又补了一句："好想，真的。"

晚上病房很安静，只要没有危重病人，不管是医生还是护士都会教她识字。一本图解唐诗，她特别喜欢。学习了一周她居然能背出20多首唐诗。

不久，他爸爸的病情控制了，要出院了，记得是出院的头一天，有人敲我办公室的门，我说："请进"。还是敲门声，我起身开门，是她。她右手里握着一卷红纸，那是感谢信。见她右手拎着一篮花。我心一动，相处一个多月，我知道她们家穷到什么程度，买一篮花，那得花去她们家两三天的饭钱哪，我有点激动，猛地站起来。"咏梅，你为什么买花，退掉！"也许我的过于孟浪，她哭了："爸爸真心感谢你们。爸爸说，想买块匾送给你们。爸爸说，现在没有钱，买了张红纸写感谢信，以后有了钱再送。这花，这花是我自己的钱。"

"你哪来的钱？"我奇怪地问。

她父亲的住院费用是2.3万，是她妈妈卖掉了耕牛、卖掉了猪，卖掉了家里能卖的资产后还借了1万元的债付上的。这些，全科人员都清楚。

"是我捡矿泉水瓶子卖的钱。我，我原来想用这些钱买书的，叔叔阿姨给我买了，我就买了花送给你们。"

那稚嫩的甜润的声音如蜜汁一样迅速向我心田渗透，那注视着我的大眼睛里晶莹的泪水在滚动，宛如一泓山泉，让我感受到人世间的清纯、温馨。我明白，我理解。那期间，城里人出院都习惯给医护人员送一束花，表达感激之情。这位8岁的农村小姑娘，就这样悄悄地、静静地这样表达了自己的感情。我眼睛也湿润了，我真想扑上去抱起她，紧紧地紧紧地抱起她说声："谢谢你！"

科里同事一直念着她，她送的那篮花，我们十分珍惜、呵护，每天洒水时，总会有人说，不知咏梅上学了吗？长高了吗？她爸爸病好些了吗？我们还真想见见她。

想不到真的有那么一天。那是别后的第三年，不是她爸爸复诊，是她一个人。

那夜我值班，夜里查房时，我发现一个小姑娘拎着蛇皮袋在病区走动，是陪客？还是小偷？我快步走上前，拦住问：“你是哪床的陪客？”她抬起了头，那明亮的眼睛放出的光一下映入我的心中，这不是小咏梅吗？“你爸爸又住院了？”

她低下了头，目光也暗淡了，脸上泛起了红晕：“没，没住院。”

“你，你一个人做什么？”

她下意识地拎起了蛇皮袋，抱在胸前，我听见了蛇皮袋里矿泉水瓶子和空空的易拉罐撞击声。我的心一颤、一紧，我明白了。我蹲下来，拉着她的小手问：“你爸爸呢？妈妈呢？”难道说，她爸爸“过了”，怎么她一个人在城里流浪？“我妈妈在你们医院里打工。”经过她断断续续的讲述，我才知道，他爸病情加重，家里已无钱继续治疗。种田的收入已难维持生计，姐姐在家读书，照护爸爸。妈妈带她到城里打工。我们医院大楼的清洁工作包给了保洁公司。她母亲应聘当了名保洁员，月工资300元。减去伙食和住宿费用，只落得百余元。但百余元的收入也比在家种田强。她妈做事细心、爽快、勤劳，博得了手术室护士长的夸奖。她妈得知，手术室晚上需要一名护理员守门，接送病人，向护士长请求这份工作。最初护士长不肯，担心她身体吃不消，她哭泣着、诉说着：家里有老有小……护士长感动了。她妈为又多了一份收入而激动。就这样，她妈在我们医院又多了份工作，夜班工资每个月250元，也就是说，一年365天，一天24小时，她妈都在工作，一年的所得是6600元。这笔收入对于穷困乡村无疑是可观的，然而对于这个有病人的家庭是杯水车薪的，毕竟还不够一次医疗费用啊。

“妈妈累，好累，我来陪妈妈，妈妈说城里人丢的垃圾有好多好多可以换钱，我就帮妈妈收捡这些能换钱的东西。多存点钱，早点治好爸爸的病。”她瞪大了眼睛注视着我，胆怯地问：“你不会赶我走吧！”

这次，我的眼眶真的噙不住涌出了泪珠，像她这样的年龄，在城里，多少孩子在爸妈怀里撒娇，在肯德基的餐馆里，在公园的绿茵场上享受童年的幸福啊！我真的希望天下多几个李嘉诚、多几个包玉刚、多几个邵逸夫。当爱、孝道遭到金钱时，真想自己一夜暴富……

这是一个老人的故事。

廖细佬老了。老了他不急，他比好多老人强，他养了4个儿子，根据4个儿子的协议，他不能种田了，每个儿子家住三个月。儿子是他的骄傲。养女的人家就苦了，女儿嫁出去了，两个老人谁养？郎（女婿）自己的父母还要养哩。在他63岁那年，小儿子外出打工，被汽车撞伤，成了残疾人，一只脚永远离开了他。虽然装了假肢，挣钱却难多了。他提出，请兄弟们照顾，不承担父亲的养老。三个哥哥条件还好，没多考虑，同意了。从此，廖细佬一年跑三处。现代生活总是多变，老大不知哪年患了肝炎，当肚子里有了水，才晓得已是乙肝晚期，哪有能力赡养老人？他也像弟弟一样提出不承担养老的义务。这次老二、老三没有同意，你不养，他不养，谁来养？和睦的一家人转眼反目为仇。这年春节按顺序该到老大家，老大卧病在床，实在不能接纳，老二、老三说决不能开先例。小儿子本想接父亲过年，他老婆反对：“接客容易送客难，要是老人不走，怎么办？”结果是，廖细佬夫妇在自己曾辛苦共养育了4个孩子的破屋里度过了一个寒冷的春节。从此，廖细佬的脸上再也看不到那自豪欣慰的笑脸了。疾病击倒了他的儿子，也冲走了他晚年的幸福。

这样做，确实有悖中国的孝道。年高体迈的父母完全理解子女，他们也不愿增加儿子的负担，也不愿伤害他们兄弟的感情。老人病了，不能动了，总得去一个地方，总得有人为他们送终。无疑，疾病给贫困的农民带来的是雪上加霜、破屋逢雨。

金色的黄昏，夕阳的美好，三代同堂的幸福，一家人进餐的温馨在这个时刻、这个状况似乎都消失了。中国人一向重视家庭，哪怕子孙你死我活的钩心斗角，只要长辈活着，一个大家庭或四世同堂，或三世相聚都要在老人的威严下维系着，这是脸面，这是正常，这是伦理的必需。在农村，如果有二三个儿子，那肯定逐渐分家，各自东西。老大盖新房，老二也不会落后。这样多儿多孙的家庭，面临的问题是：两个老人落户谁家。如果有劳动力，尚能做做家务，照护子女，应了一句古话：家有一老，如有一宝。谁都想要，如果身有残疾，患病卧床，谁都不想要。不是子女不尽孝，有病的老人请进屋，立马需要支出的是医疗费，谁埋单？

当诅咒金钱的时候，又不得不依赖金钱，没有金钱，没有了经济基础。在有些地方，有些家庭，有些人群中感情大厦会崩塌成残壁断垣，亲情会被金钱的魔爪撕裂。子孙该如何仰望自己的祖辈呢?

这是又一位医生读到的一封令人心碎的信。

晨松、晨梅：我走了！

你们不要去找我。你们四处借钱要为我治病，我看到了你们的孝心，我满足了。钱，不要借了，这几年的积蓄是8000块钱，留给你们把房子整修一下。房子盖了三年，还要加一层顶。我问了医生，8000块钱花完了，也治不好我的病。治病吃药就是无底洞，我走了，这个洞就没有了，你们就可以无牵无挂的过日子了。晨松还是想办法到城里去打工，边赚钱边读点书，学点技术，没有文化知识就是留在家种田也发展不了。晨梅一定要找个健康人家，健康不得病比什么值钱的家产都值钱。

你阿公阿奶会为我担心着急，惦着我，你们就说我到南方打工去了，对两个老人打击不要太大。我真不知怎样向你母亲交代，她嫁给我苦了一辈子，我再不走，更是拖累她。我走了，她就无牵无挂了。晨松要是赚了点钱，让你妈妈享几年福。我在九泉之下也闭目安心了。每年清明节，你们就到河边叫几声，我会听见的，我会保佑你们平平安安过日子的……

患了“绝症”就想到自杀，这不是第一个，也不是最后一个。只不过这位农民多读了几年书（初中毕业），能写出一封信，更多的是农村妇女，她们不愿拖累丈夫、子女，毫不犹豫地走出这一步。没给亲人留下一句话语，她们不善于表达，也无须表达，她们用结束生命表达了对亲人的最深沉的爱。她们不热爱生命？不热爱生活？不对未来充满憧憬？她如果嫁给了有钱的人家，她如果是百万富翁的女儿？她们会选择这样的方式结束生命吗？会这样默默地消逝在亲人的视野里吗？

这是两位大学生讲述的他家中的悲情往事。

王秀秀是我的室友，在大二那年她母亲患了食道癌，她陪母亲看病检查，晚上在女生宿舍里母亲和她挤在一个床上，白天母女俩就在学生食堂用餐，秀秀多买一个菜，妈妈都不同意。她妈妈说，两个辣椒就可以了。她妈吃菜不是为了营养，不是为了品味，仅仅只是为了下饭。食道有梗阻，她妈就用开水泡饭，秀秀买了碗饺子，她妈舍不得吃，留着秀秀下晚自习吃。她妈说，孩子读夜书，辛苦，肚子会饿的。检查完了，诊断明确了，要住院，她妈带的钱也用完了。妈说，回去筹钱，过了半个月，没见妈来复诊，秀秀急了，托人带信回去询问。妈说，就在乡下吃草药土方。老郎中说，土方可以治好“嗝食病”（食道癌），秀秀希望出现奇迹。三个月后，她突然接到父亲电报：速回。一切在意料之外，一切都让秀秀百思不得其解。母亲出走了，生死不明，留下一张便条，还从小学生练习本上撕下来的：秀秀，我走了。你一定要好好读书。

母亲小学毕业，歪歪斜斜的字，看得出母亲写这几个字时手在抖，心也在颤抖。母亲生前老实巴交从不麻烦人，母亲病重后也不愿麻烦任何人，她就是这样离开了人间吗？秀秀说什么也不相信。父亲说，母亲的病已到了晚期，米汤都很难喝进去，每天到卫生所注射葡萄糖，打一针要十块钱，开始是父亲陪她去，因为农忙，母亲一个人去。母亲离家出走后，才发现母亲根本没去打针，那钱，妈存起来了。秀秀回家后，父亲从箱子里拿出来递给秀秀。秀秀才知道那是母亲省下来留给她读书用的。用报纸包了一层，又用塑料包了一层，最后用手绢包好用细红绳捆了一圈。父亲说，可能就只60块钱，第七天的早上她就走了，爸爸从田里回来，发现了这张纸条。60块钱对城里人来说，算什么？在母亲手里是多么重，多么重呀！秀秀说，人世间最伟大的是母亲，人世间最伟大的爱是母爱。母亲选择了这种方式让女儿能完成学业，能安心读书。任何一句安慰秀秀的话都是多余的，都是苍白无力的。那天我在她对面坐着，默默地坐着，直到月光笼罩在我们身上。

那夜月光下秀秀的目光、秀秀脸庞上闪闪的泪珠和她的话语会永远留在听者的记忆里……

因病致贫故事之三。

女生多情细腻，男生呢？他的讲述一样催人泪下。

我很想让这些事在心中霉掉、烂掉，又希望我的后辈知道我们家走过的艰辛苦涩和父母姐弟之间的骨肉之爱。所以，我还是选择了讲述。

爱是可以改变一切的。

我家在赣南山区。山多地少，土地贫瘠。冬天一家人共穿一条裤子不是笑话。冬天，全家人偎在床上，靠薄的棉被取暖。谁出门办事，谁穿那条夹裤。我铁了心要走出山区，20世纪八十年代，要想离开农村只有一条路：读书考大学。为了让我读完小学，姐念完初小就帮爸放牛。初中毕业我考取了县中，爸拿着录取通知书和收费单说："孩子，你去吧！我进城打工，累死累活也要让你读书，读下去！"

冬天，工地放假了，爸爸带回了一叠人民币，新学年的学费有了，爸还为我和姐带回了一套新衣。那年冬天，我们一家感到分外暖和，妈给爸买了一瓶酒，那是一顿我和姐从没有感受过的愉快的、祥和的年夜饭。

天有不测风云。爸只干了两年就摔断了腿，老板只支付了医药费，往后的日子怎么过？老板不闻不问，托人把摔断了双腿的爸送回了家。原已生气勃勃的家一下子又跌进了冰窟窿，每个人透心的凉。我没有丝毫犹豫，决定退学，我是男子汉，我要撑起这个家。那夜，姐没睡，把我叫到屋外的树下，那夜如水的月光清亮、温柔极了，月牙儿又美又亮，我望着姐秀丽的脸庞，姐的一双眼睛就像这月牙儿一样美丽温柔，一样明亮清澈。晚风轻轻地摇动着树梢，繁茂交错的树叶像筛子，滤过的月光点点片片落在我的黑布衣上，姐说："姐进城去挣钱，给爸治病，助你上学。有姐在，你就能读完中学，读完大学，就像这月光，只要不起风下雨，总会发光。"

新春初五，姐就离开了家，妈搀扶着夹着拐杖的爸，双双站在家门的树下，直到姐消逝在远方的山麓下。爸成了家庭妇男，养猪、做饭，妈下田干活。一年后，我以全县第一名的成绩考取了大学。我上大学的那天，姐特地请假回来送我。上车前，她悄悄地塞了一叠钱给我说："弟，这是你的零花钱，进了城里，进了大学，再不能像在山里。姐每月还会给你寄钱的。"姐已给足了学费、旅差费，她从哪里又省下这些钱，我心里一热，紧紧握住姐姐的手，一切要说的话都埋在心里。几年后就会长成大树，长成一棵绿色的大树，为爸妈遮风挡雨，让姐在树下歇息。到校我点了那叠钱，是六百六十六元钱，是姐姐的祝福啊！姐在餐馆里做服务员，月收入只有三四百，还要给爸妈寄钱，姐省呐！

大学后的第一个寒假，我回了趟家。把自己在学校的见闻、欢乐与父母、阿姐一起分享。这年春节是爸病后最快乐的一个春节，这一点一滴快乐都是姐用自己的汗水换来的！一连两个假期我都没有回家，在城里做家教、扫厕所，为自己挣学费。我不能拖累姐。我不知家中的破屋又遇上连夜雨。

读大二时，妈病了，家里人怕影响我读书，瞒着我。姐觉得告诉我没有什么益处。既不能出钱，又不能出力，还分散精力。一点小病乡下人是不会去医院的，何况妈患的是妇科病，她相信土郎中，相信吃几包草药会好。草药一吃就是半年，病情越来越重，这才到县医院去诊治。这一去，爸妈吓了一跳，患的是癌症，而且是快进入晚期了。要转到省城大医院去治，妈不想去，还是爸告诉了姐。姐借了一千块钱，陪妈去了省妇幼保健院。入院的押金要三千元。妈和姐不得不回去筹钱。说是回家筹钱，家中哪有钱筹，只有等姐去借。住进了院，医生说要先做化疗，再做手术，整个疗程要一万伍千块，天哪，妈当时就吓蒙了。我们山里人哪听说过治病要一万多块钱。你算算，我们人均年收入不到4位数，这要多少年呀！姐决定再借。姐每月的工资还不够还利息呀，这繁重的债务日后怎么还？爸急，妈更急，趁姐借钱离院时，妈办了出院手续，她拒绝治疗，回到家乡。一件意想不到的事如晴天霹雳响在我家上空。村委会主任带来一名警察，调查我姐，说姐被拘留了，怀疑她参与卖淫。这雷声太大了，父母的精神彻底崩溃了，村里人将会用什么样的目光审视我们家，父母将有什么样的脸面在这儿生活下去。妈说，这一切都是她惹的祸，由她来了结吧！

在一个清晨，太阳升起的时候，妈跳崖自杀了。崖很深很陡，我们根本无法下去寻找她。我想我妈的选择是经过深思熟虑的。活着她不愿麻烦子女，死后也不麻烦我们。我赶回家中，朝崖下拜了几拜，朝崖下放了几串鞭炮，我只能用这个词：欲哭无泪。我跪在崖前，面对高山与悬崖，仰望盘旋的苍鹰和停留的白云。姐来了，我听见了身后的抽泣，姐跪在我身边，不停地像祥林嫂样复述着一句话："妈，是我害了你，是我害了你。"

那又是一个月光如水的夜晚，我和姐坐在屋外的树下，我望着姐秀丽的脸庞，泪水在月光下闪闪烁烁，那目光像今夜月光一样朦朦胧胧。"姐是清白的。"姐说，"我为了让妈能住院、能治病，餐厅下班后，我又到歌舞厅，我没有陪睡，没有！姐是清白的，姐赚的钱也是干净的！姐的心就像月光一样洁白！"

"从今后我再不会用你的钱！"我说。我走了，第二天我就乘车返校了。我刚踏进校门，就接到一封加急电报："速回，姐去世。"姐留给我的是一张白纸上写的两行字：弟，我是清白的，我赚的钱也是清白的。债务我全部还清了，还有一张美元在我包里，你留着做个纪念吧！我到妈妈那儿去了！

疾病所致的不仅是一个人肉体的伤害，一个家庭的经济的崩溃，还带来心理上的剧大伤害及社会秩序的失稳，甚至道德的侵蚀。

疾病、健康、生命、人类发展……全世界有识者有志者共同地课题。

三、生命工程：爱民之心，洪荒之力

***制定一个小目标，百姓病了不能穷**

2012年8月21日，国务院的《若干意见》，其实就是给赣南革命老区绘就了一张幸福蓝图，卫生部的《实施意见》就是为呵护百姓健康设计的一起生命工程。

用2016年诺贝尔文学奖得主鲍勃·迪伦的歌名来形容——《听起来很遥远》《答案在风中飘扬》。

四年过去了，透过健康扶贫窗口，放眼望去，答案不在“风中飘扬”，而是在“乡村的小路上”，是在每人每户的身边。

生命工程的第一大任务是让老百姓，尤其是贫困农民看得起病，让农村贫困人口享有基本医疗卫生服务的权利。不会因病致贫、因病返贫。这话的关键在于钱。

走进医院挂号要钱，医生开单检查要钱，床要收钱、打扫卫生要收钱等等。

贫困人缺的就是钱。无钱不敢看病，钱少看不起病，有一点点钱，也会因病、再病回到从前。

谁出钱？政府。

政府要制定一个小目标：让百姓病了不能穷。

这钱怎么出？

连续三年，赣州市政府，赣州市卫生计划生育委员会着力创建了健康扶贫的新形式与有效的途径。陆续出台了一系列政策与措施。为贫困百姓构建了四道健康保障线。

第一道保障线是最基本最普通的新农合基本医疗保险。

在操作上进行三项改进。首先，将原农村低保五保供应对象享受的政策扩大到所有农村建档立卡贫困对象。这些对象参加新农合个人应缴纳费用120元免除，全部由政府财政出资。

其次，实行“先住院，后付费”。凡进公立医院住院，凭户口本、身份证、参合证免缴住院押金。

其三，免除起付线的钱款。新农合实施使患者个人自负比例由100%降为40.24%。防线扩大了对象，操作改进了流程，更加利于百姓，利于贫困农民。

第二道保障线是新农合大病医疗保险。突然患了大病怎么办？首先，患大病时，起付线下降50%；其次，补偿费提高10%，5万元以内补偿60%，5万到10万之间补偿70%，10万元以上补偿80%，最高不超过25万。政府帮助支付了大头，可以解决燃眉之急，让病人家庭不至一蹶不振。最后，是为慢性病患者提高了报销比例。由40%提高到50%，年封底线3000提高到4000元。

有了这两道保障线，患大病的贫困家庭还是很难守住生存底线，也就是说，还可能是一病如洗，倾家荡产。于是，又设立了民政医疗救助的第三道保障线：符合条件的贫困家庭可以向民政部门申请城乡医疗救助。

三道保障线建立，并非万事大吉，仍有家庭一病不振，即使有民政医疗救助，也难复元气。经调查，发现大病患者的费用支出仍在40%左右，如果大病药费是10万，自己要支出4万。在山区，在贫困地区4万仍然是沉重负担。

几经思考，几经讨论。终于在2006年1月，出台了第四道健康保障线。即农村贫困人口疾病商业补充保险实施方案。这是赣州的创新，是在全国地级市率先实现农村贫困人口疾病医疗商业补充保险金覆盖。

具体操作方法是，由市县政府按2：8比例出资，不需要贫困对象个人出钱。

赣县田村镇患者老黄在这条保障线出台后住院了，他患主动脉夹层和高血压III级。医疗费用182233.65元，新农合补偿72596.94元，大病保险补偿35342.79元，疾病商业补充保险补偿66203.91元，个人自费8090.01元，占总费的4.44%，在这条保障线实施之前，他要自付40.77%！

好事好办，好事办好。这么多钱，要到几个地方去办理报销，还要找人批条子签字，对于山里农民，这是一条曲折的路。怎样才算办好呢？

政府把这事也纳入了议事要点。即用什么样结算模式，更方便农民。各县在探索。

会昌县采取的是："合署办公，一站式结算"。具体是在报销过程中有这样几个问题：

患者多头跑腿，办理程序烦琐重复，政策落实不理想。

各头相互不通气，患者或家属要反复复印病历资料，反复找部门核实。比如医院、合作医疗负责单位、扶贫办，几个单位都要跑到位。如果遇到排队，经办人不力，短则三天，长则四五天。如果是不识字的老人，那就是一笔糊涂账，报哪几项，报多少，出现应补未补，多报漏报的现象。

2010年，实行一站式服务，四项补偿，同步结算。2016年7月30日止，顺利完成了全县贫困户患者四项补偿工作，商业补偿183人次，医药总费用818.61万，新农合补偿435.77万元，新农合大病保险补偿85.38万元，疾病医疗商业补偿176.92万元，民政救助80.24万元，四项补偿合计778.31万元。农村贫困对象住院费用实际报销比例平均达90%以上，如果未实施商业补充保险，贫困对象住院实际报销比例为73.46%。

赣县采取的是，在县新农合管理中心设立了专门报账窗口，采用“一本通”的账本与身份证“新农合证，同步报销。”

安远县政府设立医疗行政中心，将新农合、居民医保、大病保险、民政救助请多部集中办公，设立“城乡居民大病医疗保障绿色通道”一样实行一站式服务。

兴国县与于都县实施，“4+1健康扶贫保障体系”在四道保障线应报尽报后，再实施年终二次补偿。

四道健康保障线大大推动了农民“参合”的积极性，健康“一站式”服务大大方便了农民。赣州全市参合群众是732.02万人，参合率已达99.70%。

对赣县2016年新农合规定进行一次简单地解读，可以从中看出，农民“病不起”的绝望在渐渐缩小，慢慢消失。伴随而来的是希望，乐观、信心与感恩。

第一，参加农村卫生所门诊按65元/人/年。

实行门诊统筹报账，在乡卫生院每次门诊支付比例是1：8，在村卫生所支付比例是1：9。

在乡村两级定点医疗机构单位门诊补偿费为65%，不设起付线。乡镇卫生院门诊统筹补偿不设全年封顶线，乡镇卫生院每天门诊补最高限额平均50元，补偿34元，村卫生所每人每天平均30元，限额21.6元。以户为单位，全年封顶，家庭成员共享，超封顶线个人自负。

第二，住院补偿。

县级起付线400元，补偿比例80%，省市级定点起付线600元，补偿比例50%，乡级定点医疗机构不设起付线。农村低保五保按90%进行补偿。对意外伤害、正常分娩、剖宫产、双胎除正常报销外，都有额外补偿。如剖宫产，乡级补助1530元，县级补助1360元，省级补助700元，县外非定点补助420元。

第三，门诊大病补偿为40%，无起付线，封顶线为3000元。

第四，重大疾病：如结核、肿瘤，艾滋病、白血病、脑梗死、I型糖尿病，甲亢、儿童尿道下裂、心肌梗死定额补偿；免费救治疾病补偿“光明”“微笑”工程，是指开展白内障与唇腭裂手术。实际1300元定额负责治疗，新农合补偿800元，政府补贴500元，唇腭裂补助2400元。

第五，尿毒症：凡在定点医院透析救治，每人每周免费做两次血液透析，每年按52周计算，新农合按收费标准报70%，民政报20%，医院减免10%，实际是免费。

第六，“妇女两癌”：定点医院负责手术，新农合补助80%，民政补助20%。

第七，重性精神病：定点医院免费治疗，新农合补偿80%，民政补助20%。

第八，“儿童两病”：先天性心脏病、白血病，新农合补助70%，民政补助20%，医院补助10%，不受封顶线限制，确保免费救治政策。

各县制定的补偿大同小异。

这么多年来，因病致贫压在身。过去，政府就是给了一点优惠，也要批条子、签字。跑断了腿，看够脸色，受足了气，拿到手里的钱，跑来跑去的车费就花去了一半。

农民说，这回总算放下了看病贵的担子，总算舒了一口气。感谢党中央，感谢国务院！这真是为农民办实事！

***农民就近治病，能否如愿以偿**

一年一变样，三年大变样，能吗？

观望，质疑，猜测，迷惑。

许多乡医村医坚守了十几年，许多人与医院危房相伴几多春秋，许多病人舍近求远，许多卫生院奄奄一息。梦寐以求、翘首以待已不足以来形容他们的心情。他们已做好了准备，就这样坚守下去，终此一生，对得起爱过他们的病人，对得起他们爱过的家乡。

变了，村乡镇县医院都在变。农民有了选择。

到哪儿？到哪家医院去看病？

县市医院，山高路远。

农民最愿意就近选择。村卫生所，乡镇卫生院是他们的首选。

村医乡镇医师能为他们解决病痛吗？

这要有三个基本前提，一要有诊所。二要有基本设备和药品。三要有能会看病的医护人员。

政府发了两次文件。第一次文件为《关于加强基层卫生计生机构服务能力建设指导意见的通知》，第二次文件为《关于印发赣州市进一步加强乡村医生队伍建设实施细则的通知》。

曾经的村卫生所基本上是村医自家的住房腾出，房产归自己，没有各自独立的诊间。药品物品也混放。

文件要求：要推进产权公有村卫生计生服务室建设，应由诊察室、治疗室、观察室，计划生育技术服务室、药房，与计生药具室、值班室、档案信息室、公共卫生间等八室一间组成。

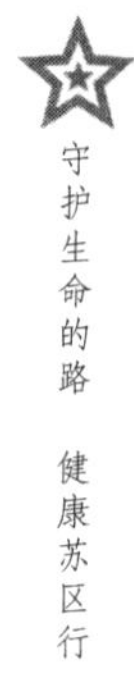

明确要求1000人口以下的村，建设面积不少于80平方米，1000~1500人口的村建筑面积不少于150平方米。1500~2000人口面积不少于200平方米；2000人口以上面积不少于400平方米。

赣州市有村卫生所6522所，文件出台前符合条件的不多，村医卫生室用房大都是村医自已家的住房，产权归自己，有些富裕的村是由村委会出房，房权归集体。

要达到这样标准化只能是扩建，重建。

又是钱！

归谁出？

赣州市政府召开了专题协调会，会议上决定由县财政在农村保障房建设中切一块资金用于村卫生所标准化建设。全称叫卫生计生服务室。每年每所卫生所10万~20万元标准为更新升级资金。

乡镇卫生院改建的力度更大。于都县于2016年完成了80%乡镇卫生院标准化建设。

该县有27所乡镇卫生院。县政府决定，用三年时间对全县乡镇卫生院统一规划，按标准建设。项目全覆盖卫生院周转房、业务用房、附属房，用省中央资金的县政府按1∶1比例配套，没有的，县政府财政兜底保障。

利村乡位于于都县境西部，距县城17公里，全乡有15个行政村，206个村小组，7450户，总人口31634人。因山多耕地少，全乡有1.5万青壮年外出打工，全乡实际常住人口2万，离镇最远的村20公里以上，山路崎岖，交通不便。

利村乡卫生院不大，有30名员工。在平常的日子里，就为这老弱病残的2万人服务。这两年，建了周转房，扩大了住院部，院内还有一个平坦的停车场。这停车场还真没闲着，人来车往，十分热闹。由于这所小小卫生院办出了特色，来这儿就医的不仅是本乡本土，还有本县及相邻的宁都、瑞金、会昌、赣县乃至赣州市人抱患儿来这里就医。事出有因，江西省儿童医院一名外科儿童专家是于都人，曾到利村乡卫生院指导扶持工作。这位专家做的小儿疝气手术，闻名省内外，院长抓住了这个好机会，派专人跟着学，没学会，追到省里再学。一定要学会、要学好。就这样，一个小小乡卫生院的小儿疝气科就不声不响地红遍了于都，惊动了赣南。

“跟着学”的医生是“80后”的小青年赖优。他21岁毕业于宜春医学院。分配到本县车溪卫生院，那是2004年，医院除了三个老医生只有他一个青年医生。他干脆住在卫生院，医疗工作全包了，他把这一切不视为累，而视为最好的学习机会。他愿学好一门本事为家乡父老乡亲服务。这是他好学的心理基础与条件。

两年后，赖优调入利村中心卫生院。那时他24岁。

机会来了，江西省儿童医院的小儿外科专家每年会来这儿开展小儿外科手术，手术内容有疝气、唇裂、包茎包皮过长、鞘膜积液等。专家每年来两次，每次1周。他跟着学，他给自己也定了小目标：五年内，把专家的小儿外科手术落户到利村卫生院，各小手术项目开展进入常态。

以后他又专门到赣南医学院第一附属医院进修，使过去的每年5月和10月的两周手术热变成一年365天都可行。

看看往上涨的数字，2009年全年手术为127台，2010年265台，2011年504台，2012年743台，2013年986台，县外镇病人占总数84.9%。

院长支持他开设了专科病房，设有病床17张，科室增到15人。

2015年疝气专科全年收入是235万元，占全院收入36%；门诊人次为4207，占全院20%，住院人次1151人次，占全院38%，全年手术人次814人次。2016年上半年疝气专科收入为124.67万元，门诊人数2320人次，住院人次558人次，手术是469人次。

一年又一年，病人有增无减。病人接踵而至的另一个原因是钱。

乡镇卫生院的收费与省市医院相比，低，低得很！哪怕与县医院相比，也低很多。而医疗技术，据专家说，已达到省级水平。

瑞金市九堡乡10个月小朋友文涛，2016年9月7日入院，9月8日上午在全麻下手术，手术当天下午出院。住院两天，手术麻醉费用1451.23元。

于都县盘古山镇5岁的杨伟，2016年9月18日入院，19日上午手术，19日下午出院。费用1408.23元。新农合报销后，自己实际花费323元。

讲述利村乡卫生院这件事，是想为院长曾祥连做个“广告”。他说，我们在完成乡镇卫生院工作的同时，能够开展新技术、新业务，实打实地为农民解了看病贵，看病难的苦恼，还可以为他们省去许多路费，精力和时间。我们也是赶上了大好时机，党中央国务院大力扶持赣南苏区，省市县拨给我们院200多万元盖了六层楼的周转房。12套两室一厅，36间一室一卫。临时工也不用在镇上租房子了。县、镇、乡无房户的职工可以全免费居住，工作生活条件改善了，病人多了，医院收入上去了，大家心也安了。你看看停车场，有几辆车还是我们院职工的。职工有干劲，院长高兴；为农民解决实际问题，农民高兴。

感恩不是说两句话，露几次笑脸，是踏踏实实为农民办事。时间一转眼过去了，利村乡卫生院脚踏实地的干了三年。

迄今，他们卫生院已为1000多儿童完成了疝气手术，无一例并发症。

机遇越好，越要好好干。否则对不起信任你们的病人，对不起时代赋予的责任。

于都县禾丰镇中心卫生院这几年的发展快速，一样的为农民解决看病贵与看病难的问题，采用的是不一样的方式。

开设了病床95张，全院职工82人，医务人员70人，本科学历12人，大专学历31人。设有内外妇儿、手术室、CT室、检验室、彩超室、血透室、新生儿听力筛查室等15个辅助科室，设备有全自动生化分析仪、进口彩超、奥林巴斯生物显微镜、血透仪、远程诊疗系统等设备。

医院有血透机五台，其中阳性机1台（供肝炎病人用），这是于都县唯一开展血液透析的乡镇医院，两年来已累积透析4513人次。合作医疗报销80%，民政部门补助10%，医院减免10%。也就是说，血透免费。也就是说，这个科室是不可能有绩效的，是真正意义上的公益，甚至医院还要倒贴。

院长陈德红却非常重视，派出了4名医务人员，要求他们“用心服务”。这是党和政府的一项深得民心的工程。近30个血透病人几乎都这样说，我能活着，还能这样活下去，多亏了政府，多亏了你们医生敬业精心，要不然，我们骨头早就成了灰，是共产党好啊！

叙述这么多原因只有一个目的，这儿的病人可以在这家医院享受到大医院专家们的会诊，可以把病人材料直接通过系统送到县人民医院，与大医院远程对接，提高了医生水平和诊断治疗水平，方便了病人诊断与治疗，大大的维护了病人的利益。

2015年医院业务收入875万元，门诊收入340万元，住院收入535万元，药品收入224万元。药品比例与大医院比例相比，显然是低，低很多。

门诊次均费用112元，住院次均费用1655元。与大医院比，显然是少很多。

卫生院以外科见长，可以开展骨科、手外伤、疝气、甲状腺、阑尾、痔疮、妇科、产科等各类手术。

仅在2016年7月，外科手术120台，产科手术32台，妇科手术10台。

做手术是要承担风险的，尤其是乡镇卫生院，麻醉技术实力不强，人手不够。没有重症监护室，整体抢救水平与省城比相差甚远。前两年，该院遇到一位农村妇女难产，不得不进行剖宫产，产后，子宫收缩乏力，产后大出血，用止血药、宫缩药无效。全院外科妇产科医生都来会诊，怎么办？时间不能等，多等一分钟，就多流血，生命危险就增加几分。唯一方法，作子宫切除。其丈夫不同意。他已有一个女儿，这次又是女儿。农村叫纯女户，保留子宫再生一个男孩，是他唯一的要求，与她丈夫多沟通一分钟，手术台上生命就多增加风险，全院人都在急。

这位朴实的农村汉子看见大家焦急的神情，十分理解医院，理解医生，这么多医生在全力以赴为妻子想办法、保性命。这边，他用颤抖的手签下了：同意切除子宫，那边，手起刀落，迅速切除了，血止住了，生命保住了。再过24小时，那刚刚生出的女儿就回到妈妈的怀抱里了。医生长嘘了一口气，丈夫哭了，院长握着他的手，扶着他的肩。

全院人都感谢夫妇对他们的信任。陈德红院长再次提出“扎根基层，用心服务”，这位农民的儿子，要与自己的同行，一起扎扎实实为农民，为病友用心服务。农民也是在用心对待医生的啊！

这才是农民所喜欢、所关爱、所愿意就医的医院。

前两年，他们院的护士陈丰兰获得赣州市院感技能大比武活动一等奖。18个县市，有334所卫生院，有148万护士，从禾丰镇中心卫生院走来的护士获一等奖，难啊！

2014年夏天刚过去，崇义县卫生界发生了几起大变化，是看得见，摸得着，能享受到的变化。

铅厂镇距县城17公里，其下辖的义安村分院，从级别来看是个村卫生所，从负责的区域和人口看应该不算少，下有义安、石罗、西峰3个村，新安子钨矿、石罗村场两个企业，负责6000多人的医疗卫生工作。

针对这里的实际情况，一是人多，二是矿区、村场工人易患尘肺，县领导打破了常规，破除了级别观念，投入了资金22万元，配给了X光机。过去，摄片要去县城，费时费工，有的村民职工怕麻烦，想省钱，只要症状不影响工作就放弃了进一步检查，往往误了病情。X光机的添置，不仅让6000人受益，也为周边的村民提供了方便。

第二件事是，凡有条件的中心卫生院给予已配备螺旋CT。这无疑给肿瘤病人带来了福音，早发现，早诊断，早治疗起到提高准确率的作用。

第三件事是崇义县卫生局在2016年7月出台了《新型农村合作医疗大病保障实施细则》。

大病费用年封顶线提高到25万，补偿办法进行分级管理。2万~5万元，补偿50%，5万~10万补偿60%，10万以上补偿70%。这一比例有效地缓解了农民因病致贫、因病返贫的困境，保障了农民家庭生活的稳定。

铅厂镇铅厂村农民李来凤患冠心病多年，常年住院，生活几近绝望。遇上了新农合的调整，《卫生事业振兴意见》出台，这年补偿了她2.5万。她又有了活下去的希望与勇气。

雷钦贵是铅厂镇义安村人。因家中世代从医，从小就想当医生。20岁那年，从卫生学校毕业后回家行医。他见证了一个小小卫生院的发展。他在义安村行医22年，以前诊断治疗，只靠自己背药箱出诊，他几乎走遍了这个山村所有的居民住所。2014年手足口病高发期，他以卫生院为家，吃住拉撒都在卫生院。他说，我既然选择了行医，就要履行自己的职责与义务。如今，镇卫生院条件好了，设备多了，促使我要更加努力。

他自学了全科医生的专业教材，又到赣州市人民医院进修。

他要自己的业务能力要求与卫生院同步前进。目前，他还是执业助理医师，他一定要成为一名优秀的全科医生，这是他的目标。

赣县一家卫生院的变迁可以为医疗发展作一个诠释。

赣县县城在梅林镇，距赣州市不到半小时车程。与长征第一渡的于都县相邻。赣州当年是“白区”，赣县就是“红白”交界处，在对苏区封锁的年月，这儿承担了偷运、转运、交接储运的任务。

在赣县北部是地处山区的白石圩镇，该西北镇与万安县相接，距县城60里，距赣州市74里，辖有9个行政村，1970年兴建的白石卫生院，负责1.5万多人的卫生防疫与治疗工作。

那个年代建的房都是土坯房，老白姓称“土楼”，墙脚地基雨打水泡，墙上刷的石灰脱皮掉净，露出的就是黄泥与稻草。老百姓笑着对医生说，下大雨，你们千万不要待在房子里喔，天要埋人，只要一阵雨一阵风。

这房，20年前就定为危房。为了安全，卫生院在外租用了土管所两间办公室，只有300平方米，诊室、收费、药房都挤在一起。

医疗设备除了听诊器、血压表、体温计外，再没有什么了。治疗只是发口服药和打吊针。小手术都要去县医院。

2013年3月，振兴发展春风起，阳春三月催花开。2013年8月赣县白石卫生院框架结构的三层综合楼拔地而起。总投资152.9万元，总工期180天，新白石卫生院不仅拥有了新楼房，还有了新设备，独立B超室、生化仪和手术室。

一些小手术再也不用跑赣州、跑县城了。这不，一个农民刚做完痔疮手术，高兴地说，过去那房子，那设备，就是专家坐在那儿，我们都以为是骗子。

从期望到观望，从等待到质疑。只有17个月的时间，每个县、乡、村医院都用“变脸”作了回答。

肖文习是安远县孔田镇人，2008年患上了股骨头坏死，到过赣州市人民医院，医生说要进行股骨头置换，没钱，只好返回安远。

2014年，《若干意见》出台后，安远县孔田镇卫生院开始扩建，增添手术室和医疗设备，肖文习的手术居然在家门口可以实施了，只花费了1万多元。

安远县类似孔田镇这样扩建改建的乡卫生院还有天心镇等8所乡镇卫生院，总共投入了400多万元，都是用于医疗基础设备添置。

南康区肾病患者李大姐，过去要到赣州市做血液透析，每月花费近7000元钱，路费还在外。南康市改区后，区二医院建立了血透室。她不用往市里跑了，在当地指定医院完成透析，补偿可以增高10个百分点，省去了路费。医疗费可报6000多元，自己只要出300多元，仿佛肩上的担子一下子轻松了好多。

石城县丰山乡丰山村沙排组70岁老人曾玉庭，患肺心病、支气管哮喘20余年，在卫生院住院5天，住院费用799元，报销688元，民政救助88.8元，自己只要出22.2元。

“变脸”“变化”的最终目的是要让老百姓看得起病，让医生能看好病，让群众少得病，病有所“医”。

***生命工程：有爱有汗硕果累累**

在赣州，在赣南苏区18个县市区处处有变化，都是看得见、摸得着、听得到，可以分享的，实实在在地在分享、在振奋、在惊讶、在激动的时刻，人们不禁会回想这两三年的经历，这收获季节来到的过程，回想这些日子有累，也有甜。多少回下乡调查，多少回下乡督促。度过的多少个不眠之夜，有多少兴奋、思考、苦闷、激动……

赣州是苏区干部好作风的发源地，是党的群众路线重要形成地。赣州领导身在红色故土，会用好红色资源，会继承好红色传统。毛泽东在赣州寻乌县写过《寻乌调查》，在瑞金为解决群众饮用干净水，挖出一口红井，在瑞金留下了“关心群众生活，注意工作方法”的名篇，毛泽东和八个兴国农民座谈，写了《兴国调查》。

邓小平是会昌的第一任中国共产党的县委书记。那儿至今还流传着邓书记的故事。

1933年春耕时节，会昌独立营几名战士因家中春耕困难私自离队回家。苏维埃主席老邹闻知，怒不可遏，带上绳子，带上战士说：走，把他们捆回来教训一番。

邓小平得知后，却是另一种方法，他说：走吧，我们放下绳子，一同去看看，看看究竟怎么回事。

来到战士小吴家，发现小吴母亲生病，无钱医治。

邓小平从口袋掏出自己仅有的几块钱给小吴说：尽快找医生。小吴不敢接，邓小平说：钱是小事，治病要紧。

第二位战士小赖是家中无人耕地，怕误了季节。邓小平决定第二天派人来帮忙。

邓小平对老邹说：是我们工作没做好！他们家里有困难，我们不了解，不解决，靠绳子能解决问题吗？我们红军指战员要和种田人同甘苦……

红色故土、红色记忆、红色传统、红色传承，孕育了红色的信念与红色的精神。习近平总书记像老一辈一样一直关心红区老区。

习近平说：原中央苏区振兴发展工作要抓好，这具有政治意义。他批示出台的这份文件。

2011年，习近平就做出过长篇批示，要求进一步帮助和支持赣南苏区发展，使苏区人民过上富裕幸福生活。

2014年，习近平说，党的十八大以来，我一直关注原中央苏区振兴，关注老区人民生活，一定要把老区，特别是原中央苏区振兴发展放在心上。

五位中央政治局常委，先后做了13次重要批示。

习近平总书记对赣州的要求与关心，直接传递到赣州干部身上。

2012年1月28日，赣州市委就召开了赣南苏区发展振兴工作座谈会。

2012年4月1日至14日，由42部委1149人组成的国家部委联合调研组，带着党中央国务院的关怀嘱托，怀着对苏区人民深厚的情感，深入到各县乡，直面存在问题，破解发展颈瓶，凝聚振兴动力。不久，江西省政府出台了《江西省健康扶贫工程实施方案》，其中有22项具体措施涉及财政、资助、保险加码，人才培养多方面从“保基本，救大病，管慢病”三方面同时发力。确保贫困地区“健康有人管，患者有人治，治病有报销，大病有救助，到2020年，贫困地区人人享有基本医疗卫生服务。”

2012年7月10日在赣州召开了全省贯彻落实《国务院支持赣南等原中央苏区振兴发展的若干意见》动员大会。

2014年春，中组部选派了两名司局级干部到赣州市，37名处级干部到赣州市28个县（市、区）挂职锻炼两年，第一批挂职干部于2014年1月到任。

接着国家17个部委出台了支援赣南苏区方案，对口单位从政策倾斜、项目扶持、资金支持、人才保障等方面全方位支持。其中，交通运输部、工信部、民政部、国家烟草专卖局、国家粮食局、国土资源部、科技部都制定了具体措施和发展目标。

中宣部、工信部、公安部，明确在宣传文化建设产业发展，扶贫开发、城镇化建设、生态补偿、加工贸易承接建设、扶贫攻坚、粮食流通、高新区升级、金融创新、教育改革、两岸空中直航等方面给予赣州先行先试政策。

一位赣南干部说，读完了文件，听完了传达，看到了变化，我的感觉是，党的情感似东海，为民使命重于泰山。

现在的形势是，获全国支持，举全省之力，我们不拼命干，还待何时？这次全力以赴投入到振兴发展工作的有这几个特点，他总结了十个字：求实、亲民、拼命、加速、较劲。

一切从求实开始。

1930年5月，毛泽东在赣南写了一篇文章叫《反对本本主义》，当时，没有“教条主义”这个名词。这篇文章中提出了“没有调查就没有发言权”，调查是“十月怀胎”，解决问题就像“一朝分娩”，调查就是解决问题。其中介绍了调查的方法，特别提到“要深入”。

赣州各级干部以毛泽东当年调查的“深入”，“唯实”作风武装自己。用他们的话说我正在开展“兴国”“寻乌”“再调查”。

赣州市委下派了9.3万名干部，成为实施《若干意见》的生力军，他们以问题为导向，以解决老大难问题为主导——饮水难、出行难、用电难、看病难、看病贵，都是民生问题，都与生命健康息息相关。事无巨细、路无长短，只要是民生问题，决不放过，分秒必争去解决。

农民在看病问题归纳起来有几点：一看病不方便、每次到县城到市里看病要多花50~100元交通费，如果是老人或孩子可能要全家陪同，成本会更高。二是看病费用高，医院越往上级费用越贵，就近乡村两级医院设备不配套，技术跟不上。拔一颗牙在县城80元，到市里120元，去省里300元到500元。住院费要增加30%，省里还多增加40%~50%，如果一些病能就近解决，省时省事、省钱省工，多好啊！三是看大病难，到市里、省里当天挂不了专家号。四是报销比例太低，手续太复杂。这四条，经卫生部门、财政部门一一分析，认为是家门口医院人才少，设备缺无，保障求助水平不高，在方式、范围、标准与力度上远远不够。

领导说：一定要改！一定要有变化！

从赣州市章贡区卫生局报批一批项目，可以感受到变化的节奏。汇报到批准整改的项目花了多长时间。2012年1月18日下午，章贡区卫生局局长向分管领导汇报，时已近春节。初七上午区卫生局立马到市卫生局再次汇报，连续作战，马不停蹄，问题明确：市医院要建综合楼，市二医院要新建老年病专科与康复科，郊区要新建水东卫生院，争取新成立3所社区服务中心及30个社区卫生服务站。2012年2月6日，是正月十五，与江西省卫生厅领导和相关处处长，又一次汇报。

四天后，即2月10号回答是：

第一，已基本同意该区卫生系统新建3所社区服务中心，30个社区服务站。

第二，基本同意新建水东卫生院、沙石乡中心卫生院农村急救站及区妇保院强化建设项目。

第三，增补市医院职业病防治项目，资金100万元，增补区卫监业务用房建设，新增建筑面积400平方米，资金100万元。

第四，老年病专科和康复科还需再沟通，存在与市局争项目的情况。

拿到批复后，区卫生局一位青年公务员“扑哧”一笑。

局长问：笑什么？

答：神速回复。

三年多来，有66651名干部与30.82万户，105.00万扶贫对象精准结对，做到群众不脱贫，干部不脱钩。他们把“送政策，送服务，送温暖”的“三送”工作做到实处，让中央江西支持赣南苏区振兴发展成果密集落地生根，使贫瘠红土成为丰饶的热土。一组组数字再不会显得冷漠单调，进入眼帘那瞬间会令人心动。

这三年，赣南苏区农民人均可支配收入从418元增加到6946元，近300万农民告别了危旧土坯房，278.4万农村的喝上了安全饮用水，300万人用上了稳电压，18.65万户农民解决看电视难的问题，全市扶贫对象由“十一五”末215.46万人减到2014年年底的105.06万人，贫困发生率下降到15.6个百分点。

新建了35所乡镇卫生院，农村乡卫生所的土坯房全部得到改建或重建。

全市免费向全体居民提供10类41项基本公共卫生服务和各类重大公共卫生服务。

对白内障、唇腭裂、儿童先心病、尿毒症、儿童白血病各种重大疾病实行免费治疗，截至2012年10月底，让38859名白内障患者重见光明，2054名唇腭患者绽放微笑，115名白血病患儿和1425名先天性心脏病患儿重获新生，1376名困难尿毒症患者享有每周两次免费血液透析。

从2012年10月1日开始，全面开展耐多药性肺结核、艾滋病机会性感染、乳腺癌、宫颈癌、肺癌、食道癌、胃癌、结肠癌、直肠癌、慢性粒细胞白血病、急性心肌梗死、脑梗死、血友病、I型糖尿病、甲亢15类重大疾病救治试点工作。

对25.91万农村孕妇提供了农村住院分娩补贴，累计为城乡居民建立电子健康档案482.67万份，为62.76万名65岁以上老人提供了健康管理服务。

生命工程竖起一座塔，有光，照亮了生活之路；生命工程立起了一面墙，遮风挡雨，生命有了希望。

有了爱民之心，这塔不会倒，这墙不会塌。

第二章
三级卫生网：万木霜天红烂漫

一、村医：更加郁郁葱葱

*村医之一：脚窝窝里荡出的歌

说村医是防病治病最前沿的卫士，说他们是农民健康保障的基石。行业内专家有异议：是不是抬高了村医的平台？村医是中国的一个特色，很多人并不了解村医的职责、工作条件与环境。

2016年10月14日，北方某省报头版发表了一篇报道《某省启动万名村医培训计划》，副题是《初中以上学历可以报名，免费学习合格获医师考试资格》。南北方专业人士纷纷“吐槽”：“村医门槛不如兽医！”“为村医队伍担忧！”这种担忧是正常的。对村医水平的忧虑，实质是对农民健康的忧虑，实质是质疑三级卫生网的网底不牢。

赣州村医的故事。可以视他们为中国村医的缩影，或说从他们身上看到中国村医的现状与工作内容。

宁都县位于瑞金之北，兴国之东，著名的“宁都起义”总指挥部在宁都县城，宁都是一、二、三次反“围剿”的政治军事指挥中心和重要战场，曾是全国重点扶持的老区贫困县。贫困县里村医的热情与责任一点不贫困。

1991年，江西省赣州市宁都县湛田乡新田村被世界卫生组织列为检查村，检查儿童计划免疫接种工作完成的情况。

湛田乡位于宁都东部，是个贫困的山区，新田村就更偏僻，只有熟读过毛泽东主席诗词的人对赣南的山多少会有点了解，“路隘林深苔滑”“头上高山，风卷红旗过大关。”村与村之间隔着高山深谷。当时全村有284个儿童（指属于免疫对象的儿童），要按计划接种“百白破”（预防百日咳、白喉、破伤风的联合疫苗），卡介苗（预防结核病），脊髓灰质炎（预防小儿麻痹症），麻疹这四种疫苗，简称“四苗”。

农村、农民健康保健预防网就是这样发挥作用的，各省市将“四苗”及其他的防疫苗品发放到县防疫站，由县卫生站发放到乡镇卫生院，乡镇卫生院落实到村医或村指定的防保员，最后由他们送给各户的孩子。这不同于一般的药品，要对号入座，0~7岁的儿童有多少就发多少，要在一定的时间内发完，有时效性，过期防疫药品的效力会减弱甚至消失。防疫药品要严格的保温，温度过高疫苗自身会失去活力，也就失去了作用，所以要做到定点、定时、恒温送到每个儿童的口中。

新田村卫生所名声在外的主要原因就是，一是一、二是二，不管是发糖丸，打防疫针，他都一一发放到位，年年如此，次次如此。何况儿童的名册是在不停地增多，谁家媳妇生了孩子，谁家孩子该打针，他都记在心上。

这个村医的名字叫胡心平。他自我介绍时说，良心的心，平安的平。百姓送给他一句诗："心系深山播平安，志在山林防病痛。"

已年近花甲的他在新田村卫生所已工作40余年了。他把青春全部献给了热爱的基层卫生工作。他17岁高中毕业，第二年乡里放映电影《红雨》。很快，他就成了红雨。不过，还不是当赤脚医生，是当村防疫员。背着红十字的药箱，翻山越岭，送药打针。跑了一年，村里送他去读江西中医学院赤脚医生中医函授学习班。两年毕业后，他真正成了一名光荣的赤脚医生。他热爱村医工作，他又是一个快乐的平安使者，每次出诊，他都会带去健康卫生的科普知识，每次归来，他都会写下自己的心得。

他从1981年开始负责接种工作，30年来无一疏漏。

1991年的1月，已是农历腊月，要过春节了，恰逢防疫站要发放儿童脊髓灰质炎疫苗糖丸，规定两天内送到孩子们口中。这么多山梁，这么多深谷，48小时不停地跑也难做到。他想想，决定花一天的时间把山下和半山腰的送完，两地相加是213个孩子。第二天，起大早送山上的，山上有6个自然村，71个儿童。老天不作美，半夜下起了大雪，陡峭的山路藏进了白绒绒的雪被里，真有点"千山鸟飞绝，万径人踪灭"的情景。老婆和孩子都不让他外出，他哈哈大笑："我还只35岁，爬雪山有什么了不起，有红军爬的雪山高么！走！今天一定要把71颗糖丸送到。”换上解放鞋，鞋上再捆绑一根草绳，拄着拐棍进山了，他身后留下串串深深的脚印。还剩下最后一颗，那是章表端的女儿，他家住在坪布岭上10里，往上陡坡，如刀削斧劈，他想，人家章表端还要担百货上山哩，一粒药丸算什么，爬！他四肢并用，遇到危险的地段跪着爬上山。天黑时分，最后一颗糖丸终于送到老章家。

在以后的数年中，几乎每次送糖丸都会遇到大雪封山盖路，每次他都是愉快的去，欢乐的回。他是个快乐的汉子，他不会因劳累而叹息，因困难而痛苦，每完成一件工作，他都会拿出笔和纸写下自己的欢乐。一首像散文诗一样的文字就这样从笔尖流淌出来：“孩子是祖国的花朵，世界的未来，今天是儿童‘脊灰’强化免疫日，狂风卷着大雪，袭人刺骨。‘预防为主’是我神圣的职责，把糖丸送到儿童的口中，我走村串户，孩子们发出的欢笑，也是我心中的欢笑，满山的白雪像是为我祝福，我的辛苦换来了他人的幸福，这是一个乡村医生无悔的选择。”他寄给了《江西卫生报》。

这么一个小村，这么一个默默无闻的村医，在1993年被评为《全国优秀乡村医生》。在以后几年，他连续被老百姓推荐为“赣州好医生”“中国好人”。

在中国，有这么多优秀的乡村医生用他们的双脚在中国农村大地上编织了密集的网，连着居住在每个角落的农民，织着保健播着平安。村医是不是防病治病的前沿卫士，农民心里最清楚。

永丰县中村乡位于林华山中，那儿覆盖着原始森林，盛产毛竹，那儿以毛竹为原料的毛边纸颇负盛名。中村乡离县城100多公里，处与兴国县、宁都县交界，记上村、梅仔坪村人口均不足1000人，居住分散，有几户人家居住在半山腰，有几户人家居住在山谷。从卫生所出诊一个来回就得一天，乘不了车，骑不了牛，只靠一双脚。

梅仔坪村卫生所有位老村医叫余元芳，已是花甲之年，他最伤心的事是找不到接替他工作的人。22岁那年，村里选他当赤脚医生，这一干就是30多年。这些年来他没有得过国家的补贴，县乡领导除了检查工作外，很少有人光顾这深山老林，保健防疫工作全靠他自觉。这里山高路陡，海拔1000余米，有座自然村在半山腰，住了九户人家，发放糖丸不能隔夜，他起早爬上山，看见几个孩子个个都吞服了糖丸，才放心下山。2003年，预防“非典”，他全凭一双脚走遍全村测体温。有些人家路狭坡陡，他年纪已大，不得不用双手双脚爬行。村民居住分散，有的村舍离家远，当夜不能返回，只好借宿，山里的蚊子又大又凶，天亮后发现身上像撒了红芝麻一样，密密麻麻。儿子心痛，劝他算了，一把老骨头丢在深山老林里不值，坐在家里享几年清福，粗茶淡饭，总比山上山下奔波强。儿子不理解父亲这份情，一方水土养一方人，余元芳老人深深爱着家乡的山水。30多年来，他走遍了每家每户，哪家门是朝东朝北开，哪家接山泉水的竹管几根几长，哪家的孩子属牛属马，哪家的厕所是高是矮，他心里清清楚楚。他热爱这份工作，他老了，走不动了，这份工作不能没人做。找谁接班？他急，中村乡卫生院也急，县卫生局也急。一个村不能没有村医。中乡村卫生院是一个小卫生院，在编人员7个，4个医师，1个护士，1个助产，1个药剂人员。总固定资产28万，房产就占了25万，设备器材价值3万。在防疫工作繁忙时，这样一个小小的乡卫生院根本顾及不到偏僻的山村。

余元芳打起了儿子的主意。其实，早在七八年前他就有了这个想法，他劝儿子余和平就读永丰卫生学校，儿子还是听话的。毕业后，儿子可以留在乡镇医院，可以读井冈山医学专科学校继续深造。父亲说；再读书可以，离开梅仔坪不行。那是山区的一个冬夜，大雪封山，父子俩围着火盆促膝长谈，没有更深的道理，只是为了了结父亲那份情，在这大雪封山的日子里，村民到哪里去看病？到哪去打针？到哪里去买药？没有我们父子他们一样活得很好，有了我们，让他们活得更好。这不是一件让人高兴的事吗？父亲苦了一辈子，难道还要让儿子再苦一辈子吗？父亲却不是这样想的，他想到日子总会一代比一代过得好！乡镇卫生院让给别人去，争的人太多了，留在这里，村里人欢迎，多好！平儿，记住了，我们都是些不起眼的人，我们干的是都是起眼的事，缺不得、漏不得、错不得……

儿子最终接手了，在冰雪尚未消融的山路上，奔走的是又一个年轻的村医，他名字叫余和平。

余元芳的忧虑很有代表性，在平原地区当村医年轻人还愿意去，买辆摩托车，几十里地跑跑也无所谓，山里呢？尤其是贫困的山区。还是这个乡的记上村也处在大山深处，村医温世生已过半百，他现在还可以跋山涉水，还可以走村串户，再过几年他走不动了，有没有人接班呢？

讲述兴国县南坑卫生院副院长朱侣彬医师成长成才的经历，会对北方某省“启动万名村医培训计划”是一个很好的注释。

朱侣彬1975年出生，是南坑乡，南坑村人。南坑乡距县城70多公里，地阔人才，山高路陡，村民居住分散。他的住地又距乡镇几十里山路，小时，曾见一个被蛇咬伤后的人未及时救治身亡。心中萌发一个小念头，我要能救该多好。可惜山里人贫穷，山里生山里长大的他，只念到初中就辍学了。

初中生可以当乡村医生吗？日后，他又怎么当了乡镇卫生院副院长呢？

1997年，他22岁。村医的门槛是低，他拜师学医，经过几年努力，经考试获得了村医资格，申请在村里开办村卫生所。10年后他取得了执业助理医师资格，两年后，再考，又获取了执业医师资格。

南坑卫生院因地处边远山区，许多被组织分来的大中专医学院校毕业生都仅只上几个月班就辞职不干了，有的根本不到岗。目前，只有一名执业医师，他要看病，要到X光室拍照片，还要做B超，有急诊呼叫，还要自己开车接诊抢救。这个唯一的合格的执业医师骨干就是朱侣彬医生。他出诊行程20000余公里，接诊病人120000人次，收治住院病人2600多人次。

一个人身兼多职，并非他所愿，他知道这是不科学的，几十年如一日这样劳累，这也非他所愿，体力透支过度，他心身俱疲，有可能会减少他自己的寿命。他无奈又心甘情愿。学医从医是他初心，初心不改方得始终。

上犹县水岩乡龙门村是库区山区，陈永林是这村的村医。他出诊靠自己划小船。不论白天黑夜，无论贫穷富贵，谁家有个头疼脑热，只要一个电话，随叫随到，他总会顶着风浪划着小船出诊。

20世纪50年代，因建设上犹水电站，地处库区的水岩乡大部分房屋被淹，水域面积1.8万亩，难舍家园的移民有的就在库区搭建起一座座“漂动”的木屋，一住就是几十年，出行就靠一条小船。

陈永林是土生土长的库区人，他热爱医学，又打小目睹库区群众缺医少药。要做一名医生，扎根库区就是他的志愿。1988年，他师从当地名老中医陈源逊，学成后，1992年取得县卫生局颁发的乡村医生证书，从那年起，他开始为龙门村及附近村3000余群众提供医疗和基本公共卫生服务。

龙门村井仔、群乐、浊水3个村民小组不通公路，只能通过渡船出行。有次傍晚，70多岁的井仔组退休老师叶焕然出现腹痛、呕吐等症状，陈永林乘船前往，一小时的风浪颠簸，再步行半小时山路，来到叶焕然家。经过检查，诊断为小肠疝气嵌顿。这时，天色昏暗，外送不安全，观察也存在风险，两相比较，他担起了风险，他立即为叶焕然进行腹外按摩、用止痛药。天亮，他又用船将叶焕然安全护送至营前卫生院进行手术治疗。

群乐组村民胡考云，因患冠心病、支气管哮喘等，长期患病在家，生活基本不能自理，近3年时间，陈永林为他提供日常的医疗服务，他不间断的上门服务三年。

库区的年轻人大都在外务工，留守的基本是老人和孩子。由于出行不方便，村里人生病了能拖就拖，实在熬不住了才到诊所就诊。陈永林不定期到库区村民家里随访，顺便送一些常用的药物。龙门村东山一组老人罗礼明，双目失明，陈永林经常上门为其进行健康体检，测量血压，看病送药等。还留下自己手机号叮嘱老人，若有不适拨打手机。

龙门村曾经有千名渔民居住在库区的“水上漂”木棚里，夏热冬寒。因长期生活在潮湿的库区，许多渔民患上了风湿病。陈永林为他们配出了祛风湿病的药方，药方价格低、疗效好，让许多库区群众轻松解除病痛。这三年，以后看病出诊都方便了。乘着赣南苏区振兴发展的春风，“水上漂”渔民已上岸定居，陈永林为他们感到高兴。

2009年，国家基本公共卫生服务项目开始实施，陈永林承担了为龙门村村民采集健康信息、建立健康档案、随访糖尿病高血压患者等多项工作。白天医治病人、走村串户采集信息、采摘草药，晚上加班整理档案。利用6个多月的时间，为近2000余名库区群众建立起了健康档案。

20多年行医生涯，陈永林的小船不知划过了多少水路，足迹遍布库区每一条山路，双脚走过库区每一户群众家里。

中国村医是中国的特色。中国村医的美德也是中国医生的特色。他们敬业爱业，有着强烈的责任心。他们唯一的希望是，获得病人的信任与尊重。

他们工资低、任务重，他条件差、风险大，他们服务范围广，过去靠的是一双脚和一个出诊箱，现在有了自行车或摩托车，脚窝里荡出的歌成了车轮飞出的歌，一支支呵护生命之歌。可惜他们不会唱这支歌：一个男人要走过多少路，才能称得上男子汉？一只白鸽要飞越多少片海，才能要歇在沙滩上？

他们心里会唱这样的歌：一个村医要接诊多少次病人才能

放下药箱？一个村医要翻越多少山路才能走出山乡？深山里的百姓最担心的是那一天他们放下药箱走出山乡。没有医生，歌声也就息止了。会吗？老苏区山里百姓这样问，全国各地贫困山区百姓也会这样问，这些初中起点的村医，何以作答？

***村医之二：他们走过的“国道”**

新中国成立之初，村民把能看病的人称为“郎中”。在中国农村大多数郎中为半农半医，有病人看病，无病人种田，以种田谋生。祖传的“郎中”另当别论。一般处理最常见病的诊断、治疗和预防。每个社（初级社）选一两个卫生员帮忙发药，也有选出专学“新法接生”成为新一代的“农村助产士”。

到了20世纪60年代，上海郊区对村医有了新称呼——“赤脚医生”。这名词见报后，全国对乡村医生统统改叫“赤脚医生”了。到1980年，全国“赤脚医生”人数已达146.3406万人。这种称谓到1981年还出现在国务院文件中：《批转卫生部关于合理解决赤脚医生补助问题的报告的通知》。

1981年国务院在批转卫生部的一份文件指出，“凡经考核合格，相当于中专水平的赤脚医生，发给‘乡村医生’证书”。乡村医生这个名称才逐渐使用。正式广泛使用还是在20世纪90年代初。

事实上赤脚医生服务能力非常有限，但由于带有强烈的政治色彩，在那个年代，强说赤脚医生可以和城里的专家相比，根据有关文件，赤脚医生只能在他的村庄范围内看小伤小病。村乡医疗的配置与管理出现了一个较长的空白期。

据国家卫生部提供的数字，至2001年年底，全国有乡村医生102.2万人，46岁以上乡村医生占乡村医生总数比例约为33.47%，45岁及以下的乡村医生接受正规化、系统化教育合格者比例为82.24%，有21%的乡村医生通过多种途径参加教育培训，取得了中专学历证书。

全国有村卫生室69.9万个，其中6.4%为卫生院设点，41.3%为集体办，13.2%为乡村医生与卫生员合办，36.6%为个体办。村卫生室是谁埋单，看看这个数据就明白了。

在新中国成立初期我国就颁布了《医师暂行条例》和《中医师暂行条例》，但由于历史原因，在20世纪50年代中期停止了《医师暂行条例》的执行，并于1956年废除了医学界沿袭已久的医师资格考试制度，建立了以人事制度为主的医师管理体制。

从1949年新中国成立到1994年，经历了45年，乡村医生步入了正轨运行，有了明确标准。到1999年年底，我国乡村医生已有1，009，665人，卫生员315，272人，分布在全国72.8万个村卫生所（室）。

1998年，全国人大常委会通过了《中华人民共和国执业医师法》，在附则第四十五条规定："在乡村医疗卫生机构向村民提供预防、保健和一般医疗服务的乡村医生，符合本法有关规定，可以依法取得执业医师资格或者执业助理医师资格；不具备本法规定的执业医师资格或者执业助理医师资格的乡村医生，由国务院另行制定管理办法。"

终于盼到了这一天，乡村医生进入了执业注册阶段。有了资格准入机制，有了行医规范，有了行使社会公共卫生服务的责任和用药规范。这条国道好长，这条国道又好短。江西省为符合条件的3.7万乡医在网上进行了注册。他们注册了，他们毕竟不同于城镇里的执业医师，他们当中好多人没有取得执业医师资格或执业助理医师资格。他们原本是赤脚医生，只取得乡村医生的证书，或是取得中等以上医学专业学历的，或是在村医疗卫生机构连续工作20年以上的，或按省、市政府卫生行政主管部门制定的培训规划，接受培训取得合格证书的。叙述这段历史只想说明一个问题，我们的农民父老兄弟姐妹，所接受的医疗服务实实在在是最初级的，最简陋的，最平常的。尽管如此，总比骗人的、治死人的巫医、假医好。国家极力鼓励取得执业医师资格或者执业助理医师资格的人员，开办村医疗卫生机构，或者在村医疗卫生机构向村民提供预防、保健和医疗服务。乡村医生和个体开业医生都是基层卫生机构发展不可缺少的力量。为最大限度提高农村医疗卫生资源所占比重和医疗服务能力，国家应该允许、鼓励、管理个体行医行为。个体行医可有效地吸纳社会资金，解决农村卫生投入不足的实际问题，同时利于建立竞争机制，构建农村医疗卫生服务市场，提升农村医疗服务的质量。在城乡接合部，在一些交通要道的支脉上，已有了这样的机构。像兴国县南坑乡南坑村这样偏僻的山村，会有人去吗？

***村医之三：谁为编织网底埋单**

可以提出两个问题：一是何谓农村三级卫生网？二是编织好三级卫生网谁埋单？

现在还是从头说起。

1949年10月1日，中华人民共和国宣布成立。那时城市人口仅为10.6%，近90%的人口在农村。中央政府深知农民健康的好与坏直接关系到中国人民健康水平，更关系到新中国经济的振兴与发展。首先想到的是生存环境与传染病的流行。针对新中国成立前，农村卫生条件差，各种疾病猖獗流行，传染病是农民生命的头号杀手。

新中国成立后，农村卫生工作第一件事就是抓预防。1950年春，中央卫生部与军委卫生部联合发出指示开展春季预防霍乱、天花、结核等病防治工作。数月后。中央人民政府卫生部召开了第一届全国卫生工作会议，对农村卫生工作做出了特别的决定，指出要有步骤地发展和健全农村基层卫生工作，每个乡都要有医疗卫生组织，国家在县和区一级要逐步建立全民所有制的卫生院、医院，兴办集体所有制的联合诊所。使医疗卫生组织在农村一一落实，初步构筑起农村三级医疗预防保健网。

农村三级医疗预防保健网是指以村卫生所为前哨与基础、乡卫生院为枢纽与骨干、县级医疗卫生机构为“龙头”的农村服务网络。把预防保健、医疗工作联结在一起，以县为范围组成为一个完整的医疗预防体系；各有分工，相互协作，上下支援，逐级指导。县级医疗机构对乡卫生院，特别是中心卫生院的工作给予指导；乡卫院有责任对村卫生所实行业务指导，初步解决了农民看病难的问题。1991年，国务院《批转卫生部等部门关于改革和加强农村医疗卫生工作请示的通知》中提到“今后应争取做到村级卫生组织新补充的乡村医生必须经中专或县卫校三年以上系统医学教育”；1994年《医疗机构管理条例》及配套规章颁布后，公布了村卫生室的基本标准，明确了村卫生室应该具备的基本条件，从一定程度上规范了乡村医生的行为。

县级卫生机构这张一级网有两大块，一是医疗，二是预防保健。医疗对象是病人，只要有病人，这个单位就能生存，“活着”。医疗部门好办，是主导位置，病人是被动的；防疫部门难了，大都是福利的，免费的，是要送医送药上门的，要宣传要动员的，要农民认识后配合服预防药品的，“成本核算”绩效工资难为他们了。他们工作的内容和范围有：食品卫生监督执法，环境卫生监督执法，生活饮用水卫生监督检测等纯公共卫生服务还有四苗六病计划免疫接种，儿童系统保健，妇女生产保健等准公共卫生服务。

2002年10月19日，中发［2003］13号文件《中共中央国务院关于进一步加强农村卫生工作的制定》中第八条中对网络的组织成分与整体功能做了详细的讲述：“政府举办的县级卫生机构是农村预防保健和医疗服务的业务指导中心，承担农村预防保健、基本医疗、基层转诊、急救以及基层卫生人员的培训及业务指导职责。乡（镇）卫生院要改进服务模式，深入农村社区、家庭、学校，提供预防保健和基本医疗服务，一般不得向医院模式发展。村卫生室承担卫生行政部门赋予的预防保健任务，提供常见伤、病的初级诊治。要注重发挥社会、个人举办的医疗机构的作用。进一步完善乡村服务管理一体化，鼓励县、乡、村卫生机构开展纵向业务合作，提高农村卫生服务网络整体功能。计划生育技术服务机构是农村卫生资源的组成部分。医疗卫生机构和计划生育技术服务机构要按照有关法律法规的规定，明确职能，发挥各自在农村卫生工作中的应有作用，实现优势互补、资源共享。”

县级卫生机构包括有县医院、县中医院，防疫站，血防站，妇幼保健站，计划生育技术服务站等医疗预防保健部门，是网顶。乡镇级主要是卫生院，是网身，村卫生所是网底。三级卫生网络的构建日趋完善。县乡两级是政府埋单。

村卫生所谁埋单，那时尚不明确。

一位主管文教卫生的省政府领导，表达了过一种心态：一定要重视教育，因为有法看着，要依法办事。计划生育投资要到位，因为这是“国策”“一票否决制”不敢乱来。

谈到卫生事业的投资，只能“因地”“因时”制宜。何况医疗卫生已培养了市场。可以自己管饱自己。作为政府也有难处，工农业要发展，一点钱要用在刀刃上。经济不上去，中央、老百姓两头都有意见，都得挨屁股。小有小的难处，大有大的难处。像一家庭主妇一样，有了钱谁不想去健美室、美容厅走走呢？没钱，穷啊！

江西省经济水平和人均收入在东部地区排位靠后，2002年江西省国内生产总值是2465亿元，安徽是3521亿元，湖南是4340亿元，湖北是4987亿元，江苏省是江西的4.3倍，广东省是江西省的5倍。2003年江西省GDP是2830亿元，浙江是9200亿元，为3.3倍，江苏是12451亿元，是4.4倍。广东是13449亿元，是4.7倍。2003年苏州市一年财政收入是409.9亿元。而江西是284.9亿元。

2001年，江西省卫生厅赵梅兰等8位同志对江西省9个县（市）及27个乡（镇）进行了农村公共卫生服务投入现状的调查，随机抽样的方法是按财政状况好、中、差，分别入样：安远、广丰、井冈山、吉安、安福、寻乌、铅山、会昌、上饶、被调查人口为390万，占全省人口9.26%，国内生产总值125亿元，占全省国内生产总值5.34%，财政收入11.36亿元，占全财政收入5.88%，财政支出1544亿元，占全省财政支出5.44%，卫生事业费4294万元，占全省卫生事业费6.01%。防疫保健费595万元，占全国防疫保健费5.17%。9县（市）防疫站2001年财政经常性拨款仅有351万元。相当于这些单位人员经费的65.1%，总支出的33.2%，经费缺口达706万元。即使加上10万元财政专项拨款，缺口仍有696万元。这些缺口都要靠自己去创收弥补。9县（市）妇保站（所）2001年财政经常性拨款和专项拨款合计是234万元，相当于这些单位人员经费的51.2%总支出的18.9%经费缺口达1006万元。按财政传统做法，全民所有制职工应保工资和部分补助工资，集体所有资金要补60%的工资。但实行按人员补助工资后，补助远远落后事业发展。

赣州市信丰县位于江西南部，总人口62.5万，面积2878平方公里。20世纪90年代初，卫生系统有在职职工780人，年人均工资3000元，财政拨款380万元，退休人员和职工工资得到较好的保障。2003年全县有职工1070人，年人均工资9000元，财政拨款不到100万元，职工和退休人员工资不能得到保障。公共卫生监督设备一直未能更新。一些单位连最基本的微机、通讯、交通、摄像取证，及气相色谱仪等监督设备都不能保证。对一些突发事件，如中毒事件往往束手无策。

做一个简单的成本核算：每服务一天（人力、物力、财力）纯公共卫生服务项目直接成本在141元左右，准公共卫生项目的直接成本在132元左右，如果加上30%的间接成本。每人每天从事公共卫生服务成本在172元左右。这些成本由谁负担？防疫服务机构已是一贫如洗，两袖清风，由服务对象负担？服务对象大多是农民。2001年农民平均每人每年医疗保健支出是72.42元，比2000年增加18.94元，增幅达14.08%，再加码农民承受得了吗？这就是农民看不起病的背景，也是农村卫生事业艰难的背景。

有了这个大背景，就可以理解《若干意见》与《实施意见》下达的意义，就可以理解老区人民那种“忽如一夜春风来，千树万树梨花开”的欣喜。

***村医之四：正告别沼泽地**

以兴国县为例。

《若干意见》实施以来，加强了基础设施建设力度。全面扎实地开展了村卫生室标准化建设。2013年以来，按统一规划，统一设计，统一建设的原则，投入资金540万元，对27所村卫生室的标准化建设，目前村卫生室业务用房面积达3056平方米，为全县896所村卫生室安装了新农合信息化系统。对304个行政村的732村卫生所全部实施了国家基药物制度，所有基药实行零差率销售。这样培养乡村医生1060人次。

埠头乡廖溪村卫生所是2016年5月建成并投入使用的。建设面积100平方米，由政府投资，国债项目支持建设，房屋产权归兴国县埠头乡卫生院所有。该卫生所建设在公路的支路边上，可以通汽车。埠头乡距兴国县五里地廖溪村距乡政府五里地。全村人口2506人。尽管离县城乡镇近，农民遇上小伤小病还是愿意到村卫生所看病。原因是方便、便宜。

这位乡村医生叫钟卫东，45岁，虽然还只是取得乡村医生资格，但人过中年行医20余年，以中草药治病见长。赣南百姓又特别相信中草药，而他的“主打产品”就是中医中药，他还会针灸，拔火罐，穴位按摩，这种中国式的理疗颇受村民欢迎。房子大了，有地方坐了，村民没事还会来咨询健康保健问题。

现在，村医的任务很明确：给村民建立健康档案，负责预防接种，对村民进行健康教育，参与卫生协管，对重点人群，如高血压、糖尿病、精神病病人进行治疗监测与随访，负责儿童和产孕发保健指导工作。有这些业务，可能村医不清楚，由乡镇卫生院或县医院进行专题培训，他们可以现买现卖，可以在后续工作中逐步提高。

诊所有了诊疗室、治疗室、药房、值班室、库房。因为钟陈擅长中医，有一间房专门建立了中药柜，三四十种，还有中成药。基本能满足村周边农民的需要。

2015年，诊疗病人4689人次，业务收入120658元。村医的收入再也不是靠卖药，乱打吊针为生了。村医的收入有四块：可以获得防疫津贴1800元；基药补助5250元；公共卫生服务补助14335地；出诊费用。当然，这些工作是由乡镇卫生院监督与指导下开展的，比如基药补贴就要由乡卫生院审查处方。

由于有了补贴，很多医德高尚的村医给老弱病残贫困户出诊拒绝收出诊费，就在于他觉得政府给了补贴，我不能给病人雪上加霜。在当下，这也是中国村医的特色，传统医学的医德在他们心中深深的扎下了根。

其他县都在加快步伐。安远县是县乡两级共同投入7000元，对全县70个贫困村的卫生所进行了规范化重建。

信丰县争取到了赣商总会捐助500万元，实施了100所村卫生室重建。

于都县2015年完成了123个贫困村的村卫生所建设，他们争取用2年时间实施全覆盖。

政府有了投入，各县乡村以家代所的村卫生所与由村医承包现象正在走向消失，政府正逐步无偿地为他们提供用房，卫生所用房正按照甲级村卫生所标准。在制度建设上，也在统一印制医疗、药械、防保管理等有关规定制度；做到看病有病历、开药有处方、转诊有登记、收费有发票，疫情有报告。乡镇卫生院对村卫生所的财务实行统一管理，分别建账；村卫生所做到日清月结。在药品管理上，村卫生所按照规定统一从乡镇卫生院调拨药品，防止了假冒伪劣药品进入村卫生所，保证了药品质量安全，维护了农民患者利益。

村医们迎来好时光，正全心编织好网底。

指看赣南红土地，更加郁郁葱葱。

二、乡镇卫生院：旧貌变新颜

*一专多能，全科全新

村卫生院的“楼上”是乡镇卫生院。从结构看，乡镇卫生院是三级卫生网的中间力量，也可以说是中坚力量。

村卫生所是网底，乡卫生院是网身，网身起着承上接下的作用。说是承接，在当年交通闭塞，农民经济低下的情况下，卫生院是农民生命途中的驿站，是生命长河中的救生圈。

崇义县是山区，位于章江源头，赣西南端，历史悠久，是明王阳明以崇尚礼仪之意取名，与广东仁化县相邻，距赣州97公里。说是山区，是因为县内群峰起伏，中部阳岭海拔1259.5米，西部海拔2061.2米，东部稍缓，也有海拔400余米，西南海拔1581米。在此之间有一乡镇叫扬眉镇，距崇义县城34公里，距赣州市区更远，那年间，全是山路。

扬眉镇中心卫生院分来一个女医生，叫杨小梅。她原不是医生，学的是助产专业，毕业出来叫助产士。

刚毕业，走进扬眉镇卫生院才知，这儿的妇产科医师正在休产假，旁边两乡镇没有设立妇产科，扬眉镇卫生院还要承担长龙镇、龙勾乡的妇女儿童保健工作任务。对于一个中专生，还只有18岁的小姑娘来说，这担子太沉重了，何况她还未取得执业医师证，她只能做助产工作，只能做妇女卫生预防保健工作。但是有了急诊、有病人怎么办呢？那时候，她仿佛自己站在孤岛上，没有前辈指导，没有同事帮忙，没有技术骨干的信赖，真有点孤立无援的感觉。

那是1990年12月，崇义山区的冬天有点儿冷。在这寒冷的冬天，她得知，崇义县乡村农家妇女受到传统思想观念的影响，加上贫穷，孕妇更多的选择在家里由接生员接生，只当难产才送到乡镇卫生院救助。送产妇的担架都是自己用竹床加麻绳绑扎的。村民们不懂，也不知晓围产期的卫生知识及注意事项。

那些年常有产妇分娩后发生各种并发症，甚至有些产儿死亡。她觉得要做的第一件事就是宣传，到各村去宣传妇幼卫生知识，传递孕妇卫生和孕期保健知识。

她还没来得及下乡宣讲，一件意外，也是考验她的事发生了。

一天，晚上九点，她记得很清楚，接生员和几位家属搀扶孕妇走进了医院。看到孕妇痛苦的样子，她知道临产了。她急忙护送产妇进了产房。躺下摆好体位，一看宫口已开了，羊水在慢渗，破膜了。消毒，准备接生。不到10分钟孩子头滑了出来，很快，孩子发出了哭声，是个女孩。这是她第一次接生，好顺呀，心里挺高兴。不忘按程序操作，递过婴儿，清洁包扎，检查阴道。这时，她的心紧张了，孕妇肚子特别大，孩子特别小，再摸摸腹部还是鼓鼓的，再做内诊，不得了，肚子里还有一个胎儿，这分明是双胞胎啦。产妇家属居然一无所知。一问，从未做过产检。她想到了书上说的，双胞胎会并发羊水过多，会产后宫缩乏力，会有许多系列并发症。会不会大出血？会不会栓塞致死？

紧张、担忧、害怕笼罩着她。

请救援、请救助？找谁？

退，退到崇义县人民医院？还有七十里山路；进，进到赣州市人民医院？还有40公里山路。那胎儿不闷死，产妇也会死。怎么办？翻书，这时还能翻书？她只能从自己读书那阵子背下来的条文，一条一款地操作，再根据具体病情应对了。

十几分钟，第二个出来了，是个男孩！

哭声、响亮的哭声！龙凤胎！她惊喜，家属惊喜。她立即给产妇用宫缩药，立即给产妇再建立一条输液通道，她守在产妇身旁，以防万一，不怕一万，就怕……

一小时过去了，又一小时过去了，一切平安。

她为自己庆幸，为家属庆幸。有了一个好起点，下乡走村串户宣传孕期知识的决心更坚决、更要落地了。孕期检查至关重要，一定要让全乡的妇女孕妇明白。这是她给自己下达的任务。繁重、巨大、琐碎，很普通、很平常、很必须。孕期检查让医生产妇双方都明白孕妇和胎儿的健康状况。要农村产妇提前一天住院待产有时很困难。在城市，大医院待产是一床难求，在农村，农民为省几个钱，千言万语解说也不愿入院待产。总以为生一个孩子算不了什么大事。观念之别，不仅仅在于陈旧的传统，更多的还在于贫穷，穷啊！农民口袋里的几块钱都是血汗换来的。

万一的事终于发生了。

那时她是已有三年资历的助产师了。又是夜晚，她已经睡了，在梦中被叫醒。接生员经过一天一夜的守候，产妇未能顺利分娩。孕妇被送进门，她一看，孕妇的脸色苍白，呼吸微弱，意识虽然尚清，但已是有气无力的样子了。扶进产房，扶上产床，测血压，休克前期状态，再听诊，未闻及胎心音，再听，仍无胎心音。她心惊，见阴道口露出胎儿一小手，她清楚了。

横位！胎儿？胎儿已经……

孕妇已进入休克状态，输液、升压、要紧急稳住生命体征，要紧急请院内外科医生会诊，很可能是子宫破裂内出血，必须进行剖宫产手术，尽快取出胎儿，再行子宫破裂修复术。

经医院医师会诊，大家同意诊断，同意手术方案。此刻，手术室鸦雀无声，只听得见手术器械互相碰撞的声音与术者紧张的喘气声。

窗外露出了曙光，新的一天来临了，手术结束了，产妇生命体征平稳了，送产妇回病房。十几天后产妇平安出院，送她离院的时刻，她心里八分欢喜两分痛苦，没能帮助产妇抱上怀胎十月、辛苦分娩的宝宝一起回家。

她把这两分痛苦融进了自己工作的内容，不仅仅是宣传普及妇幼知识，还要为每村每户的孕妇建立孕妇档案，督促定期做产前检查。对交通不便的，山高路远的孕妇，争取服务上门，每个月召开村接生员开会学习业务，学习识别高危妊娠，所有高危妊娠必须转诊，学会在转诊过程中的处理。累与快乐，在她心中是自己提升和前进的动力。

岁月蹉跎，年华流逝。20个春秋转眼间过去了，这20年里她为扬眉镇周边山区的孕妇平安助产几千人次，杨梅镇周边村庄都取消了家庭接生，已建立孕妇档案，孕前、孕中妇女会自动与她联系。20年，她的名字已传遍扬眉镇的各村各户。

一个乡镇卫生院光靠一门手艺，难以守住阵地。她从一名助产士，到主管护师，又取得了执业护理中医师、执业医药师、执业中药师执业资格，她从一名普通医务工作者到门诊部主任，参与院委会管理，前几年被任命副院长。

这就是一位乡镇卫生院医生的足迹，一专多能，平战如常，突发事件时冷静到位，平时要日日夜夜守护在自己岗位上。

在杨小梅身上，看到了乡镇卫生院都坚守与奋进；在新一代乡镇医院医生身上看到的全新与全科。

林茂华医生于2012年毕业于井冈山大学临床专业，在万安县洞田中心卫生院工作。2012年5月，受聘于赣县湖江镇湖新卫生院，任全科医生。说他全，不是内儿全或外妇五官全，而是内外妇儿都全。

父母抱着一个发烧的孩子匆匆跑进医院，后面还跟着一个老人，是孩子的奶奶，孩子高热，间断抽搐，他冷静地给了药，还做了降温处理。几小时后孩子又发热，孩子的奶奶来到卫生院大吵大闹，责怪他没有打吊针。

要退烧很容易，在一些农村的医生凡面对发烧的病人尤其是孩子不分青红皂白抗生素、激素、维生素输液一起上，俗称三素，叫机关枪扫蚊子，总有一粒子弹打中，其实，这是错误的，是滥用抗生素的一种表现。林茂华来后，决定要改变这种乱用滥用的治疗套路，他耐心地给孩子父母解释，说明道理，退烧须有一个过程，这不，现在虽然发热，但没有达到最高点，经检咽部、肺部、上呼吸道都没有发现异常，目前看，只是一般病毒感染，不需要打吊针。烧，会慢慢退下。24小时后孩儿正常了。不仅是给孩子治病省了钱，也减少孩子打针的痛苦，还避免了孩子遭乱用抗生素引起的并发症。这些，家属并非都理解，至少省钱是硬道理。

在上海打工民工老罗，因痔疮影响工作特地从上海返回赣县找到他。手术后老罗行动不方便，林茂华背着他送回病房。

老罗说，在上海赣县民工都传颂他的手术做得好，没想到他人品也这么好。医生给病人开刀，还背病人回病房，自己没听过也没见过。他感叹说：在上海花几万块钱，还不会有这样贴心的服务。三天后，他就可以下床走路了。

湖新中心小学退休郑老师患有高血压、胃溃疡、脑血管硬化等多种疾病，在家两次昏迷送进湖新卫生院，林茂华熟练地抢救，给药，又热心的送他回家。住院期间，林茂华只要有空就会到病房为郑老师讲授健康知识，鼓励郑老师坚强战胜疾病。郑老师还真成了林医师的粉丝，既是他的生理医生，又是他的心理医生。卫生院成了郑老师第二个家。每月来做次体检，无事还会来卫生院聊聊天。郑老师也成了健康的传播者。

60岁的村民曾宪标因中风现言语不清，偏瘫。他没住院，林茂华为他进行康复治疗。得知他经济条件差，林茂华通过各种渠道减少曾宪标的支出。曾宪标几次想放弃治疗，林茂华都给予他鼓励，告诉他，这种病的康复一大半是靠自己的，一小半靠药物，只要自信、自强、坚持、坚强，这病就会慢慢地好转。在林茂华的帮助下，曾宪标体能一天天恢复，双脚居然能上山拾柴，双肩居然能挑担赶墟，说话也不结巴了。

在基层，尤其是在农村，获得病人信任的医生，病人就会把生命交给你，什么病都找你看，要求你治疗。为了不辜负农民的信任，林茂华除自己努力自学外，还去省市各级医院进修外科、骨科、内科、儿科、康复科，尽量让自己成为一个较全面的全科医生，让他高兴的是乡镇卫生院再也不像从前那样只有“老三件”了，添加了设备仪器，给他开展各项医疗工作创造了条件。

他只能这样说：今非昔比，与老一代医生相比，一个在天上，一个在地下。只有好好工作，才对得起病人的信任，对得起党和政府的期望。

*卫生院长们走过的路

他曾是一位乡镇卫生院院长，他的名字就叫谢光轮。从他度过的那些青春岁月里，可以看到乡镇卫生院“中间力量”与“中坚力量”的重要。

他是赣南老区宁都县东山坝镇人。

宁都县位于江西省东南部，赣州市东北部，东邻石城与广昌县，南接瑞金市、于都县，西连兴国、永丰县，北毗乐安、宜黄、南丰县。面积4053平方公里，面积居赣州市第一，江西省第三，其中山地占70.78%，耕地占11.16%，水域占3.93%，概称“七山半水半分田，一分道路和庄园”。总人口70万，居赣州市第三，其中农业人口60万，城镇人口约10万。在畲、壮、土等9个少数民族计2087人，汉族占总人口的99%以上。有行政村348个。

大革命时期，这儿是江西省委、省苏维埃政府、省军区司令部所在地。这儿留下了毛泽东、朱德、周恩来、邓小平、李富春、曾山的战斗足迹，是一、二、三次反“围剿”的政治、军事指挥中心和重要战场。解放初期，一部于蓝主演的《翠岗红旗》就是以县郊“翠微峰”剿匪的故事为背景拍摄的。这儿不通火车，没有水路。距南昌318公里，距赣州162公里，距厦门514公里，距深圳700公里，距京九线兴国火车站80公里。2005年村人年均收入1339元。

烟台靠海，是发达省的发达城市，风景优美，交通方便。

他，谢光轮，1984年考入赣南医学院临床医学系。毕业后分配到华东地勘局262大队职工医院。一年后随队迁往烟台市，该职工医院同时被评为二级甲等医院。在市场经济的今天，知道山东烟台市的人一定比知道宁都县的人要多。这样的城市，这样的医院，在今天大学生眼里绝对是一个最佳的选择。谢光轮为人厚道，工作踏实，技术上肯下功夫钻研，组织上准备让他担任业务副院长，并同意把远在江西赣州市工作的爱人调来烟台。一切变化都在静悄悄地发生着。同事等待他们夫妇团圆，领导希望他们夫妇尽快相聚，安心全力地投入工作。风云突变，他——谢光轮突然提出回家，回到老家宁都去。领导眼睛瞪大了，同事们眼睛瞪大了：吃错了药吧！水往低处流，人往高处走，你怎么吃回头草，回到又穷又偏僻的地方去呀？

他原有一个哥哥，8岁时因患“脑膜炎”夭折了。成了家中的独子，离家的日子，他老想起父亲、亲戚、朋友那渴求他去治病的目光。他说，原因说简单很简单，烟台不缺医生。我走了，这个缺很快有人填上。而在家乡，走了一个人，我这样一个大学生就不知哪年哪月能补上了。自己应选择贫穷与落后的地方为农民服务。

那是1991年的早春二月，他告别山东烟台回到了土生土长的故乡，来到了条件十分艰难的黄陂乡卫生院。一切从零开始，从一名普通的最基层的临床医生做起，到技术骨干、医疗组长，在这里干了七年。

这七年有过愧疚，也有过喜悦。其中，难忘是1992年12月30日，他父亲病逝，正在家里操办后事。突然接到单位通知，附近刚发生一起车祸，有36个人受伤，大部分伤势严重。一听到这个消息，他强忍着悲痛，撇下父亲的丧事，投入了抢救伤员的战斗中。经过几天的抢救，在伤员基本稳定后，他才回到家中，这时父亲的后事已经办完。虽然他没有给父亲送行，但他相信，父亲在天之灵会原谅的。

还有一件事，使他灵魂受到了深深的触动。1994年5月，一位16岁的男孩，患有结核性胸膜炎并发左侧胸腔积液，病人家庭十分贫穷，住院五天后，就要求出院。在这种情况下，如拒绝治疗，病情会出现反复，甚至会危及生命。面对着一个贫困无助的年青生命，他心里非常沉重。让男孩出院，等于让他走向死亡，继续治疗，谁为他埋单？当时，他的工资只有120块钱，为了挽救这个病人，他咬咬牙为他垫付500多块钱的医药费。虽然给家里的生活造成一定的紧张，却挽救了一条年轻的生命，他感到欣慰，感到值得。

面对设备条件都很落后的农村卫生院，他不敢丝毫懈怠。心想，回家要为家乡人民服务，除了满腔热血和奉献精神外，最重要的是掌握内外妇儿全面过硬的专业技术。通过进修和自学，结合临床实践、摸索、请教，先后在乡卫生院开展了乳癌根治术、子宫全切术、甲状腺次全切除术等9项中大手术，使黄陂卫生院从一个只能开展一般普外手术，发展到今天普外、泌外、矫外、肿瘤外科等各种手术都能开展的一级甲等医院。

黄陂乡卫生院刚刚起步，组织上决定调他去大沽卫生院任院长。大沽乡是一个偏僻贫困山区，卫生院11名职工中，没有一个正规科班生，门诊楼是20世纪60年代建的土木结构一级危房，医院没有任何设备，只有“老三件”。接到通知时，他犹豫了，我是搞外科的，到一个连“三大常规”都无法开展的环境，凭一把手术刀、几把止血钳就能开展外科手术，能给病人解除痛苦？既然不能，去又有何益呢！也许领导是对的，那里是贫穷、是落后、是缺医少药，你责任心强、技术过硬才派你去开拓呀！你是共产党员，年轻应该接受挑战，在那段年月里，他以加强医务管理为先导，千方百计筹措资金、添置设施。全院上下同心协力拼搏了一年，经济收入竟翻了一番。职工的脸上也出现了笑容。胜利的喜悦非常鼓舞人心，他和职工们一年又一年地继续努力，将一座30万元的门诊大楼竖立起来。先后又配齐了化验室、B超、X光机等新设备。基本实现了人员、房屋、技术、设备、管理五配套。开创了年业务收入50万元的好势头。他心里舒坦极了。

当他把大沽卫生院整治得有了一定规模时，组织上又要他去湛田卫生院主持工作。他真不明白是为什么，原来，两个月前，因抢救一位重症肺炎患儿无效死亡后，引发了一次医疗纠纷和集体上访事件，湛田卫生院处于瘫痪状态。县领导郑重指示卫生局选派一名能力强的同志去管理，尽快平息事态，恢复工作。没有想到，组织要派遣的人，竟然是自己。当时，他的母亲、妻子和儿子都住在黄陂卫生院，距大沽仅有10公里，往返方便。如果去了那里，既交通不便，路途又远，犹如天各一方。妻子一听说这个消息，坚决反对。她为了支持他扎根农村，已经从赣州市调到了山区，做出了牺牲。现在好不容易安定下来，他又要离开她们，说什么理由都接受不了。全家要他辞去院长，回黄陂当医生。此时，组织、领导为难了，上门做他爱人和母亲的工作，情真意切。他也向家人表示，是党和人民把我从一个农村孩子培养成为一名大学生，现在组织这样信任我，我去！家人见我这样坚决，思想也通了，由反对转向支持。于是，一家四口分为三处，一是妻子照顾年近八旬的母亲住在黄陂乡，二是把赣州退休的岳母接到县城照看16岁的儿子读书，三是他卷起铺盖，走上了新的岗位。

来到湛田卫生院，面对16万多元的外债，职工连续5个月没发工资的艰难，30多束无奈而苦涩的目光，他深切地感受到肩上的担子是多么的沉重。尤其是这里医患关系紧张，人心思散，绝大部分的职工纷纷申请调走，他们认为湛田卫生院已经“病入膏肓、回天无术”了。他无法说什么，也没有胆量做出任何口头承诺。只是静下心默默观察、调查、分析，逐步理清头绪。首先求助县卫生局担保，赊购了1.7万元常用药材恢复正常业务。一个月后，推出《湛田卫生院经济目标和岗位责任综合管理方案》，实施“走出去、请进来”的发展措施，两年后，实现了扭亏为盈，业务增长同比翻了一番。谢光轮在乡镇卫生院这个平台上做出了贡献，做出了业绩，他担当了风险，承担了责任。乡镇卫生院，中国农民健康的保护伞，撑伞的人做的事尽管不是惊天动地，名垂青史，但却能造福一方，乘振兴发展的东风，为乡镇医院注入更多的动力。

几年后，谢光轮调宁都县卫生局当副局长，现任宁都县妇幼保健院院长，在新岗位上他更加谦卑，奋进，那是另一篇文章讲述的故事了。

邓椿桥主任有点与众不同。在赣南老区，一般而言，乡镇卫生院医师都是土生土长的、大专毕业的，一般是原赣南医专毕业的医生。

他是江西中医药大学临床专业五年本科毕业生，在校期间是优等生、团支部副书记、学习委员。五年大学，十个学期，七次分获一、二、三等奖学金。毕业后在韶关市中医院做了一份工作，而他却爱“瞎折腾”，回到家乡南康区寻找适合自己的平台，这儿有南康区医院（曾经的县医院）、中医院等县级医疗机构，他偏偏选择乡镇医院，而他又不选城郊附近的乡镇，偏偏选了离南康城区最偏僻的大坪乡卫生院，距离南康城区60公里。

这家卫生所贫困弱小，贫困到没有B超，没有全自动化的仪器，心电图机，是南康区危房，瓦房最多的卫生院，医院大门进不了救护车，弱小到属于医院周边的土地竟被20多户农民“瓜分”了，种上了菜，搭上了棚，十年如一日，成了各户农民的领地。百姓形容医院是：破旧穷小。

他来能改变旧貌吗？悬念……

这就是我要选择的平台，他说。

他踏进卫生院，就遇到几例“怪病”。

2011年，麻双乡张大嫂找到他说，自己经常感冒，一感冒就晕倒，一晕倒就要抢救，医生说，这是什么“休克”。她不懂，只是吓坏了家人，吓坏了乡村医生。也去了几次县医院，化验单一叠又一叠，没有结论。邓椿桥没有推脱，也没有随便开几味药应付。而是细问、细查、细看。从中医看是虚证，早年分娩大出血，险丢了性命，至今还是贫血面容，气血两虚。从西医看，他查阅资料，诊断为席罕氏综合征。病因主要是产后大出血，伴有长时间失血性休克。迟迟未能诊断是医生未能详细询问她的既往史，最主要的一句话“分娩大出血”。西药对下降的激素水平，适当补充。

邓椿桥给她拿脉后，结合贫血、气虚，气血两补，健胃补脾的药方，十剂下去，体质好转。

“怪病”消失，体力恢复，劳动如常。这叫诊断一对路，服药只要碗汤；诊断一错向，服药用船装。

农村“怪病”多，其实是少见多怪，多见不怪。该乡上洛村一位欧阳先生胃痛，生活富裕了，看病也往高处走，去了赣州、广州几次，高价挂专家号。找到了中国《内科学》主编，消化医学权威胡品津教授，胃镜、血液都查过，诊断应该可信，解痉药对他已无效，不能进食，生活质量不但大大下降，疼痛难忍时，真有点生不如死的感觉。几万元药费付诸东流，返回了大坪乡。听说这儿有一个中医药学院毕业大学生，还有点小名气，不妨一试。邓椿桥问清病情、看清病历后说：我在中山医科大学进修过消化科，胡教授是专家，是我最敬重的老师，有水平，你的胃痛，不能验证他的水平，只能说西医也有盲点。我可以用中药给你调理生试试。邓椿桥采用了四逆散和理中益气汤，总计花费60元。

他敬仰权威，又不以权威约束自己，三个疗程，病人回归正常。

家乡横市乡抬来一位剧烈腹痛病人，已诊断肠梗塞，需要手术，病人不愿手术，一是怕，二是穷，想背水一战求他一试。他做了两手准备，不行就上手术台，用中药先灌肠吧，药方是大黄，番泻叶，灌肠用胃管导入，几分钟后，腹泻，肠梗阻渐渐解除。中医中药是他的强项，他尽力在基层医院淋漓尽致地去发挥。

作为乡镇医院，中间的环节不是中转站，而是中坚，何以体现中坚？

一个秋雨淅沥的夜晚，大坪乡的一名年轻母亲抱着一岁的儿子冲进了卫生院。母亲几乎是哭泣地喊："医生快救我儿子的命，他拉稀拉了好几天，都是血！"孩子一岁左右，母亲已是落汤鸡，邓椿桥立刻接过病儿，叫护士给这位母亲换掉湿透的衣裳。

他看孩子已处于浅昏迷状态，面色蜡黄，精神萎靡，问了病史仔细触摸腹部，一看一听，呼吸困难，这不像腹泻，像肠梗阻，肠套叠，他赶紧抱着孩子奔向B超室，放射科，果然，肠套叠！时间再长点，肠扭转，肠坏死，手术不了，患儿生命有忧了。还是先采用保守，从肛门插管，注气疗法，左手触摸着包块。

屋外是淅淅沥沥的秋雨，有点寒意，医护人员都是大汗淋漓，一次、两次、三次，腹部包块在动，在动，还在动，肛门排气了，幼儿哭了，尽管还不响亮，那却是生命再生的声音。

他没有松下自己的手，又抱起患儿去做体检，去放射科检查，肠套叠征象在消失了。外面的雨停了，天边露出了鱼肚白，大家望着酣然入睡的孩子长长地吐了一口气。

邓椿桥想起了他十年强抢救的另一个孩子，那是一个冬季的黄昏，一个女孩，全身湿透，奄奄一息，面色灰白，濒死一般。在抢救室，诊断是病毒性脑炎，并感染性休克，抗休克，抗病毒，病情不见好转，请市里专家会诊，大家的意见是对症治疗，等待奇迹。邓椿桥没有放弃，决定用中药。家属都想放弃治疗，欠费了，邓椿桥还不放弃，自己代交药费，奇迹最终还是出现了，孩子神志恢复了，康复了。10年后，孩子长大成人了，她找到邓椿桥说，你救了我，给了我新的生命，我来谢谢你，来还当年欠你的债。不记得了？我叫方路梅呀！就是那个冬日的黄昏，那个奄奄一息的小女孩。

呵，邓椿桥激动了。医生希望的是红包么？希望的是礼品么？一个活生生的生命，一个美丽的姑娘——坚持，不放弃，新的生命走向社会。她的青春焕发，这就是医生的希望与追求，她健康地活着就是对医生最好的褒奖。

邓椿桥所在的医院，由于他的努力，已是旧貌变新颜，危房已拆除，大门已改建，他又赶上机遇，政府投资，卫生院修建成两个方正的四合院，医院的医疗设备添加了全自动化仪器，血球仪、B超。院强院兴，农民“侵占”十余年的土地也回收了。

值得庆贺的是，医院在收回的土地上盖起了综合楼与病房，建筑面积2366平方米，6层高楼，已经封顶。竣工后将是南康区卫生院中最大的单体建筑，可以开放百余间病房，四合院内的环境叫“没得话说！”。前后两幢的余坪种上了樟树，樟树环绕，四季翠绿。他把自己的工作理念传递给同事同行“爱岗敬业，精益求精”，“责任心、爱心、良心”八字三心的行医准则也是卫生院都行医准则。他的团队乐意接受，由此连续四年获得全市基层医院临床技能大比武团体二、三等奖，连续三年获得赣州市文明单位。医院强了，医生富了，环境美了，他领导自己的团队，也在向习总书记说的“强富美”迈进。

正如邓椿桥的名字，他是一座桥，架在疾病与健康之间，架在村乡镇与县医院之间，架在农村与城市之间，架在健康与希望之间，建在农民的心上。

赣州市政府对这乡镇卫生院进行标准的改建新建或整体搬

迁。全市有乡镇卫生院334所，其中中心卫生院86所，一般卫生院248所。正因为是“中间”与“中坚”，这三年改造的速度与力度在加快加大。

信丰县四个乡镇卫生院获得赣州市扶持批准，万隆卫生院总投资概算控制在129.02万元以内，总建筑面积为909.42平方米，大阿卫生院总投控制在140.80万元以内，总建筑面积为934.92平方米，古陂卫生院总投资控制在221.86万元内，总建筑面积为1481.85平方米，崇仙卫生院总建筑面积1325平方米，总投资控制在197.88万内。

乡镇卫生院医师水平与能力在加强提高。近三年18个县（市区）招聘了70余名执业医师。帮助乡村医业务提高，落实了三多措施，从2014年开始，每年由赣南医学院定单定点免费为每所乡镇卫生院培养1名本地籍临床医学本科生，由市财政按每人每学年7000元的标准给予资金补助，培训一批现职农村医护人员，用三年时间，完成全面培训计划。

于都县位于323国道，对乡镇卫生院发展提出“填平补齐突出特色”是振兴卫生院的一招。凡在国道边的乡镇卫生院尽力打造出专科特色，能力突出的品牌卫生院。如黄麟中心卫生院的产科、利村中心卫生院的小儿疝气手术、禾丰中心卫生院和岭背卫生院的外科都是名声在外，墙内开花，墙内墙外都香。应了那句鸡汤话：我若盛开，蝴蝶自来；你若精彩，天自安排。

2015年，大余县投资696万元，加大对乡镇业务用房建设，医疗设施配备，人才引进培养的扶持力度，加快构筑以县级医院为龙头，乡镇卫生院为骨干，其他基层医疗卫生机构为基础的医疗卫生服务体系新格局。

科学布局6个社区卫生服务站，11家乡镇卫生院，改扩建41家村级卫生室，建成辐射周边3公里，10分钟的公共医疗服务圈，并将社区服务站纳入，以形成“一小时优质服务圈”。

加入县人民医院区域联体，建立基层首诊，分级诊疗，双向转诊的就医秩序。即：花诊在社区，小病在基层，康复回社区的医疗模式。改建新建的乡镇卫生院，各县都有新招，目标统一：便民。

兴国县江背卫生院服务辖区13个自然村，3万人。卫生院正式员工31人，临时聘用13人、医生11人、护士13人。设有内外妇儿及中医临床科室；辅助科室有B超、化验、DR；还有按四星级标准建设的预防接种门诊。设备有五分类血球计数仪器、全自动生化分析仪、DR数字X线摄影机、B型超声波，心电图。中医科是他们的强项与特色，走进中医科门诊诊查室，那房间的装饰与布局会使人想到是走进了广东省中医院，淡淡的中药清香与艾灸淡淡的青烟在空气里混绕一起，又让人仿佛穿越了历史，生命在时空里延伸……

国家卫计委办公厅公布了全国2014—2015年度群众满意的乡镇卫生院名单，对1300所入选单位给予表彰，其中，赣州8所乡镇卫生院榜上有名。

乡镇卫生院是一把伞，这伞坚而大，遮风挡雨。

乡镇卫生院是一座桥，这桥稳而牢，通向健康的彼岸。

三、市、县医院：赖以柱其间

*网顶要有顶得住的专家

2011年大年初三。

离赣州市区有1.5小时车程的上犹县一家医院来了电话，接电话这头是赣州市人民医院妇产科副主任徐敏娟副主任医师。

对方告知病情，产妇在剖宫手术中发生羊水栓塞，呼吸心跳间断暂停，血压不升，经心肺复苏后，发生难控性出血。

“羊水栓塞”？！这是九死一生的并发症啊！多少病例因此而发生医疗纠纷啊！

没有丝毫犹豫，坐上救护车，一路鸣笛。进了手术室，生死真就在瞬间，徐敏娟看看左右，这儿条件不允许继续多留，升压，输血，迅速转到自己医院重症监护室（ICU）。路上心脏会停跳吗？到医院能救治吗？她几乎没有时间思考。那种只要有一线希望就一往无前的勇气真不知怎么迸发出来的。妇产科乃至医务工作都知道，羊水栓塞救治成功率极低，多少产科医疗纠纷是因此而起。她想到患者的家属吗？想到一旦抢救无效，她会遭遇到什么样的场景吗？病人进了重症监护室，仍处在濒死状态。血压仅只40~60/25~40mmHg，盆腹腔还在出血。只有上手术台开腹探查，止血。不手术，等死；手术，死里求生。

徐敏娟选择后者，这儿显示了综合医院的优势，可以请多科专家会诊，麻醉科，危急重症专家都来到手术室，有他们守护，徐敏娟信心更足了，时间一分一分，一小时又一小时过去了。三小时过去了，生命体征没有恶化，而她在手术台上已成功地进行了双侧髂内动脉结扎术及盆腔血肿的清除，血止住了，输血、升压、给氧，一切有条不紊地进行着。大家已忘记了这是初四的清晨，大家为孩子没有失去妈妈而高兴，又一个生命奇迹般从死亡边缘上抢救回来了。

生与死，就这么一念之间。送，还是不送，开腹再手术，还是不开？她在向“羊水栓塞”并发症挑战吗？没，没有，什么都没有。她心中唯一的希望是产妇不能死！一个医生对患者对生命要尽到最大的责任！

她人生经历过多少次这样的抢救。

还是这年，还是出诊，还是急救电话，地点在兴国县。一位肥胖孕妇合并重症心衰，危及生命。此时的她还在手术室，还穿着手术衣，心衰？心衰！！生命往往在分秒之间，她连手术衣都没脱，冲进了急救车，快！她忘了自己晕车，车还没上高速，她就发晕，恶心，开始了呕吐，吃一颗药吧？司机说。

吃了我醒不来，迷迷糊糊怎么抢救病人哪。她说。

只有会晕车的人，才体会到晕车的痛苦。她找了一只塑料袋，吐吧！司机真的不忍心，想减速，想停车，让徐主任歇歇。司机了解这位女主任，停车，减速不行，她心更急啊！

徐敏娟在学生时代是三好学生和优秀干部“专业户”，就是共产党党员，分配她到“累死累活的妇产科”工作，有一次，有位重症病人，徐敏娟竟然在病房守护了两个星期，没有与距离1公里的家走近一步。在医院，在病人中一直传为佳话美谈。

在不停息呕吐声中，急救车到了兴国县这家医院后，徐敏娟直奔手术室，换衣，洗手，抢救，实施剖宫产。终于，听到了婴儿的哭声。终于，麻醉科医师报告，产妇生命体征平稳。已经连续工作了20多个小时的她，还有什么能比这两句话让她振奋呢？

每一个医生抢救生命的故事都不会重复，每一次抢救的风险，都一样沉重，一样艰险，一样如一块巨石压在医生的心上。

这就是医生常年工作的状态，永远处在高风险状态。时间往前推移几个月。

2010年8月25日，从上犹送来了一位急诊病人，护送的医生介绍该女士患有特发性血小板减少性紫癜，其血小板不是正常人的二十五分之一。产妇已出现腹部不规则疼痛的产兆症状。是选择剖宫产？还是选择自然阴道分娩。二选一，这不是赌博，这是呵护生命的选择。医生常常面临这种选择，凡有益病人的必然风险大。

医生能否担当？技术担当、心理担当、能力担当、团队担当！

实施剖宫产，产妇因血小板减少而会发生大出血，补救措施，输入大量血小板，术后伤口难以愈合，感染，裂开，均有可能；经阴道分娩，由于用力，紧张，可以导致自发性颅内出血，或胎盘早剥。哪一种可控性更好呢？

产妇坠感痛感加剧，不能再等了。

徐敏娟选择了保守，她用药物，音乐，交谈安抚等综合方法镇痛，缓解产妇的紧张情绪。建立多个静脉通道成分输血，少量输入血小板，备好应急药物，艺高心细，历经一小时产程，闻到婴儿的哭声，这是告知母女平安的哭声，是告知医患和谐的哭声。

徐敏娟名声越大，找她的疑难杂症的病人就越多，承担的风险也就越多越重。妊娠期糖尿病的孕妇、高血压的孕妇、心脏病、肝病、系统性红斑狼疮的孕妇都找她，外出会诊也越来越多。

在指责过渡治疗的今天，要说一句，医疗界有另一种过度，那就是，医生为了病人生命让自己的体力做出了过度的奉献。

当一名医生的技术与奉献重叠的时候，生命之花必然如夏花之绚烂，生命之树必然如松树之常青。

***大病不出县：是所有县医院努力的目标**

可以做到吗?

还是以兴国县为例。

兴国县直属卫生计生单位11所，是县人民医院、县中医院、县妇幼保健院、结核病防治所、皮肤病防治所、疾病预防控制中心及卫监所、爱卫办、卫生职业校、农医中心、计生服务站；乡镇卫生院25所（其中有高兴、长岗、古龙岗、社富、均村、城岗6所为中心卫生院），乡镇计生服务所25所；有国营医药总公司1家（县医药总公司），自收自支单位1家（城郊医院）（民营医院5家），村卫生所（室）920所，个体诊所44所；系统有在职正式原卫技术人员1905人（不含离退休人员490人），其中专业技术人员1679人，占任人员总数的88.1%；有原计生正式在编人员144人（其中25个乡镇计生服务所133人人事关系由当地政府管理，具备专业技术职称人员18人）；全县医疗机构核定病床数2307张（其中卫生院884张，县级公立医院921张，民营医院502张）；在职乡村医生1072人。

这些人、这些单位构成了兴国县一张完整的三级卫生网。

以县医院为龙头，乡镇卫生院为枢纽，村卫生所为网底，初步实现“小病不出村，常见病不出乡，大病不出县”的目标。与老百姓息息相关的最大医疗机构是坐落在县城的三家医院、两家防治所、一家疾病控制中心。百姓对龙头网顶期盼的确是“不出县”。这就要求县级医疗机构能力水平不断提升。一是设备提升，二是医生诊断治疗水平提升。

急诊科是最能考验医生的应急能力与抢救水平，也能看出这家医院的设备先进程度，选择兴国县中医院的急诊科为例——针对兴国县急诊科室不多，急诊病人尚多的局面，在20世纪90年代，中医院创办了急诊科。1996年毕业于江西医学院的刘季平，安排在急诊科，也算是急诊科开创者之一吧。

想象中的急诊科主任应该是风风火火，快言快语，当机立断，来也匆匆去也匆匆。刘季平不是，他面清目秀，说话慢条斯理、和颜悦色，做事不急不躁。急诊科不是中医院最老的科，却是最忙的科，风险最大的科，可以说是中医院的一面窗口，危重病人，突发事件，小儿急症，抢救都会在这里发生。

有次急诊当班医生通知刘季平，来了4个急诊小孩。家长说，是吃了老鼠药。这不是段子里的老鼠药，这老鼠药货真价实，孩子生命处在非常危急中。刘季平通知去全科出动，全力以赴，灌胃催吐，静脉给药，经达5个多小时抢救，4个小孩转危为安，一周后痊愈出院。

当初，中医院成立急诊科时，有人有异议：你们做好自己中医本职工作，拿脉开方煎药，怎么开办急诊科？中医能抢救病人？

急诊科是一个医疗纠纷常发地。当医生正在抢救一个病人时，又抬来一个，是放下手中的，抢救的后来的，还是继续抢救原来的？身边抢救往往是分秒必争。曾报道，有个病人家属抱着自己家儿子来，医生正在给另一个病人做人工呼吸，趁换气的当口，顺嘴说句：等等。就惹来患儿父亲拳打脚踢。病人家属急，可以理解；医生不能放弃正在抢救的病人也是理所当然。两难之间，就是为难！中医院成立急诊科，不是应景，是更好地为兴国百姓服务。多一个急诊科，很多急诊病人就有抢救去处，就多一点生还希望。

刘季平医生很珍惜这个与死神争夺生命的担当。有一次，一伙人护送着一位农妇进了急诊室，农妇是服了有机磷农药，想自杀。来时已出现呼吸衰竭，处在深度昏迷状态。上呼吸机，洗胃，病人生命体征未见好转。病人家属失去信心，提出放弃抢救。心跳呼吸虽然微弱，微弱到濒死。

医乃人术。站在病人身旁，最不希望病人死的是医生。每个医生每个有良知的好医生，总希望自己手术的病人尽快康复，自己治疗的病人尽快痊愈，刘季平无疑是个有良知好医生，他怎么会放弃呢！最后的胜利属于坚持者，农妇活下来了。

刘季平有一个优点，不懂就问，就翻书。一个17岁的小伙子，发热腹痛，找他就诊。他没有查出病因，只好建议他转上级医院。小伙子走了，望着走的背影，刘季平有点惘然若失的感觉。夜静翻书，查查他人病案，对照小伙子的病情，他想会不会是特异性感染？结核性腹膜炎？他和病人没有联系上，也不知他在哪里治疗，他牵挂着。有一天一个小伙子走进他的诊室，身体消瘦，满脸愁容。啊，是他！就是刘季平惦记着的那个小伙子，原来小伙子家很穷！他没有去上级医院治疗，在某家医院做了化验，带回来一沓沓化验单，来找刘季平，他把希望寄托在刘医生身上。刘季平仅做了结核试验一项，阳性。他决定按抗结核治疗，小伙子精神见好，热渐退，人也能吃饭了。小伙子按规定吃药，自信了，乐观了，笑意写在脸上。

县医院的医生都学有专攻，县医院各项设备齐全。不转院就地治疗会逐渐实现。刘季平医生42岁了，已有20年医龄。他爱岗敬业，群众推选他为县模范职工，选他为卫生系统先进工作者。医院也委他以重任，从急诊科调到内科任主任。

接急诊科主任的是1992年毕业于赣南医学院的黎昌茂医生。黎昌茂毕业后在卫生院工作了9年，是名正宗的全科医生，急诊科的重担非他莫属。

2014年，他上任一年后的一天下午，长岗乡列宁小学学生食物中毒，还有多个儿童是可疑病人，年龄是5到12岁。他把最重的三位留给他自己救治，症状较轻的转给科里其他医生，剩下的逐一排查。

长岗乡列宁小学是苏区创办的小学。这么多学生，年龄这么小，不能有丝毫马虎。孩子们病情平稳后，他耐心地向每一个孩子父母解释，让孩子父母放下心，直到晚上2时，所有患儿病情平稳，患儿家长情绪平稳，他才离院。

急诊科是考验每个医生水平能力、技术水平、人性素质、应对能力的地方。

2015年5月19日下午，救护车呼啸而至，送来一位胸痛病人，病人大汗淋漓，血压160/105mmHg。发病时曾有昏厥史，现在意识尚清，他潜意识觉得这个病人不那么简单，意识清楚并非好转这正是交接班时，他叮嘱接班医生给病人佩带24小时心电图仪，重点关注。之后派上了特护。突然当班护士急告，病人呼吸心搏骤停，他迅速看了一眼心电图，是急性心梗。这种抢救他十分熟练，做心肺复苏，电除颤，静脉给药，呼吸心跳当即恢复，但不稳定。20分钟后，呼吸心跳又停止，再次抢救，再次从死亡线上把病人拉回，直到心电图接近平稳，这时已是凌晨。

黎昌茂医生希望在他带领下，急诊科更上一层楼。这是愿干事人的心愿，如果每个医生都有这个心愿与追求，一个科室，一所卫生院，一家医院必然是与时俱进，造福百姓。

兴国县级医院，急诊忙碌的不仅仅是急诊科，最常见的是在妇产科。没有任何规定要白天生孩子，要在八小时之内生孩子，在农村连生孩子的地点有时都没法确定。

兴国县人民医院妇产科主任赖慧超，是位“80后”，她的第一学历是中专，1999年毕业于江西省卫校。让行家感到惊讶的是，她25岁出任妇产科行政副主任，30岁出任妇产科主任，32岁取得副主任医师资格。在一支高手如林的，靠技术吃饭、靠技术救人的队伍里，她怎么这样冒尖？要上得去，担得起，拿得下，自己没有几手绝活儿很难能服众，自己不能吃苦吃亏，哪能带领团队进步？呼口号，讲道理，面对濒危的病人是无用的。技术是实力，沟通是能力，把人救治，把病治好是水平。

她有吗?

在一个漆黑之夜，她出诊了。电话催她加速，产妇快生了，那是一个偏远的山乡，走到村里，救护车根本不能继续向前，要靠步行。要穿过重重叠叠的田埂，才能走进农舍。其实，家属产妇也急了，听说救护车来了，扶着产妇出门，她们也希望早一点上车，早一点进院，老天爷捉弄人，走到田埂边，产妇大叫：不行了，不行了，要生了，要生了！那头，赖慧超听到叫声，也顾不了田埂高高低低，田里有水有虫，放开脚就跑，她们两队人马相会在田埂上。赖慧超一行人立即放下担架，打开，放在田埂边，把产妇扶在担架上，她像指挥官一样，说，快，亮起手电筒；快，递上纸和铺巾；快，包布。她喘着气，一步一步操作。孩子顺利地生出来了，没有哭声！她急了。快，手电，手电对准脸，她看清楚是胎粪样的羊水，堵塞了孩子的口周鼻腔，她用纱布抹净，还没哭！莫非堵住了呼吸道，她没有犹豫，跪下来，用嘴吸，这儿没有吸具，没有给氧设备，只能口对口的吸出赃物，只能口对口的呼吸。再吸，吐掉，又吸，用力吸！灯光，灯光，她又急了，要做心脏按压，担架上不行，地上也不行，一个床不平，一个地上有沙粒。她把跪姿改为坐姿，把孩子平抱在怀里，腾出右手，轻压了心脏几下，孩子终于发出哇的一声。

旷野里，田埂上，这哭声很容易让人想起长征路上女红军生孩子的往昔，不过那是在枪声炮火中，而这是在月光如水的夜里，平静，平安。

2012年，她29岁，又遇到一道难题。在手术室里，三胞胎产后大出血，这是心理，技术，水平，素质的多重考验，她战胜了，产妇救活了，母子四人平平安安的出院，锦旗与鞭炮，红包与礼物，一起送给她。她只接受了锦旗，说："这是我们科的荣誉，这是你们家的幸福，我们共同分享，我只是做了我应该做的事，应该谢谢你们，你们对我们医院，对我们科的信任。你找我治病，接生，就是对我工作最大的支持。"

如果说第一个病例体现了她的医德，第二个病例则体现了她的能力与水平，第三个病例体现了她在与时俱进。一名未婚者确诊为宫外孕，传统的方法是手术切除输卵管，这名女孩当场晕倒，作为女性，赖慧超完全理解她忧虑与恐惧。赖慧超决定为她选择腔镜做微创手术，手术切口小，创伤小，为患者减轻了痛苦，减少了担忧。最主要的是，手术可不伤及输卵管，手术名称叫腹腔镜下输卵管切开取胚术。不久美眉成为新娘，不久又怀孕了，成为妈妈，生了一个胖小子。当然，又是锦旗，又是礼品与红包；当然，又是拒绝，又是相互感动的话。

再看看这几年她走过的路，进入兴国县人民医院妇产科工作四年后，院里送她到南昌大学第一附属医院妇产科进修一年；2007年到广东省佛山市第一人民医院学习腹腔镜技术；2012年考取了南昌大学医学院在职研究生；2014年为进一步提高腹腔镜技术，她到广东省妇幼保健院妇科强化提高腹腔镜的技术，同时，她又"偷"学了省级医院妇产科的理念与方法。

每一点进步都是她从自律奋进开始。

2011年，全院技能操作比赛，她获医生组第一名。2012年，全市产科技能大比武，她获个人岗位技术标兵头衔。2013年，全省技术大比武，她获得集体一等奖，个人"岗位技术标兵"一等奖头衔。

她带领的团队，是县三八红旗集体，是巾帼文明示范岗。从2009年起，她被评为赣州市与兴国县卫生系统医德医风标兵，以后连续不断的是：优秀共产党员、十大杰出青年、三八红旗手、创先优秀共产党员、兴国县十佳医生、赣州市五一巾帼标兵等等荣誉称号接踵而至，完全成了一个荣誉“专业户”。2015年，她通过了副主任医师晋升考试与评定，应该不惊讶，这年她32岁，全县最年轻的副高。

一切都在汗水心血中，她的经历与年龄，让人想到少共国际师。青春、靓丽、上进、有为！一切为了苏区百姓！兴国妇女把生命交给她，还有什么不放心呢？

在兴国县人民医院，与她这样有这么多荣誉称号的，还有泌尿科主任谢芳林，名字听起来是女性，其实是男医生。他年过半百，除了荣誉称号外，他还有三个外号：“老黄牛”、“快速120”、廉洁行医的“防火墙”。

先说一小例。

他父亲偏瘫卧床，因为忙，他很少床前照顾，好不容易找到时间回家看看，伺候床头，突然接到一家卫生院电话，一例肾结石患者在术中出血，病情不稳，请他急会诊。面对躺在床上的老父和自己年幼的女儿，他二话没说，骑上摩托奔驰而去，生命第一，这就是快速120的表现。

兴国鼎龙有一位大嫂在外地打工，患复杂性尿瘘，她在当地市级医院手术治疗效果不佳，该院建议她到省级医院再次手术，但由于家庭经济困难，无力外出求医，可病痛的折磨，又让病人无法忍受。她回到家乡兴国县，找到了谢芳林。谢医生详细地询问查看病情，他知道这个手术的复杂，想到尿瘘给这位大嫂带来的精神及肉体上的极大痛苦，他决定承担风险给这位大嫂做手术，精心的制订手术方案，精心的进行了手术，顺利完成。这类手术在省级医院费用是四万元，谢芳林将医疗费节省到五千元。大嫂仍为医药费发愁，谢医生又号召全科医生为她捐款两千元。那是新农合还没普及的日子，大嫂的手术费实际是花了三千元，这就是“防火墙”与“老黄牛”的本色。

他成功地开展了肾癌根治术、膀胱癌根治术、可控膀胱尿流改道术、复杂性尿瘘修补术等重大手术。大胆引进新技术、新项目，率先在县级医院开展“经皮肾脏取出术”、“经尿道前列腺切除术”、“腹腔镜下胆囊摘除术”、“输尿管镜气压弹道碎石术”等新技术项目。

医学是一门充满变数的学科，任何一门新技术新项目的开展，医生都要承担风险，在风险中，小心翼翼地开展，在风险中勇于的担当，在风险中走向成功。承担风险的是医生，享受成果的是患者。一个县级医院假如不敢承担，不敢拓新，那只有裹步不前，最后受害的是百姓。好在兴国县人民医院有着一个又一个这样的团队。

***家家医院团队有特色，小小科室一样同步走**

这句话应该拓宽为：好在赣南苏区各县医院都有着一个又一个这样优秀的团队，努力着，苦干着，为苏区百姓献出了他们的光和热。

大余县人民医院内科主任钟石生带领的是内科心血管团队。

前几年的一个春节，他正在家休假。科里医生来电话说，一名中年患者酒后腹痛，面色苍白，大汗淋漓，外科医生说不像是急腹症，请内科会诊。内科会诊医生年轻，不敢贸然处置，电话会诊请示。钟石生说：听一百句，还不如看一眼。他乘车赶到医院。很快判断，这是内科疾病，急性心肌梗死。立即进入抢救程序，为了防止病情扩大临阵慌乱，以便抢救会诊工作顺利，他同时又拨通了赣州市人民医院心血管科，请他们开通绿色通道。这是春节休假期间，请他们务必有人接诊。他面对这位心肌梗死的病人，指挥若定。由于处理及时，病人没有发生任何意外。

有一位产后大出血的产妇，产前患有心脏瓣膜病变，分娩出现大出血，产后一直处于休克状态，面色苍白，皮肤湿冷，血压持续下降，随时可能心跳呼吸停止。多科会诊后医院领导决定由心血管科收治。病人转科后，他守在病房里，每小时观察心电监护仪上的数字，调整药物速度。累了就在护士办公室桌子上蒙头眯一会儿，床头铃声一响就匆匆跑过去。

精心、细心、耐心的治疗，确保产妇闯过了难关。当护士抱着新生的小孩送到产妇的身边时，她看见了医护人员熬红的双眼，掉下感动的眼泪。

一样的早上，不一样的病人。清晨6点，120送来一个60岁的患者，因胸痛半小时急诊入院。钟石生发现病人已经面色发绀，呼之不应。凭经验，他立即判断病人已经是发生了恶性心律失常——室颤。他马上对病人进行抢救。经过一系列有条不紊的治疗，病人心跳逐渐整齐有力，疼痛减轻，呼吸平稳。

患者家属赶来那刻，惊心动魄的一幕已成过去时。钟石生知道这位老者是老师，反复地对他进行了医学科普教育，为了让这位病人心脏功能得到最大的限度的恢复和保护，他把注意事项与服药方法一一交代清楚。还留下了自己的电话号码。

老师和医师就这样成了朋友。

石城县人民医院陈东方医生1990年7月从赣南医学院临床专业毕业，分配在石城县大由乡卫生院工作。五年后，调于石城县人民医院。他学习认真工作刻苦，病人对他高度信任，领导十分支持，这些年来，多次送他外出学习。他先后在南昌大学一附院普外科、烧伤科，南昌大学二附院胸外科、江西省肿瘤医院胸外科及中山大学附属第一医院胃肠科进修深造。回到石城县人民医院后，他挑起大梁，独当一面。胸外科与普外科手术，名声在外。

1998年，他主持开展了食道癌、肺癌根治术；2006年，开展了胸腔镜肺大泡切除术、腹腔镜胆囊切除术等微创手术；2010——主持开展胸腔镜辅助小切口肺癌根治术；2014年，主持开展腹腔镜结、直肠癌根治术；2015年，主持开展肺结节穿刺活检技术；2016年，主持开展支气管镜检查、肛门直肠镜检查、麦默通乳房活检和旋切技术等新技术。他带领的胸外科、普外科团队在专业技术方面位于全省县级医院前茅。他的手术不但获得省内外各级专家认可，而且石城县患者说，陈东方医生学成回来后，我们再也不用四处奔波求医了。他所在的石城县医院，由于他手术精湛，整体水平迅速提升。

张少波是定南县第一人民医院副院长、副主任医师、外科主任。1988年，他毕业于江西医学院医疗系。毕业后一直广东省医医院从事外科临床一线工作十余年没离开过手术台。

2014年，刚成立的定南县第一人民医缺少人才，他出任副院长。来后，大家看到他，一年到头都在医院里忙；更让人羡慕的是他是多面手，是多科专家，从头做到脚的手术他都会做。

从头到脚可以完成的手术是：体表肿瘤切除术、甲状腺瘤切除术、消化道穿孔修补术、胃大部分切除书、肠坏死切除术、急性阑尾炎切除术、疝修补术，小儿肠套叠的外科治疗；在肿瘤外科治疗上他开展了乳腺癌根治术，下段食道癌根治术，胃癌根治术，肠癌根治术，直肠癌根治术，肝癌的不规则切除术，肝癌肝动脉化疗栓塞术，腹腔肿瘤及腹膜后肿瘤的切除术；对泌尿系结石如尿道结石、输尿管结肾结石可行微创手术，对阑尾炎、胆囊结石可行微创手术。

一个人才可以带好一个团队，一个团队可以推进一家医院上升。张少波主任带领的团队为定南县的医疗卫生事业的发展提供了强有力的支撑，为定南县的百姓和患者带来了高质量医疗服务，无疑造福定南县的百姓，百姓会从心里高兴。定南县，赣南最边缘的县会因张主任的到来，北到赣州，南下广州就医的日子越来越少了。

县医院大科室发展是正常的，是百姓需要的，也是有病源，有潜力的。县医院小科常常难以发展，甚至难以维系，承包给私人。在20世纪七八十年代，一些县医院小科室常是一科一人。像口腔科，眼科，耳鼻喉常三合为一，称为大五官科。这些科盈利不大，加之基层文化与经济落后的因素，老百姓对耳鼻喉牙科疾病很少问津，科室的落寞导致医生的落魄。 这几年随着赣南苏区经济发展振兴，小科也大有可为。从小科病人的增多可以窥见的苏区经济发展牵动的一个点一片面。苏区百姓生活水平提高了老百姓就医面就扩大了，眼睛不能病，牙齿不能痛，鼻子不能塞，耳朵不能闭。这就是专家们讲述的，健康与经济实力地关系，也是东部地区人口寿命均值高于西部的原因。对于苏区，就医人与就医面的扩大是经济振兴的另一种表现。

先说说小儿科。小儿科不小，内外妇儿，四大名科。小是小朋友，是指当下医患关系紧张，很多地方的儿科在缩小，停了急诊，压缩了病房床位。儿科风险大，儿科盈利少，儿科医生压力大，很多儿科医生转行或者申请早退休，医院儿科医生递减，医院为招儿科医生不得不降低标准。

县医院的儿科怎么办？

赣州市南康区，原南康县的中医院儿科不减反增。当初儿科病床只有8张，有一位叫蓝瑛的儿科主任，居然发展到80张，医生由个位数增加到两位数，科室的收入也挤进中医院的前几名。

她如何发展小儿科的呢？身在中医院，就利用好中医药的资源。一些儿科的疾病，她主要采用中药为主西药为辅的治疗方法。如小儿秋季腹泻是南方小孩的多发病，她找中医拟定了一个治疗的方剂，因人而异进行小小调整。小儿腹泻常伴有腹痛，用西药针剂654-2进行穴位注射，654-2针剂每支不足1元，既减轻了治疗的经济负担，又治疗了孩子打吊针的恐惧与痛苦。

对新生儿疾病的治疗，南康还是空白，蓝瑛主任大胆的开展了这项工作。建立起新生儿室。一名体重只有1150克的早产儿，体温不升，出现呼吸抑制，她放进暖箱，用细小胃管给患儿进行鼻饲。她日夜在新生儿室呵护，护士24小时值班呵护。小生命渐渐脱离生命危险，可以自主呼吸，由于饮食配合适当，新生儿体重增到1400克，观察几天，生命体征平稳，出院了。这在上海、北京、南昌算不了什么，这是基层，是中医院，能这样做，敢这样做，是需要底气的。她地底气源于什么？就是源于填补空白，方便病人。这需要技术，需要担当。她都有。

领导十分重视，给她们科室配备了婴幼儿呼吸机，新生儿暖箱，微量注射泵，新生儿黄疸治疗仪，辐射式新生儿抢救台，压缩雾化机，参数监护仪，新生儿室的设备基本配齐，父母对他们科的信任是她领导的儿科壮大最主要的原因。

“光明•微笑”工程启动后，眼科，口腔科闪亮登场。人人都知道眼睛是人类心灵的窗户，有一句常说的话是，要像爱护眼睛一样爱护××，可见眼睛在每个人心中的地位。金眼科，银外科，也说明了眼科在医学界的地位。所谓光明行动就是为因白内障致盲的病人进行手术，让他们重见光明。

信丰，这儿是当年南方游击队坚守三年的地方，这儿是陈毅留下绝命诗的油山所在地。信丰县人民医院眼科有一位在杏林默默坚守三十个春秋、对事业执着追求，为千万白内障患者擦亮“窗户”、播撒“光明”的医生，大家亲热地叫他“光明使者”。他该院眼科主任郭金林。当他得知医院被列为白内障手术定点医院后，高兴而激动。这是领导与专家对自己业务能力的肯定，也是信任，更是责任。

眼科手术特点是精细。

光明行动启动前的几天，郭金林与家人常到菜市场肉摊、屠宰场处求购猪眼、牛眼。这些动物的眼标本是他用来练习手术操作。他是老医生了，何必多此一举？不，他严格要求自己，为了让手术做到精准，快，好，让小切口白内障手术更精细，他要反复练习，这是他对自己的要求。他不是那种得过且过马马虎虎的人。几次模拟后，他感觉，以牲畜眼睛为手术体与曾经为患者施行手术时的眼体在下刀力度方面有点异样，感觉偏硬。经过多次试验，他找到了最佳的试验品——苹果：以苹果为标本，在下刀时与人体眼球行白内障术时部位脆软度、下刀力度等方面的感觉高度吻合。他买回一筐苹果，通过反复练习，他计算了几次，可以将一例手术时间缩短到十分钟内完成。

筛查后是做手术。正是酷暑之季，郭金林凭自身技术的优势，争当先锋，每天承担20余台复明白内障手术。为多做手术，他和同事一道取消午休时间，午餐、晚餐都是盒饭，手术一台接在一台。最忙的一天他做了26例白内障手术。

他以高质量独立完成2000多例手术，让患者重见光明。这个数字占信丰县2009年“光明·微笑”工程中90%手术量。

安西镇一位年过七旬的低保老农行白内障手术后，高兴地扔掉了撑了十多年的拐杖，自信地说：“我不要政府的低保了，现在身体还行，眼睛又看得见，能靠自己过好生活了！郭医生，太感谢您了！”

西牛镇一位68岁的老太太在接受白内障术复明后激动地说：“郭医生你真神！我想也不敢想，瞎了一二十年，今天还能看见世界！”每当病患向郭金林表达重见光明的感激之情时，他总是微笑地说：“要感谢就感谢我们赶上了好时代。”

援外医疗工作是我国、我省卫生工作的一项重要内容。2012年，郭金林自告奋勇，积极主动报名参加江西省在突尼斯为期2年的援外工作。与突尼斯医生积极合作，郭金林完成了1000多例的白内障复明手术，没有一例不良并发症。

他深知，要做一名合格的眼科医生，不但需要扎实的医学基础知识，还需要绣花姑娘般的灵巧双手，更需要一副稳重淡定的良好心态。

几十年来，郭金林努力学习医学知识，接受新知识新技术，不断提高自身业务技能，传、帮、带领导自己的团队。当下，像郭金林这样对技术精益求精的医生还真不太多。听到这样一位老资历医生还买猪眼，苹果来预习手术，年轻医生会不会多有一点奋进？病人会不会多一点信任呢？

郭敏飞是会昌县人民医院五官科医生。这儿眼耳鼻喉还是混搭一起，叫大五官科。他治眼睛，也治疗耳鼻喉。

家住文武坝镇的易秋生，今年81岁了，患上了开角型青光眼已有多年，可由于年老行动不便，老人家的子女工作也都很忙，身边没有人有过多时间陪易秋生看病。郭敏飞每天利用中午时间上门诊治。近来，易秋生的病情明显得到了控制。送医上门这样的事他做的太多了。同事评价说，郭敏飞十年如一日，只要在家里完成治疗的，一些老人或卧床不起的病人，他都不会让病人来医院治疗，他这样默默的做了十余年。

有一位年近六旬的饶平老人家，得了眩晕症，不管是坐着还是站着，经常会感到头晕、身体不舒服，饶平曾到不少医院去检查，但就是查不出什么毛病。后来，饶平找到了郭敏飞。郭敏飞详细询问病人的情况，包括祖辈生前的身体状况、家里周边的环境状况、饮食情况以及工作情况等，郭敏飞凭借多年的行医经验，断定这是迷路炎，可是开出药单，打出药费单之后，饶平一家人甚是惊讶，因为原本听别人说要准备很多钱来看病的饶平一家人看到如此低廉的药价单，饶平一家人除了惊讶只有感谢了。

科里同事说，郭敏飞医生治病开药第一想到的是，病人要花多少钱？不管是治疗费，还是药费，他总是选择最低价。于他，这已是习惯。

兴国县医院是“光明•微笑”工程定点医院，眼耳鼻喉科主任丁勇，担任了澳大利亚霍洛基金会白内障复明项目中方教员。自2000—2016年，受江西省卫计委和霍洛基金会指派，参与江西、内蒙古、四川等40多个县市医院十余期的白内障复明手术培训班的带教工作，为省内外培训了40余名眼科白内障手术医生。同时，为农民民义诊1万多人次，培训760名乡村医生，为本乡本土农民3000余名白内障患者免费实行人工晶体复明手术。

有年冬天，来了一位70多岁的张大爷，是白内障，右眼已完全失明，而左眼患青光眼并白内障。年龄大，双眼患疾，又有并发症。丁勇还是为他实施了白内障摘除手术，还同时进行了青光眼手术。张大爷说：我该怎样感谢你？丁勇说：我是在传递党和政府的关怀。为了不漏掉一个病人，他参与筛查工作，走遍了全县各个乡镇村庄屋场。几年的工作成绩，名声在外，广东省东莞市常平镇原镇医院总护士长杨明德患有白内障，舍近求远，舍弃有医保报销的费用，专程来兴国找丁勇。丁勇用超声乳化技术完成了她的治疗。杨明德重见光明，平安返回起到了广告宣传效应，东莞市一些白内障患者也慕名前往兴国。

多年来，他为15000多名白内障患者成功实施了手术。光明行动，重见光明。他因此获得中澳白内障复明手术合作项目“先进个人”荣誉称号与江西省委、省政府授予“光明使者”。

他还从事眼耳鼻咽喉临床工作。

1996年，他率先在全市成功地开展了功能性鼻内窥镜外科手术、为鼻息肉、鼻窦炎患者解决了手术后复发率高的难题。他首先在兴国县开展的人工听骨听力重建术，为兴国眼耳鼻咽喉诊治转向显微微创化发展做出了贡献。

就要把大手术变小手术，高危手术变安全手术，复杂手术变简单手术，是他从医的理念。这种理念的获得源于他对病人的爱与对疾病的深度分析理解。尽量降低风险，病人安全，尽量降低成本，病人减轻了经济压力。他这样想，这样做。

省内外专家对他的评价是，模范兴国县的模范医生。

于都县口腔科，有7名医生，2名护士，1名技工。12台椅位，还有病床。在县级单位，算是较大的口腔科。近几年，门诊病人见涨，每天接诊病人50余人。因为口腔科每个病人都要操作，而且是慢工细活。拖班进入常态，一些病人需要预约。基层口腔科传统的医疗项目是拔牙、补牙、镶牙、他们现在已新增开展了牙正畸、牙美容和一些口腔颌面外科手术。今年开始，筹划了开展种植牙。

在纪念长征80周年的日子里，他们科与在于都县卫计委支持下，与赣州口腔医学会一起，携手江西拜博口腔医院举办了口腔健康走进苏区的公益活动，开展了口腔健康与全身健康相关性的医学科普讲座，还开展了义诊与种植牙的活动。种植牙的主诊医生是江西拜博口腔医院院长叶平教授。

这里有一个小故事。因为拜博是民营机构，一位想做种植牙的于都病人担心质量不高，价格受骗，特地给在上海医院工作的亲戚打了长途电话，问：民营医院可不可信，叶平是何方人士？亲戚帮她查询了后回答说：叶平是原江西省口腔医院种植科主任，江西省口腔种植协会主任委员，全国种植协会的常委，是可信的。迄今，他已为患者成功的种植了万余枚种植体。这个信息传开后，要求做种植牙的病人一下增多。

于都县口腔科严茜珺主任说：自从中央扶贫的政策下来，我们于都县起了翻天覆地的变化，老百姓的生活明显提高，我们口腔科的病人日渐增多，就是生活提高的一个缩影。病人说：没有好牙，吃不了饭，有好菜也吃不香。所以要求补牙、镶牙、种牙的人都在门口排队。我们的院长说，要把口腔科做大做强。于都县卫计委的一把手潘主任大力支持，他深感缺牙对健康与生活质量的影响。

种完牙的第二天，叶平教授带领他们的团队来到于都河边，来到长征出发地，对着自己的团队队员们说：我们今天来到于都给红军后代，给贫困百姓送医送药，是继承长征精神，是不忘初衷。我们的路还很长，要向红军学习，永远要到而今迈步从头越，永远不怕远征难，永远不忘初衷。不管是在体制内体制外，不管是国营民营，我首先记住自己是共产党员，要做一名好医生。在任何地方，我们医院为百姓看好病就是我们的工作目标。

县卫计委潘主任希望叶平与严主任之间建立长期合作关系。

如何做大做强呢?

她2000年卫校毕业，自感功力不足，报考了成教，从大专读到本科，期间又到南昌大学一附院口腔科进修，理论实践一起上。全科在他带动下，学习风气极浓。现在达到本科学历的有三名，大专学历的三名，今年已招进一名天津医科大学的本科生。新要添置的设备已交给了院务委员会，新医院大楼落成后，她们无疑会扩大。她努力着，期盼着。病人也在期盼着。随着赣南经济振兴发展，老百姓生活与素质提高，眼耳鼻喉口腔科的病人会越来越多，这些小科的发展指日可待，赣南苏区百姓享受“小科”医疗优质服务的日子也为其不远。

兴国县人民医院已被列为全国首批县级公立医院改革试点单位。

2013年3月1日开始兴国县医院正式启动叫药品零差率，从此“以药补医”，“养医”成为历史。政府给予了财政补贴，对收入分配，人才引进，医院运行进行的机制更新。为“大病不出县”提供了有力的保障。

读一组最新数据：2016年上半年业务总收入为1.24亿元，门诊人次227827，同比增长12.73%，住院人次14879，同比增长8.12%，治愈好转率97.30%，病床使用率101%，平均住院日8.9天，基药使用率42.82%，门诊均次费用202.63元，同比增长2%，住院次费用5159.07，同比下降1.78%，社会第三方满意度测评9.05分。

这些数据，可以说明，病人是饱和的，住院天数和费用是在下降的，取消药品加成的20%后，其中80%通过调整医疗服务价格实现20%，由省级财政补助80%，县级补助20%。2012年到2015年财政拨款分别为73万元，581万元，1275万元，1447万元。是逐年上升的趋势；医院药品占总收入的比例由51.51%，降到今年的37.75%。是利于患者的下降。

在财政补贴上，还表现在设备购置上，100万元以上医疗设备，补助25%，退休人员补贴由过去20%提高到100%，学科建设也列入财政预算，每年安排50万~100万元扶持重点专科建设和人员进修学习，政府承担医院基础设备建设。县政府投资5亿元，规划344亩土地，按三级医院标准建设兴国县人民医院新院。

套用一句官话：改革取得阶段性成效。

兴国县人民医院先后获评全国百姓放心示范医院、省级群众满意医院、省卫生行风建设先进单位。全省进一步改善医疗服务行动计划工作现场会也在该院召开。这是赣州市在会上进行交流发言唯一的县级医院。

为优化服务流程，该院围绕导医、导诊、导检、健康咨询、护送病人进出院等方面，梳理并推出便民惠民服务措施40余项。医院成立患者服务部，下设门诊服务中心和住院服务中心两个部门，分工明确，任务明确。门诊服务中心分一站式服务中心、门诊分诊组、银医自助指导组三部分，主要开展方向指引、信息咨询、物品寄存、饮水供应等便民服务，负责维持各门诊区“一人一诊”就医秩序，协助患者开展自助挂号、缴费、查询等服务。住院服务中心分临床服务中心、病区支助中心和预约中心，分别负责中午及晚间时段药品、物资、器械等配送工作，预约检查、预约挂号、预约住院等预约服务，以及住院病人的预约检查、陪诊陪检等服务。

门诊大厅内，安置了自助发卡终端和自助挂号缴费打印终端等新设备，用身份证就可以自动识别信息，完成挂号、缴费，不用排队。

在门诊部、住院部、各科室大厅等场所设置自助挂号缴费机共计25台，实现了多点、分楼层自助挂号、缴费和查询。

医院还注册开通了医院网站，筹建微信平台、移动输液、移动查询、远程医疗等服务平台，为患者提供预约、查询、咨询、投诉等多渠道信息化服务。

2013年11月，医院用《兴国山歌》中的第一句“哎呀嘞”为名成立志愿者“哎呀嘞”服务队。有志愿者388名。队员们积极开展导诊、咨询、秩序维护、陪同检查等院内志愿服务，同时在社区和乡村等地广泛开展义诊、体检，及突发事件医疗救助、特殊对象救治等相关的院外志愿服务。

第三章
赣南蝶变：谁持彩练当空舞

一、新农合：兜住了生命底线

***为农民健康埋单漫长的路……**

2004年2月28日，星期六，南昌。

小段来到了江西医院附属第一医院外科大楼三楼主任办公室。

主任请他坐下，他微笑地说："惯了，长年在外打工，走进老板办公室没养成坐的习惯。"

"不是老板，你是我的病友，我们在聊天。坐吧！"

"真的，现在我真的不知怎么办？是继续给老爸治疗，还是办出院回家？我面临两难。我老爸苦了一辈子把我们养大成人。不治吧，良心过不去，治吧，现实不允许。”

小段的老爸是江西省吉水县乌江乡段上村的农民。算是共和国的同龄人，是解放军南下那年出生的。家里几代人在靠种田谋生。大概是祖父想让子孙识点字，请了私塾先生给他取了个好听的名字叫伴书。可书却没有与他相伴。小学毕业，他就赶上了“三年灾害”时期，回家挖野菜、种地瓜，填饱肚子要紧。20岁时，他当了兵，退伍那年响应号召种田务农。祖父一直认为只有种田才能填饱肚子。祖父一辈子身子骨硬朗，不知药铺的门往哪边开。他老爸段伴书却从小就少不了头痛脑热。好在村里办了合作医疗，吃吃药，打打针，方便。每人只要出几角钱。段伴书当兵回来，合作医疗站就“黄”了。说是村卫生所，实际就是一个私人医生，鬼才知道他有没有行医证。一点头痛脑热就打吊针，没几十块钱别想去看病。现在是小病不敢上诊所，大病不敢上医院，这次得病就在家拖了半年。医生说，要早点来只要两千块钱就可以治好，现在拖晚了就是3万块钱也难保证治好。要治，小段就得筹钱，不治就回家。

小段在广州打工，同时还在在求学。读的是经济管理专业，他不得不去用经济学的眼光和头脑去审视、去思考。他要算算这笔账才能做出最后的决定。

这次住院费预交金5000元，是他找信用社贷的款，利息是每元6厘，民间贷款比旧社会的高利贷还高，他不敢借。如果继续治疗的话，至少要贷款3.5万元，年付利息2100元，一年一次还清，本利一起就是3.7万元，按他现在年薪1.2万元算，减去个人生活费用，读书费用，养家糊口费用，一年只能还0.5万元。这还要保证自己在岗；如果回来种田，那就不知拖到哪年哪月了。这时他想起了老爸说过的合作医疗。合作医疗是什么？为什么可以给农民报销医药费？现在又为什么没有了？能重新办起来吗？老爸可以加入吗？他决定回乡了解一下。他毕竟年轻，还不到10岁就赶上了责任田到户，十七八岁就赶上了进城打工的浪潮。用他自己的话说算得上是半个广东人了，他长年在东莞、广州、深圳打工，只到春节才回家。家乡乌江留给他的记忆只是孩提目光摄下来的山和水。“合作医疗”在当代青年农民和青年医生的调查表中是个陌生的字眼。

2002年，全国农村卫生工作会议召开以来，这四个字又开始火起来，不过，在其前面加了四个字“新型农村”。合作医疗的新旧之别在哪里呢？合作医疗深受农民欢迎，为什么会中途夭折了呢？

大多数人的印象中“合作医疗”是早期的产物，追根溯源远在抗日战争最艰难的时期，即1938年陕甘宁边区缺医少药时，老百姓通过“凑份子”的办法解决看病难的问题。创立了保健药社和卫生合作社——一种医疗互助的组织，共同分担疾病的风险，化解看病的困难。到1946年这种组织发展到43个，这种合作医疗形式虽没有正式命名，却成了20世纪50年代合作医疗制度的借鉴基础。

新中国成立之初，全国百废待兴，农村贫穷、农民疾苦，几乎人人病不起。家家呈现“小病靠扛，等活，大病听命，等死”的现象。一些农民受到“借工”“互助”的启示，自己组织起来各家各户出点钱，没钱的出鸡蛋，出粮食，找一两个乡医、组织起来成立村医疗站。乡医是兼职的，看病，给药，打针。社员看病免收挂号费、注射费、换药费、出诊费。有的村由合作村筹集一点资金。所以取名不一致，或叫“统筹医疗”，或叫“集体保健医疗”，也有叫“合作医疗”。

1955年，河南省正阳县王店乡团结社依靠集体的经济力量办起了第一家集体所有制的保健站，归农业社管。随后，山西省高平县半山乡又创立了集体医疗保健制度。全国人大一届三次会议通过的《高级农业生产合作社示范章程》中规定，合作社对于因公负伤或因公致病的农民群众要负责医疗，并且要酌情给以劳动日作为补助。这座是我国第一次从制度上赋予了集体给农民治病的职责。不过，这经费是从合作社公益提取的。与城市公费医疗的区别是，政府没有专门拨款。毕竟，农民有病有人管了，有地方记账了。不久，湖北麻城县，河南登封县城关镇、正阳县城吕河店，贵州义兴县靖南公社都纷纷建立了以集体组织为依托，由集体与个人共同出资，互助互济的集体保健医疗站。

1959年11月，国家卫生部在山西稷山县召开了全国农村卫生工作会议，正式肯定了农村合作医疗制度。

同年12月，卫生部党组上报党中央的《关于全国卫生工作山西省稷山现场会议情况的报告》及附件中提到的“合作医疗”的主要特点是：社员每年交纳一定的保健费，看病时只需交药费或挂号费；另由公社或大队的公益金中补贴一部分。1960年2月，中共中央以中发（60）70号文件转发了卫生部党组的这个报告及附件。从此，“合作医疗”一词开始出现在中央文件中，也从此从1958年人民公社运动起，全国掀起了合作医疗第一个高潮，全国合作医疗村覆盖率稳定上升。三年灾害期间，农村集体经济大幅度削弱，农民陷入贫困，合作医疗自然大面积受挫。

合作医疗毕竟能解决农民看病问题，深受农民欢迎。1964年国民经济开始复苏好转，农村集体经济逐步稳定发展，到1965年，山西、湖北、江西、江苏、福建、广东、新疆等10多个省、自治区的部分县又恢复或开始实施了合作医疗制度，尽管保健站的经济来源全部出自农民自己，农民还是乐意的，尤其是有老弱病残的家庭。湖北麻城县13个公社就有10公社实行了合作医疗制度，群众看病时医疗费予以报销，基金的筹集办法由大队统一扣除，参加合作医疗的人数占全县总人数的84.1%。从全国看，合作医疗已逐步成为全国农民享受医疗保障的基本形式。

1965年1月，中共中央及卫生部党组批示了《关于城市组织巡回医疗队下农村配合社会主义教育运动，预防治病的报告》，卫生部当年组织了巡回医疗队共12个队，分赴湖南湘阴及北京郊区县开展巡回医疗。当年6月26日，毛泽东同志发出“把医疗卫生工作的重点放到农村去”的指示。卫生部负责同志率领农村卫生工作队，分赴北京、湖北、江苏的农村地区蹲点，很快在全国形成了城市医疗人员下乡的高潮。

1968年12月5日，《人民日报》发表了题为《深受贫下中农欢迎的合作医疗制度》的长篇报道，介绍了湖北省长阳土家族自治县乐园公社医务人员覃祥官带领一帮人创办合作医疗的经验，将“预防为主”落实到实处。毛泽东同志充分肯定了乐园公社的做法，并做出了推广乐园公社经验的指示。是年，卫生部、财政部和农业部联合发出了《农村合作章程试行草案》。1969年9月，中共中央批转卫生部《关于把卫生工作重点放到农村的报告》，强调加强农村基层卫生保健工作的极端重要性。合作医疗迅速在全国兴起。

电影《红雨》《春苗》，小说《映山红》都是歌颂赤脚医生、合作医疗的力作，这方面的歌曲，诗歌散文铺天盖地，到了20世纪70年代社社村村几乎找不到空白点。

当时，有一支歌《合作医疗开红花》，是这样唱的："山前山后石榴花，满坡满岭映彩霞，赤脚医生走苗寨，一只药箱肩上挂。一颗红心为人民，行行脚印遍山涯。翻山越岭采草药，细探病情做调查，毛主席教导记心间，合作医疗开红花，药箱虽小情意重，银针闪闪放光华，风里雨里勤出诊，医药送到社员家，劳动治病相结合，群众当中把根扎。"歌词里表达了农村最基层医生的工作形式，出诊，送医送药到田间户头；治疗方法是：草药和针灸。

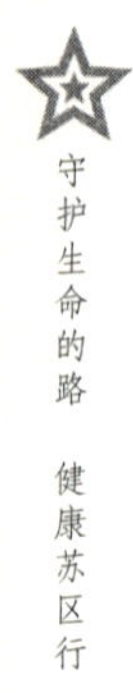

1976年岁末，全国已有90%的农村行政村（大队）实现了合作医疗"一片红"，90%以上的农民参加了合作医疗。有效地解决了农民"病不起"的困难。

1978年3月5日，第五届全国人民代表大会第一次会议通过的《中华人民共和国宪法》将合作医疗写进了有关条例。当时我国国力不强，经济不够发达，对占总人口90%的农民的治疗问题，政府无力全部承担，合作医疗是一条为农民看病埋单的光明途径。诚如世界卫生组织和世界银行赞扬的那样："为发展中国家解决卫生经费唯一范例。"并以此作为样板向第三世界国家推广。

1978年，第五届全国人民代表大会第一次会议通过《中华人民共和国宪法》把"合作医疗"写进了宪法。1979年，国家有关部委对合作医疗制度进行了规范。到1980年，全国农村约有90%的行政村（生产大队）实行合作医疗，成为我国医疗保障制度的三根支柱之一。

合作医疗受农民欢迎的原因并不在于治疗方法，而在于谁出钱看病，即两个字：埋单。也就是世界卫生组织赞扬的“解决卫生经费”，合作医疗进入了鼎盛期、高峰期。合作医疗站的功劳是不可磨灭的。它的存在使广大农民群众的小伤小病、常见病得到及时的、就近的诊治，保障了农民的基本医疗服务。

1978年，随着家庭联产承包责任的推行，人民公社的解体，农村集体经济的迅速萎缩，合作医疗未能及时改革与完善。

合作医疗覆盖面由1980年68.8%骤降到1983年20%以下，到1986年坚持合作医疗的行政村下降到5%左右。贫困地区合作医疗为2%~0%。农民基本上没有医疗保障了，广大农村中农民缺医少药的现象又死灰复燃。农村中迅速出现因病致（返）贫的现象。一是医药费升高，二是与合作医疗解体有一定的关系。

新时期如何解决农民“病不起”“看病难”的问题呢？几番调查、几番研究、几番总结，结论还是合作医疗好！

1993年国务院政策研究室和卫生部提出了《加快农村合作医疗保健制度的改革和建设》研究报告。此后，卫生部和世界卫生组织合作在7省市14个县进行合作医疗的试点，1997年5月28日，国务院批转了卫生部等五部门《关于发展和完善农村合作医疗的若干意见》，旨在推动合作医疗在农村的恢复和发展。截至1996年，实行农村合作医疗的村占全国行政村总数的17.7%，农村人口覆盖率仅为10%左右，与之前差距甚大。

上述文件中，更加完善地提出要“积极稳妥发展和完善合作医疗制度”。指出，“举办合作医疗，要在政府的组织领导下，坚持民办公助和自愿参加的原则。筹资以个人投入为主，集体扶持，政府适当支持，逐步提高保障水平。”按理重建农村合作医疗制度应该推向高潮。

现实是，除部分试点地区和城市郊区，农村合作医疗并没有像预期的那样恢复和重建。据2000年第5期《中国卫生经济》提供的数据，即使在重建合作医疗制度“高潮”的1997年，合作医疗的覆盖率也仅占全国行政村的17%，农村居民参加合作医疗的仅为9.6%。1997年之后由于农村经济发展迟缓，农村收入增长缓慢，依靠“自愿”参加的合作医疗又陷于停顿甚至有所下降的低迷阶段。

1998年，卫生部进行“第二次国家卫生服务调查”显示，全国农村居民中得到某种程度医疗保障的人口只有12.56%，其中合作医疗的比重仅为6.5%。虽然这个数字比20世纪80年代末4.8%有了一定程度的提高，与20世纪70年代90%以上合作医疗覆盖率相比，差距依然很大。这次能够重立起来的主要原因就在于它有别旧的合作医疗，主要一点在于政府有了资金扶持和引导。表现在以下方面：

（1）过去，政府对合作医疗的支持主要是宣传、组织和发动。新型合作医疗则明确规定，中央和地方政府对中西部参合农民各按年人均10元补助，进一步完善了个人缴费、集体扶持和政府资助相结合的筹资机制。

（2）突出以大病统筹为主。以往的合作医疗之所以没有成功，多是因为统筹的规模小，筹资水平低，大多把保障的重点放在门诊或小病上，保障程度不高，无法帮助农民抵御大病风险。为避免此类情况出现，新型农村合作医疗将重点放在迫切需要解决的农民因为患大病而致贫、返贫的问题上，对农民的大额医疗费用或住院医疗费用进行补助，保障水平明显提高。

（3）提高了统筹层次。新型合作医疗制度要求以县为单位统筹，条件不具备的地方可以从乡统筹起步，逐步向县统筹过渡，增强了抗风险和监管能力。

（4）明确了农民自愿参加的原则，赋予农民知情监管的权利，提高了制度的公开、公平和公正性。

（5）由政府负责和指导建立组织协调机构、经办机构和监督管理机制，加强领导、管理和监督，克服了以往管理松散、粗放的不足。

（6）建立医疗救助制度，通过民政、扶贫部门资助贫困农民参加新型合作医疗，照顾到贫困人口的特殊情况。

解决农民问题是解决“三农”问题的关键，而解决农民医疗问题则是解决农民问题的一个非常重要方面。因为与过去的合作医疗有别，所以称新型农村合作医疗制度，简称“新农合”。

2004年3月，温家宝总理在第十届全国人大二次会议做政府工作报告时强调，各地要从实际出发，积极稳妥地推进新型农村合作医疗制度试点，逐步建立由政府组织和引导，农民自愿参加，个人、集体和政府多方筹资，以大病统筹为主的农民医疗互助共济制度，确保农民群众受益。

2003年8月1日至2004年3月，江西省参加新型合作医疗的总人数达219万，占7个县市（分别是南昌县、分宜县、崇义县、婺源县、吉安县、贵溪市、樟树市）农业总人口的88.23%。

近几年赣州市参合率达99.7%。赣南农民看病难的心病慢慢在好转。

今日健康苏区，事事服务群众百姓。当振兴成为信念，红土可以破茧，赣南已经蝶变，展翅飞翔的日子就在眼前。

*自己埋单的日子不再来

心里的堵散了，肩上的担子轻了，真的吗？

三个女人在不同的时代患了同一种病，显示出三种不同的命运的哀痛欢乐，从中她们对患病，健康，生命呵护的变化，可以感受到时代变化的节奏，人间冷暖变化的快慢真假。

第一个病人叫温秋菊，是赣南石城县大由乡人。

大由乡隶属石城县，其西边一个叫罗田的小山村与瑞金大柏地相邻。四面环山，山路弯弯，细窄坎坷。每年秋后送公粮农民都是人挑肩扛，无公路可行。

温秋菊不是生病，这辈子也不可能到县城里转一圈。即使这样，她仍感到自己是见过世面的人，因为她出生在大由乡，算是乡镇上的人，那时叫人民公社，后来大了，嫁到罗田村。大由乡有一条村公路通龙岗乡，龙岗乡在通往赣州的国道上，至少，她从小看过汽车，坐过汽车的驾驶室里按过喇叭。罗田村的人就少见多怪了。

尽管罗田村位于深山，走进去要走很长很长的弯弯曲曲的山路，罗田村人有罗田人自豪，罗田村南与瑞金的壬田镇，西接大拍地，北接宁都。石城县的第一个党支部就是诞生罗田村的，那是1930年1月。

让人惊奇的是，罗田村有一个老人居然会背诵毛泽东的《大柏地》："当年鏖战急，弹洞前村壁。装点此关山，今朝更好看。"背诗的老人总架着腿，村里人叫他"老烂腿"。右腿膝盖下方系着一块灰色的破布，血迹斑斑。媳妇温秋菊说，我要帮他看看，他说：莫看，莫看，莫用看，已经不痛了，是死肉了。这个"老烂腿"当年是农民协会会员。公公自己说，当年他担粮到瑞金，还见过毛主席。还参加了石城阻击战，石城是瑞金的屏障，村支书记说这场仗，只能赢不能输，一败下来了，反动派就会直袭中央机关，毛主席他们就危险，老人家给孩子们讲，那次指挥打仗的是彭德怀和杨尚昆。他没有败下阵，是腿受了伤，回到了罗田老家。

如今老了，脚力减了，翻山越岭就喘气。媳妇进门后请来了生产队里赤脚医生，解开那块灰布的刹那间，温秋菊全身立毛肌都竖了起来，她不敢相信自己的眼睛，那伤口上蠕动的一条条白色的虫子竟会是蛆！蛆的下面是白净的骨头。赤脚医生没来前，老人自己用盐水浇浇，贴上一片树叶子，说是草药。这草药不灵，不几天，溃烂的伤口有虫在爬，他找来一支鸭毛杆，把小腿前蠕动的蛆拨掉，清洗干净。老人没钱，也舍不得花钱。

赤脚医生隔三岔五地给他换黄药水。不收费，他放心了，踏实了。

孝顺的媳妇记得天天给公公洗溃烂的小腿，忘了去给自己看病。

她右腋窝下有点痛，拿鸭毛杆扫“小虫”时，痛得像针扎。她自己摸了摸，有一个小肿块。虽然是两个孩子的妈，还是不好意思要医生去摸，医生都是男的，农村妇女不习惯男医生检查。她找了一次赤脚医生。只是对话。

医生说：可能是腋下淋巴结发炎！手上有哪儿破了皮吗？你吃几天消炎药吧，我这儿有磺胺片，你拿一包去，记得多喝水。

她说：没。想想又说：公公小脚烂了，生了蛆，我天天帮她清洗。

医生说：哦。你可能是也感染了。吃消炎药没错。

一周过去了，还痛。

乡里传来了消息：市里来了医疗队，在乡里住半年，什么病都看，有好几个女医生。

丈夫陪她去了，她一定要女医生摸，女医生摸了腋窝后，要她敞开上衣，摸乳房，她脸红了。

女医生认真地触摸完后说：我请主任再检查一下，你别紧张哈，有点问题。

进来一个中年男人，她慌忙扣好衣服。

男医生礼貌地说：还是要解开衣服检查啊！隔着衣服检查不准确，会误诊。

她低下了头，男医生触诊后说：做个B超吧。

那时乡卫生院医生手上只有三样武器，体温表，血压表，听诊器，B超还是赣州市立医院自己带来的。

B超报告，高度可疑恶性肿块。

只有两种方法了，要不切除肿块，做病理检查，要不做细胞学穿刺，这两种方法都要把组织送往赣州市。那时，去赣州的汽车要七八个小时车程。

最理想方法是病人自己去赣州市住院，做术中冰冻。若是恶性乳腺癌，做根治手术，若是小叶增生，切除后回来。不过，男医生说：从症状，体征，结合超声波报告，初步印象是乳腺癌，已有腋窝淋巴转移。

丈夫问：如果是恶性的，手术后能活几年？如果不手术能活几年？

在他们犹豫不决时，公社卫生院院长找来了医疗队长说：我为你们想到了一个最好的办法。请医疗队专门派了一个乳腺外科专家和病理老师，费用由合作医疗里支出。

乡卫生院对手术室进行了消毒再消毒，几位专家通力合作，全力以赴为这个农村妇女进行乳腺癌根治术。

手术成功了，病人出院了，虽然肿瘤进入中晚期，成功的手术给温秋菊带来了生存的信心，他们一家人对社会真情感激。

这是20世纪70年代中期的事，毛泽东指示，把医疗卫生工作的重点放到农村去。省市医院每年都要与相应的公社结对子，派出医疗队肩负指导，出诊，治疗的任务。如果放在今天，那是传说。

时间过去了20多年。商品大潮冲垮了一切。各种肿瘤，慢性病与日俱增，尽管看病贵，看病难的呼声与日渐高，大医院门口仍是门庭若市。

唐火生夫妇坐了两天的汽车，终于到了江西医院附属第一医院门诊大楼门口，县里看了，市里也看了，医生都建议他老婆李小翠到省里来住院。唐火生就不明白，别人的老婆可以在县里，在市里开刀，为什么他的老婆就不行。医生说了好多好多危险性。

什么心脏不好，肾脏不好，他只能一声叹息。

他们是赣南安远县人，知道安远的人不多，知道香港饮水源头是三百山的人可能很多，三百山位于安远县东南，这儿，苏区年代是“全红县”。

此时，唐火生夫妇知道或不知道自己故乡红色历史与绿色资源并不重要。重要的是他不知省城医院找什么医生，挂什么号。他们坐了夜班汽车，早早走进了候诊大厅，好在有导诊台，告知她挂乳腺外科，等到11点总算叫进了诊室。

专家摸了摸说了三句话：发现多久了？

要手术治疗！

住院！你带了多少钱？

10元钱的专家号，看病不到一分钟，这位专家真牛！

唐火生口袋里只有900多元，路费花了近100元，他问专家，先交800行吗？

专家摇摇头。护士说，须交3000元！

天哪，他们退出了诊室，两扳着指头算了算，卖猪，卖牛，还有几百斤谷子，再也没有什么可以卖了。唐火生悄悄走进诊室，待专家洗手时，站在他身边问问，我先交2000行吗？要借，要等几天，我们不会欠钱的，不会的。

专家在住院证上改为了2000，两人当天赶回安远，四天后，住进医院了，抽血B超，心电图，做CT，CT增强。2000元很快接近零了，催款单来了，要手术，账上钱不够，手术单不能开，病人欠款，要扣发医生奖金。

他流着眼泪说：我们只筹到了3000元，家里可以卖的，抵的，都卖了抵了。他们向专家苦苦哀求，能不能在哪个地方少点，减点。

专家说，光麻醉费，ICU费用就超过1000元。我们无权为你降价，该省的，我们已都省了。要不，手术延迟，你再筹点钱来。

这一夜夫妇俩在走廊尽头，拥抱着痛哭了一夜。

妻子说：出院吧！我问了病房的几个病友，他们说，手术后也只能活四五年，这么多钱，我们种10年田也赚不回来啊！

妻子坚决要求出院，不治，坚决不治！妻子给丈夫算了一笔细账：我现在还能干活，一时半活儿不会死，干两年，赚点钱，真的要开刀，花去的钱干10年也赚不回来。

丈夫苦笑着说了一句话：小翠，是人贵，不是钱贵啊！

小翠心里也是这句话，是人贵，人贵啊！他心中的人是她，她心中的人是他，是丈夫啊！要活着，也不能累死丈夫啊！孩子要长大，孩子要读书，都靠丈夫！男人比女人重要啊！男人倒了，家里一根柱子就倒了。她决定、死心的决定：不治。

是同情？是怜悯？是悲哀？是叹息？他们夫妻沉痛地离开了医院。

每个曾在农村工作过或接诊过农民患者的医务工作者，在他们的记忆里，一定都储存过或还储存着这类凄怆悲凉的病不起，看不起病的故事。

时间到了2013年。

江西最大的医院南昌大学第一附属医院肿瘤科进来了一位病人，她叫朱桂香，患有乳腺癌。

她已行乳腺癌手术，在肿瘤科进行后续的放疗与化疗。她是三个孩子的妈妈，她一定要活下去。每次她都在丈夫陪同下，微笑地走进肿瘤科。

医护人员都认识她了，知道她来自赣南于都县葛坳乡东村。她曾自豪地说，于都河是长征第一渡，80多年前，红军长征就从于都过赣江的。听老人说，江边上都送过红军，都帮忙摆过渡，搭过浮桥，都会唱《十送红军》。她乐观，对疾病治疗充满信心。

她没有多少钱，但她遇上了好机遇。

于都县长征源合唱队队员黄荣就在葛坳乡澄江村任村第一书记。她说：江西省卫生厅与赣州市卫生局制定了“妇女两癌”，负责手术治疗。定点三级医院乳腺癌手术，治疗费每例1.46万元，宫颈癌手术治疗费每例1.4万元，参加该项工程的患者费用报销，按照现行医保，新农会及医疗救助政策和选拔程序进行，在手术住院期间的住院费用全部由医保、新农合民政医院拿部门补助，患者基本无须支付费用。

在赣州市肿瘤医院接受宫颈癌负责手术的一位吴大娘，55岁，赣县人，出院后，自己未花一元医药费。

吴大娘反复问孩子们：是真的吗？是不是怕她心痛花钱，不告诉她，撒谎啊！

真的，真的是免费手术，子女们说。

啊！自己埋单的日子不再来。

当年苏区人民为革命做出的贡献震天撼地，当年先辈为信念理想流血牺牲感天泣地，今天苏区的变化翻天覆地，振兴中华的事业惊天动地。先辈看到今天变化会含笑于九泉。

二、人才高地：栽好梧桐筑好巢

*筑好巢的初始初心

有了资金加人才，就可以打造优质的医疗资源。医疗资源的终极目的是，为患者看好病，让患者看得起病，进一步做到，让百姓少得病，让百姓建立新的健康理念。

《国务院关于支持赣南等原中央苏区振兴发展的若干意见》第八条第二十七款是：“提升城乡医疗卫生服务水平。健全农村县、乡、村三级和城市社区医疗卫生服务网络，加快重要疾病控制等公共卫生服务能力建设。加强赣州市市级医院建设，支持中心城区增设三级综合医院，建设儿童、肿瘤等专科医院和市县两级中医院，妇幼保健院，支持人口大县建设三级综合医院，到2015年千人口床位数达到江西省平均水平，2020年达到全国平均水平，提升区域性医疗服务能力。”

很明确，很具体。先不列大数据诠释变化与提升，讲述人才与医院发展的相关性。

20世纪70年代到20世纪80年代，赣州市区医院不算多，规模也不算大，掰着手指头算总共只有7家：赣州地区医院、赣州市立医院、赣南医专附属医院、赣州中医院、赣州传染病院、解放军362医院，精神病院。

历史悠久的是位于大公路的赣州市医院，创建于1924年，前身是仁爱医院。

那时的附属医院以门诊为主，住院部最小，那时7家医院的床位加起来不到2000张。

那时候没有高速，没有京九线，只有慢腾腾的长途汽车。有谁会愿意到这块闭塞之地来工作？外省精英又有谁会想来？赣州市求贤若渴。

对医学人才的重视可以从一家民营医院开办说起。

有一家民营口腔医院，院长叫卢卫华。

他毕业于原江西医学院口腔医学系，后在中山医科大学攻读硕士，2001年毕业。本想继续读博或就在广州就业。他发现赣州市竟没有一家口腔医院，有专科医院的大城市离赣州较远，在南昌读书时，常遇到赣州老乡乘车外出就诊口腔疾病，他作了一个调查，赣州市900万人口，口腔专业人员不足70人，发达国家为1：5000，他决心回家办医院——创业，一切从零开始。

在赣州，一个硕士生开医院这是新鲜事，当他递交开张报告后，议论纷纷，不留广州来赣州，蠢哪！不去国营去民营，傻呀，不要编制要自制，糊涂呀！

他不蠢，不傻，也不糊涂。赣州市卫生局把他视为引进人才，各方开绿灯。一切进入快车道。

2000年年底，他递上办院申请报告。2001年6月2日，正式开业。

投资3500万元，使用面积1300平方米，按国家二级口腔医院标准建立，设有口腔内科、颌面外科、正畸科、修复科等10余个科室。配备了20台先进牙科综合治疗椅，安装了当时赣州市仅此一家拥有口腔曲面断层摄片机与美国数字化影像系统。

先进的设备与全新的理念吸引了大量的病人。首月接诊人数为900多人，如今，每天接诊人数为40人左右，这在民营医院是个大数字。

他的来到与医院的建立，给赣州市明显带来 一股清新的风。

赣州市爱美的帅哥靓女再也不需远去广州南昌矫正牙齿了，去外地费时、费钱。

赣州二六四大队的小郭姑娘，牙列不齐，反颌严重，十分苦恼，本地医院设备技术难以完成，她去了广州，要排队三年。她抱着试试的心情找到卫华口腔医院。

没想到卢卫华的讲述、方案与广州完全吻合。她在卫华医院接受了口腔颌面的畸形与牙列不齐的治疗。日见好转，年见改变。她服了，信了！

卢卫华是货真价实的江西原产“广州加工”的真才学子啊！

卢卫华考虑到农民缺牙就医难，就医贵，而农村的牙医大都是走村串户，不仅技术不行，更恐怖的是没有消毒，传播疾病。他决定自己出资，从母校中山医科大学请来专家，在赣州举办农村乡镇医院口腔医务人员培训班。60多个来自兴国、上犹、崇义信封的乡村医务人员不仅学到了先进医疗技术，还感受到了卫华口腔医院，心系老区的赤子之心。

中国人对口腔健康的不了解，不重视，是口腔界专家的一块心病。每年，卫华医院都会抽出人免费为青少年学生进行口腔免费体检。

这些年来，又添加了新设备，CBCT，水激光，种植系统，新设备，使技术与设备与国内最先进接轨，让老区百姓也能享受到最新的治疗。

***搭好平台好唱戏**

国营医院发展势头看好，人才缺乏一直是事业发展的瓶颈，难以解决。一些医院年年招兵买马，大多无功而返。选择赣州市妇幼保健院的回生之路，是最能说明赣州市卫生医疗发展的起伏与曲折，最能说明这几年的突飞猛进与寻找出走向优秀卓越的因素。

赣州市妇幼保健院成立于1956年，解散于20世纪60年代。医院的技术人员除下到农村基层医院外，个别进入了地区与市立医院院妇产科，小儿科。十年后，也就是20世纪70年代末，80年代初，经历了风风雨雨的四分五散的人又聚在一起，不堪回首忆当年，大家都有一股劲，希望在有生之年，恢复赣州市妇幼保健院。当初不敢大想，只说，先叫“妇幼保健所”吧！

大家都在妇幼保健院在为起死回生而努力。

赣州市妇幼保健院到了1997年，用房达到2.9万平方米，上级领导下达了批文，赣州市妇女儿童医院的牌子，挂上墙了，病床位已增加几百。牌子挂了出来了，赣州地区、赣州市医院的妇产、儿科医生也纷纷回到了娘家。那时，没有谈钱，只谈事，办实事，办好事，能做事，会做事，做好事。就这样，可以接诊病人了，可以收住院了。人，做事的人手远远不够。到那儿去找人。有一项工作医院一直没有停止，那就是刊登引进人才告示。

终于，这一天到了，有几个人来了。那是2011年。

第一个来的叫岳林林，49岁，主任医师。原工作单位也不错，在洛阳市中心医院，妇产科就有300张床位，科室业务稳定，他是科室负责人。也就是说，待遇，职称都有了。

这年，他女儿考上了大学，49岁的他又回到两人世界，他该歇歇，过过轻松的日子了。

妻子楚雅珍知道，他一直在医学路上艰苦跋涉，从未停步。

1985年，23岁的他从河南郑州医学院毕业后，从一名住院医师做起，27岁开始接触不孕不育，就迷上了这个专业，这项工作。领导看出了他是一个苗子，支持他的工作，从人工授精开始，第一个去参观学习的单位是洛阳白马寺公牛站，以后去了郑州大学一附院、上海二医大附属仁济医院、上海市妇婴医院学习。

终于，洛阳市中心医院生殖医学中心成立了，从一纸申请到500取卵周期，他跋涉了8年。这年他41岁。又是一个8年，49岁，这不他又开始折腾了。妻子、父母、惊讶了，生气了，不理解了。

2011年5月，岳林林发现了《健康报》刊登的一则江西赣州市妇幼保健院招聘生殖医学学科带头上的信息。他心一动，在网上搜索了一下赣州。

呵，好远！南方。老苏区，还标有苏区一大会标。湘赣闽粤，四省交界。人口980多万，没有一家生殖中心。一个念头在心里一闪：可不可以去那儿复制一个生殖中心啊！

马上，他又觉得这事好笑。是年近半百的人了，“复制”

会那么容易吗？资金，助手，场地，患者的信任，自己的知名度都没有。这里有位子，有房子，有病人，有声誉，病人的信任，同事的配合，妻子在身边陪伴，日子过得十分滋润，愁啥？去，做“复制”那事不是捉蚤——头上痒吗？

然而，这不是他的性格，外表上他是一个忠厚，沉静的男人，说话细声细语，做事，一板一眼，一眼看去，还真难看出他是一个心怀壮志，不畏艰苦的人，是一个只要看准了目标，就会坚忍不拔，一往直前的人。

他把自己的心愿向妻子说了，向父母说了。对父母，他说得太直白了：爸，妈，你俩身体还好，能够自理，我就下决心去赣州做点事，也不是什么大事，就是再组建一个生殖中心。

呵，在洛阳你花了八年，去赣州人生地不熟，你得花几年呀！待你组建好了，不也到花甲了么？父母嘴里不愿意，打心里还是支持儿子，流着泪说：行哪！你走吧！家里有雅玲！你就放心！

正如他原先分析的那样，市妇幼保健院热情地欢迎他，真诚地支持他。生殖科的现实是“一无场地，二无设备，三是骨干流失。”三个医生，三个护士，一个实验员。没有工作流程，没有技术手册，没有技术规范。一个科的业务收入才二十余万，排全院之尾。

他心悬着，同科的同事也心悬着。科外职工更是投来了异样的眼光。他明白，那是质疑与不信任。拿那么高的工资，给那么好的待遇；是人才？是混才？鬼知道。

既然来的目的是做事，那些眼光，那些闲言碎语也就可以完全置之度外了。这时，一切解释表态都是无力的，唯一的方法是：干。实干。干出成绩与效果，这才是回答，才是释疑。

他给自己订了一个小目标：带出一支团队，让赣州百姓足不出市，在家门口享受试管婴儿的医疗服务，使更多的家庭拥有完美亲情，享受天伦之乐。

他从最基本的动物实验做起：用小白鼠进行全天候实验，验证赣州一年四季不同气候条件下胚胎实验室的稳定性与可靠性。

夏天，专门给小白鼠腾出一间空调房，进行全天候监护。为了不错过小白鼠的最佳合笼取卵时间，以获得不同发育阶段的卵子和胚胎，他带领实验员，常在半夜为小白鼠打针。小白鼠也不给面子，常会经常与他闹点小矛盾，给他一点难堪。一次，一口咬破了他戴了两层手套的手指。好在他知道怎样处理伤口，也不紧张，坦然面对。止血，消毒，给自己注射免疫针。从夏到冬，从秋到春，前后开展了8个批准的动物实验，完整的数据和照片证明了他的成功。

2013年元月，卫生部辅助生殖准入评审专家组给予了高度评价，一次性通过评审验收，在赣州，从一级批文到批准试运行，他用了13个月的时间。这是赣南第一家，是江西省第三家，他们团队和他个人得到多么大的荣誉。

他记住了挂牌后的第一批患者，最难忘的是小芳夫妇。

小芳说：2009年他们就计划怀孕，天不遂愿，一直未能正常受孕。有次，因月经不调，两个月未来月经，婆婆以为怀孕了，杀鸡炖肉，恭为上宾。得知月经又来了，婆婆脸上的笑意一扫而光。

小芳心理增加了巨大的压力，从四处求医，到闻方即用。

什么都试过，吃了几年的中药，进行过4次宫腔内人工授精。那日子过得，真是中药碗碗汤，三年下来用船装。不管用，仍是不管用。

2013年4月23，小芳成了试管婴儿第一批受益者。5月28日，经B超检测确认临床妊娠。小芳夫妇可以做爸爸妈妈了。全家人欢喜地等待，等待那甜蜜的一天到来。

并非人人都像小芳这样顺利。

小李夫妇就让岳林林十分棘手。

小李为了方便求医生子，辞去了公职，奔波几年身心疲惫，最后查出结果是，男方患了严重少、弱精子症。这是一次有风险的担当。岳林林还是决定试试，而他的内心是在说，只能成功，不能失败啊！他们夫妇再也经不起打击了。

他们都清楚记得，那是2013年6月10日。

这天，生殖手术室特别安静。女方因身体状况不能采用全身麻醉，局部麻醉效果不理想。她虽然疼痛，虽然难受，为了期盼一个孩子的诞生，可以听见，她在紧紧咬着牙关，医护们似乎听到，那牙齿的磨响声。器械在B超引导下经阴道进入穿刺取卵，当天成功获卵子11枚。而男性精子获得容易筛选难。向前方运动的精子很少，在400倍倒置显微镜下应用显微操作仪一条一条挑选活力好的精子后，进行了卵胞浆内单精子显微注射。观察，观察，发现11枚卵子全部正常受精。经过三天培养，也就是到了6月13日，挑选了两枚细胞优质胚胎移植到女方的子宫里。移植后14天，血指标呈受孕阳性，35天B超确认。

又一对夫妇要做爸爸妈妈。快乐高兴的又岂止是小李夫妇，小李的亲人，生殖科的全体成员都一样高兴，哪一个医护人员希望看到失败？对生命诞生的追求，医护与患者的心情是一样急迫啊！

这是一个不得不说的特殊女性。

特殊在于，他是外地，外地有多远？远到要做三天四夜的火车，她姓张，来自新疆阿克苏。西部没有试管婴儿吗？有。

北京上海没有试管婴儿吗？不仅有，设备条件比赣州强势得多。她为什么不远万里来到赣州，她是一个什么人？是一个坚信好人的人，是一个执意相信岳林林的技术与岳林林人格的人，是一个抱着见了岳主任后就一定能成功的人。她已是33岁了，仅剩6个窦卵泡，子宫内膜还有息肉。

岳林林是这样值得信任的人吗？

值得！她说。然而，事与愿违，第一次取卵，开成4个优质胚胎，新鲜移植两胚胎未孕。

英雄也有失手时。他们夫妇没有半点责怪岳主任。倒是岳林林深深地自责。

回新疆过年后，二下赣州。

这次，怀上了！成功啦！二下赣州没有白来。

老区人民好哇！老区医生好哇！带着对赣州老区的感恩，怀着依依惜别的深情，他们夫妇乘车北去。像亲人告别一样，紧握的手不愿松去，双眼里的泪花久久无法停住。

这就是赣州市妇幼保健院生殖科的魅力。

从2013年批准挂牌，截至2016年5月底，他们科共完成新鲜试管婴儿治疗周期1043个，复苏移植周期470个，出生婴儿347个，男192个，女155个，在孕300多个，近期临床妊娠率达60%以上，引领全市、全省前列。

蓦然回首，感恩岁月。

当他第一次走进生殖科面对七个人时，他冷静，冷静得自己都感到说话少了许多激情。初来乍到，不能换人。能留下来的应该都是愿意干的，

自己要做的是，激发他们的活力，挖掘他的潜力。人并非天性懒惰啊！

让每个人认识到自己存在的价值，珍惜相互的情感，热爱这项工作，携手努力，共同担当，共同前进，共同分享，他们都全成为一颗种子，一颗花开入季的种子。

今日的团队已是兵强马壮，高级职称3人，硕士研究生5人，全科20人，分两个治疗专业组，年取卵周期500余例。仪器设备升级更新。年收入也在不断更新，从20万到200万，再到300万，占医院总收入的1/4.

新的目标已经设定，不大，也不小：实现年取卵周期达到1000个以上，继续维持在较高的临床妊娠率与抱婴率，打造江西省第一流的辅助生殖中心。

这是实话，是脚踏实地的实话。一座扩建的生殖中心新楼正在立起，有这样的学科领头人，这样的团队，这样鼎力支持的领导，在红土地上还有什么办不好的事呢？

继岳林林后，又引进了第二个高手。

说来令人难以相信。这位叫刘庆仪，山东临沂汉子，学高术重，已在深圳一家医疗机构工作。却被“妇保”的院长们“说”到了赣州，“说”进了市妇保健院。

那是2013年，刘庆仪从香港中文大学完成博士后研究课题后，来到深圳。两位院长得知后，唐突登门。他们知道这位

博士后已年近40，仍在读书钻研，是一个有强烈事业心的男子汉。与这类人打交道要少谈钱，多谈工作条件，他们希望的就是放手让他做事，多做事，做大事，做有用的事。

刘庆仪与岳林林一样有一个梦，他的专业是乳腺外科。这么多年来，他接诊治疗的乳腺癌大都是中晚期。切除乳房，做大面积淋巴清扫，又是放化疗，即使这样残酷的治疗，失去了颜值，失去了生活质量，生存率也未能提高。

为什么不能早期发现呢？这不是怪病友，一是没有这方面的知识，二是没有条件。城里女性可以去医院体验，做钼靶，农村里女性呢？贫困家庭女性呢？

两位领导“投其所好”，告诉他赣州市已率先在江西省开展妇女乳腺免费体验，对贫困家庭免费手术治疗。妇保成立乳腺科，就是要发挥他所长，这个平台交给他，任他导演表演，领导做助手，做后勤，做绿叶。积极支持他提倡的宣传，乳房保健知识，派人组织队伍筛选乳腺肿瘤，把乳房保健工作做到家。

为了圆梦，刘庆仪决定离开繁华的深圳，来到赣州。他的第一目标是广泛开展对乳腺癌防治的知识，迅速建立起乳腺病防治专科。他利用休息时间到各单位、各社区宣传讲解，在讲述中，做好普查筛选工作，并与一些县医院乳腺科挂钩，做到定期随诊随访。

有二次他去大余县一所小学义诊，一位王老师要他检查，他认真触诊，说，很可能原位癌。请到我们医院来进一步检查。果然是原位癌。这期肿瘤手术可以保乳，可以不做放化疗。王老师高兴，刘博士也高兴。这正是他所希望的，他要做的。

他决定以大余县与县妇幼保健院一起开展乳腺癌筛查工作。参加筛查者421人，可疑者11人，原位癌的患者2例。

刘博士手真巧，他一摸就知道是不是癌，病人这样赞美。刘博士门诊量无疑与日俱增。一位60岁阿姨自己发现乳房上有一包块，不痛不胀。她没在意，想想，还是请刘博士摸摸，刘庆仪一摸准，九成可能是癌。各项临床检查验证了他的“一摸准”。面对他的“准”，他的“诚”，年轻的妈妈也解除了顾虑，少了几分羞涩。

刘博士触诊后，总忘不了为病友们科普一下：乳房包块没出现疼痛，不是癌这是一个认识上的误区。单纯用手触诊自检也是不够的。没有精密仪器无法检测到微小的肿瘤、病变。只有当肿瘤长一定体积发展到一定程度，才可能用手触及。“原位”是最好的治疗期，存在治愈、保乳可能性。早检查，早发现，早治疗，是保乳的唯一出路。

他已实施乳腺微创手术万例，乳腺癌手术千例，课题论文自然很多：SCI自然也存收录，抽屉里自然也有获奖。这都是他取得的成绩。

他的梦想，是想在赣南建立起一条从预防保健筛查、检测、手术、化疗及复发转移监测，并加上心理治疗等环节的全程服务网络，将我们医院的乳腺科打造成一站式乳腺病防治中心。

路还很长，每天都有做不完的事。他已在崇义、大余、会昌等县组建了筛查队伍，设立了乳腺癌筛查点，他希望自己的工作能最大限度地降低乳腺癌的发病率，提高治愈率和保乳率。

他是乳腺病专家，当然关心乳腺保健乳腺的美丽。他既会做乳房切除术，也会做乳房重建术，乳房整形修复术。他会诊断治疗，更看重预防与早期发展，他就是为此而来赣南，就是为而此甘愿奉献。

面对这样“高大上”的专家，只能说一句：你辛苦了，多多保重，我们需要你！

***山高人为峰，开创新辉煌**

说到“高大上”专家，在赣南，一定能让人想到的是另一个医院的另一个人。

这位专家有个响亮流传的外号叫“三高博士”，意为高个子、高学历、高技术。他一米八七的身段，在南方人的队伍里的确是鹤立鸡群了。他师从“中国人工关节之父”北京大学人民医院院长吕厚山教授，名师出高徒，这样的博士在赣南，绝对是“熊猫”级的“赣宝”，稀有，名副其实的高学历，五年本科，三年硕士，又三年博士，从大学开始就读了11年。

人才就是人才，他的强项就是用微创之术，实施人工关节置换，在国内率先开展了DAMIS微创人工髋关节置换，其优点是切口小，仅6~8厘米，不损伤患者任何肌肉组织，术后康复快，次日可下地活动。2016年在亚太人工关节年会上一人分别获得“新术式奖”“文献发表奖”。这自然是高端技术。

有人向赣南医学院一附院领导推荐了这位获奖者。他在长春市中心医院是骨科任主任。能不能请他来赣州工作呢？那也是一家三甲医院。要他离家背景，难！看来这个想法有点“天外奇谈。”

赣南医学院一附院的几位领导怀着这样的“雄心壮志”，把天外奇谈变为现实。大家都明白一个理，像这种人才，他需要的是工作环境，是工作条件。一句话，工作平台。给他创造一个良好的平台，没有最好，只有更好。齐心协力去办就有成功的可能。领导班子统一了思想：他来了，领导班子就是他的后勤部长，要人给人，要物给物，对他的要求是一个字，来！来打下一片天地。

当然，现实不是在谈笑间。2007年春节后，赣南卫生闻到春天的气息，而东北还是大雪纷飞的冬天，赣南医学院一附院领导决定去登门拜访。

第一次拜访在有礼貌的笑谈中开始，在有礼貌的笑谈中结束。看似双方轻松，实际双方都很沉重。高博士为之惊讶欣喜，也有感动，这么大冷天，不远千里请他“入盟”还真有点为难了，医院对他不薄，妻子未必同意，土生土长在东北，乡情难舍，乡愁难断，赣南没有雪吧？这似乎是一个离题万里的提问。却是一个多愁善感，热爱家乡的飞扬思绪啊！

赣南医学院一附院领导们心里明白，要让高博士有工作的条件，有家庭的温暖，不要有独在他乡为异客的思念。他们开始表达意愿爱才惜才之情，此情胜乡情。高博士记住了，赣南有980多万人，一附院有1000多张病床，还会继续发展，新楼立项，新的设备等你到计划，那儿平台更大，那儿舞台更广阔，等你来一展身手。双方留下的联系方式，双方在微笑中分手。

我们会再来的，高博士！待你深思熟虑后，我们再来，再来接你去赣南，红土地等你！

深情的一别。

赣南医学院一附院领导不食言，又来了，难道真要江西老表三顾茅庐？难道咱东北人就我不是活雷锋？

第三次，不是医学院领导北上，是高博士自己登门考察。参观，座谈，个别聊天……这儿的真诚，真情，对他的关爱，对事业的执着打动了他。

高博士一击掌，同意了。一次性解决，老婆孩子一起来。从长春开车，全部家当移向南方，六天车程，六天的月亮与太阳，风尘仆仆，长春还在下大雪，南方春来早。

44岁的高博士举家南迁，来到赣州，来到赣南医学院一附院，人生新起点上迎来了新的春天。

果然他出手不凡。

一套套微手术在赣南医学院一附院开展。

微创全髋关节置换，微创全膝关节置换，人工肩关节置换，金属螺旋臼治疗发育性髋臼发育不良，经口咽前路寰枢椎手术，寰枢椎椎弓根螺钉内固定等高难度手术。

以往老病人准备南下广州或北去南昌住院，他们庆幸，就在家门口接受了专家的治疗。这些病人术后回访，第三方满意度达99%。

领导班子十分欣慰，两赴东北的心血没有白费，硕果累累，他们为赣南百姓服务，为他们解忧排难，为这类疾病患者再也不用四处求医的目的达到了。

高博士也十分欣慰，在他努力下，病区40个床位发展成三个病区，170张床位，还要加床。他是“匠”，他是学术带头人。在他带动下，科室人员发表论文33篇，SCI收录3篇，出版专著2部。承担各级科研课题30项，获得国家自然科学基金项目2项，省自然科学基金项目4项，7项新技术已达验收。专家表达其中1项达国内领先，2项国内先进水平。高博士荣获江西省卫生厅“有突出贡献中青年专家”荣誉称号，选为江西省高等学校中青年学科带头人。

近年来，作为访问学者，他先后赴德国、英国、美国、希腊进行学术交流。2014年4月，受江西省人民政府派送，他去英国格拉斯奇大学附属医院骨科进行为期一年的学术交流。一起工作后，严谨而自誉的英国医生对他刮目相看；流利的英语，娴熟的手术技巧，渊博的理论知识，展示了中国人工关节专家的风采。在他即将结束交流准备回国时，医院一位负责人对他说：“您没有考虑过留下来，像您这样医学、教学、科研全面发展的人才。我们这里的工作环境和待遇肯定比中国强。”

“呵呵，为我们中国赣南千万老百姓的健康服务才是我事业发展的最好舞台。”他这样说。

他在红土地上生根十年了，从风华正茂到两鬓花白，他的汗水和心血已洒在这片土地上。扎进地里的根须吮吸着这片土地的乳汁，他怀念家乡的白山黑水，他更热爱这里的青山绿水。

这里的淳朴的江西老表叫一声高博士，多少赣南情。这高，不是身高的高，不是学位学历的高，不是技术高的高，是德高术精的高。

起于东北黑土地，止于赣南红土地。

山高人为峰，开创新辉煌。

他的名字叫高辉。

***花开正红，树绿成荫**

2005年5月的一天，赣南医学院附属医院，更名为赣南医学院第一附属医院，就在这红五月的日子里，一附院制定了《赣南医学院第一附属医院2005—2015年人才建设规划纲要》。坚持实施“人才强院”的战略，强院第一措施是人才，第二措施，依然是人才，第三措施还是人才。引进，建设，培养，稳定人才队伍是实施的战术。他们雄心勃勃，要建立起一支以博士为龙头，硕士为骨干的医教研全面发展的综合素质高，技术水平强的人才队伍。

高辉博士，只是引进中的之一。

还有谢博士、刘博士、张博士……

胸心外科心脏研究中心副主任刘子由博士，是医院主要领导多次主动上门作为“高尖人才”引进的，经过几年努力，刘子由博士在心包部分切除术、房间隔缺损修补术、室间隔缺损修补术、动脉导管结扎术、肺动脉瓣狭窄矫治术方面技术娴熟；熟练掌握开展了法乐氏四联症根治、冠状动脉旁路移植、瓣膜置换术、Bentall、主动脉夹层动脉瘤杂交手术，熟练组织和指导了本科医务人员开展疑难重大手术和危急重症病人的抢救工作。在他牵头负责下，已建成了赣南第一所心脏医学中心，他本人已成为赣南及周边地区心脏医学领域的业务骨干。他现在是江西省第二批青年科学家（井冈之星）培养对象。

北京医科大学博士谢天朋，为引进他，医院分管泌尿外科的邹晓峰副院长，做到“三顾”其舍。来院后他努力工作，不负众望，其已成为泌尿外科的骨干力量。

消化内科主治医师刘瑶博士，泌尿外科副教授、副主任医师张国玺博士，血液内科副主任、副主任医师、副教授陈懿建博士都是近几年引进的高层次人才的杰出代表，他们填补了赣南医学院一附院国家级课题的空白。

刘瑶博士是该院最年轻的女博士，自引进以来，由她主持的国家自然科学基金多次获批，她实现了赣南医学院第一附属医院国家级课题零的突破。她主持的《肝癌中PEG10基因印迹状态改变的表观遗传学机制研究》与医院申报的另多项课题一道中标成功，这是赣医一附院乃至整个赣南卫生系统首次成功中标国家级课题，填补了空白，实现了老区医疗卫生行业多年的企盼。

曾被省委组织部、省卫生厅作为优秀人才派到井冈山大学附属医院挂职一年副院长的陈懿建博士，除了被授予江西省卫生系统学术与技术带头人第五批培养对象、江西省高校第七批青年骨干教师 、他还凭借自身过硬的业绩，所主持的课题《脂联素对纤溶系统t-PA/PAI-1表达的影响及机制研究》《脂氧素A4对血管内皮细胞TF/TFPI表达的影响及机制研究》连续获国家级自然科学基金立项。

曾喜获“iLUTS2011年度人物青年奖”的张国玺博士，能独立完成泌尿外科腹腔镜手术、经皮肾镜技术、经尿道电切技术、输尿管镜技术等，并自主创新了“经脐双通道腹腔镜精索静脉曲张高位结扎术”。 他是泌尿外科学科团队主要成员，积极开展了一系列国际国内先进的新技术，如泌尿外科

NOTES、LESS技术等，使泌尿外科在国内同行中获得了好的声誉。现主持国家自然科学基金项目2项、省市厅级科技计划项目7项，参与国家863计划子项目及省级科研项目6项，在国内外学术期刊发表论文40余篇，其中SCI收录近20篇。获国家科技三等奖1项，参加了国际泌尿外科学会（SIU）第30届大会及2013年美国泌尿外科学会年会并发言。他是江西省高校第七批中青年骨干教师。

在高层次人才选用中，赣南医学院一附院贯彻“不求所有、但求所用，不求常在、但求常来”的“柔性引才”机制，制订出台了《赣南医学院第一附属医院引进研究生暂行办法》等高层次人才引进管理办法，在引进原则、引进对象、引进形式、引进待遇、特别是考核与管理方面做了明确规定。

为留得住人才，切实制定了一系列制度作为保障。引进博士30人、柔性引进博士5人、培养硕士200余人。以博士为龙头，以硕士为骨干不是口号，不是目标，不是梦，是正在为赣南老百姓服务的实在。

是他们，这批博士，硕士圆了赣南红土地医疗卫生界多年的梦。

贫瘠的土地上，花开正红，树绿成荫。

赣州求贤，如杜鹃啼血。在县级医疗单位如果有一个支撑学科的人才，领导都会视为掌上明珠。外地不来，只能就地取“才”。

2014年在于都县纳入卫生计生人才综合培养试点后不久，赣州市批复同意为卫生计生人才综合培养试点市。在赣州的18个县（市、区）和赣州经济开发区开展贫困地区卫生计生人才综合培养试点工作。

国家卫生计生委安排于都县人民医院13名技术骨干到中南大学附属湘雅医院免费参加技术培训。

于都也争取到了为全国唯一一个县级“卫生计生人才培养扶贫示范区”的县。争取到了到北京大学第三医院与赣州市人民医院为对口帮助合作单位，每三个月，会从北京派出一批专家帮助赣州市人民医院开展医疗技术工作，并接纳赣州市人民医院青年医师进修学习。

一些县与省级三甲医院结对子，兴国县医院成功上海华山结对与省内一、二附医院协作，石城县医院与南昌大学一附院结对三年，南大一附院支援三年，三年内为石城县医院建设三个特色专科，开展4项新技术，还提出一些数据要求。瑞金市医院与北京新华医院结对子。按照《国务院医疗机构管理条例》规定乡镇卫生院均要配备1名主治医师、3名医师、5名护师和相应药剂、检验、放射人员。因为人才短缺，临床、预防医学、放射、麻醉、中医部、护理部存在缺口中。

赣南苏区卫生基层医疗队伍的配齐与提高还有长长的一段路要走。

三、杏林春暖：踏遍青山人未老

医生是一个“高风险”“高压力”的职业，之所以说“高风险”是因为自己的一纸诊断极有可能影响到一个家庭甚至几个家庭的幸福指数；之所以说“高压力”不只是身体上的，更是精神上的。尤其是面对麻风病患者、精神病患者和艾滋病患者尤其如此。

*一个人的麻风村里40年

2016年金秋，一个阳光灿烂的日子。

北京国际会议中心迎来世界各地麻风学知名专家与代表1300多人，第19届国际麻风大会开幕式在这里如期召开。这次会议中由国际麻风协会主办，中国麻风防治协会承办。国家主席习近平发来了贺信。

习近平在贺信中指出："创造一个没有麻风的世界"，是全球麻风控制的终极目标。这次大会以"未竟事业，终止传播，预防残疾，促进融合"为主题，对促进早日实现这一目标具有积极意义。

世界麻风防治事业取得了巨大成就，但依然任重道远，仍需要国际社会团结协作，克难攻关。中国将加大投入力度和保障措施，继续同世界各国一道积极推进麻风学进步和创新，促进消灭麻风目标早日在中国实现，为全球消灭麻风做出贡献。

中国医务工作者一直为"创造一个没有麻风的世界"防治，在进行长久的，持续的克难攻关工作。

2015年10月赣州市为35名麻风病愈后畸残者实施畸残矫治免费手术。其中男患者25人，女患者10人。手术期间，患者的吃、住、行全部免费。

这是一个很多人不关心的，却是很公开的医情。江西省是全国麻风病流行的一类地区。其中，赣州市的疫情覆盖了江西省麻风疫情的2/3，18个县（市区）都有麻风病防治所。

2015年11月22日到26日，由国际义工协会杜立德神父率领的广东省江门市麻风康复医疗队来到赣县韩坊镇长演麻风康复村，为麻风病人开展了为期五天的免费医疗救助活动，这里住着大都是麻风畸残老人。

志愿者向他们问好，给他们换药，与他们拥抱。

2015年2月27日，江西赣州市于都县麻风病医生肖卿福入选2014年度感动中国人物。

"偏见如同夜幕，和大山一起把村庄围团，你来的时候，心里装着使命，衣襟沾满晨光，像一名战士，在自己的阵地上顽强抵抗，像一位天使用温暖驱赶绝望，医者之大，不仅治人，更在医心，你让阳光重新照进村庄。"这是"感动中国"给肖卿福的颁奖词。

肖卿福、麻风病、麻风村、赣州市。这几个关键词迅速传遍中国。

麻风病是怎样一种病？真的是恐怖的吗？

麻风村是怎样一个村？医生和他们如何相处？

赣州在哪里？赣州那儿有好多麻风村吗？

肖卿福讲述了他40年在麻风村的行医生涯的故事。

1974年从赣南卫生学校毕业的他，迈出的第一步，就是行走在防治麻风病的路上。

20刚出头的他，对麻风的了解如今天许多年轻医生一样，知识贫乏，认识淡薄，谈麻变色，已成共识。

那时参考书少，老师在课堂上讲得少。只知道，麻风病是一种慢性接触性传染病，染上后，病情发展会造成病人肢体溃烂、畸形，最后成为残疾人，丧失劳动力。若侵犯了五官，则造成眼、耳、鼻、口腔畸形，面目恐怖，曾一直视为"不治之症”，因为又与性道德有关，所以社会对这类病人存在严重歧视与偏见。

那是一个纯真，绝对服从组织分配的年代。尽管父母、亲朋百般劝阻年轻的他，他还是听组织的话，去了。心中即使有百般纠结，也只能搁在一边。他大踏步地去报到，单位是于都县皮肤病防治所，工作地点是黄麟乡安背康复村，也就是麻风村。

在20世纪50年代，医疗不发达，医务人员缺少，为了减少麻风病人的接触传染，便于治疗，在麻风流行地区，把病人集中居住，集中治疗，与外界隔离，这个居住点就叫康复村，知情的老百姓称之为麻风村。

这些村都建在山里，于都黄麟乡安背村也不例外。

安背康复村建村于1957年，建始之初，有“村民”300余人。他来的那年，老的死了，又有新的加入，有年长的，有年轻的，有孤寡老人，也有一家三代。说是康复村，实际是一个隔离圈，有制度规定，病人不能随便外出，病人也知道自己外出不受欢迎，大多数病人会只在村里吃喝拉撒。

肖卿福走进麻风村后，选择留下，坚守并非是组织上的决定，其实，组织上还是会照顾这些第一线的医务人员，适时调整。而他，最终选择了坚守。

20多岁的他，还没有女朋友，不知这条路上，还要经历多少风雨，远方有没有诗和鲜花，前程茫然，诚如当年对麻风病认知的茫然。决定他选择留下原因是，病人痛苦与病人的需要。

第一次进村，他并非那么坚强。像年轻人一样，怕，极度恐惧。看到病人身体的溃烂，眼睛不敢再直视下去，唯恐那溃烂会深深地烙在大脑里。

不是接触传染吗？不是每天要给他们换药吗？今后的工作就是这样？自己的身体？自己的健康？自己的青春与生命？那夜，他没睡，不是睡不着，不敢上床，怕做梦，双眼一闭，那溃烂的伤口，那破溃的面孔病人扑面而来，他怕，怕做噩梦。为了抵御睡眠，他蹲在地上等待天亮。

总要接诊病人。第一位接诊的病人姓刘，是位老人。治愈后双手双足成爪形，老人行走不便，生活自理不便，前行蹒跚，真可以叫步履艰难，怜悯之心油然而生。

后来，他接诊了一位1976年患上麻风病的年轻人，左脚溃烂，只有20多岁，望着自己的左脚，几度想轻生，此时作为医生的肖卿福，也只28岁，换药，鼓励开导他，战胜疾病。专门为他制定了一套治疗方案。在医护人员关心下，这个小伙子最终康复了。他激动了，流了泪水说：是肖医生给了他又一次生命。

"恐麻"在他心中消失了。他坚定了留下来的决心，这儿病人离不开他。在病人眼里，肖卿福是他们的亲人，生活中遇到什么事，第一时间想到他，告诉他。病人找他谈的往往不是疾病，而是人生，日常生活的喜怒哀乐。这里病人生活圈子很窄，接触接纳人不多，最亲最亲的人就是肖卿福。

那是1991年的事，一个中年妇女辗转40华里找到肖卿福，扑通一声跪下，恳求肖卿福救救他们家。肖卿福问清，才知她丈夫已故，她现在在抚养一对孩子。她左脚严重内翻，外踝着地，已致溃疡，不能自理，难以自食其力。因为这位女性不是于都县人，肖卿福向领导做了汇报，提出自己建议。经协调，这位妇女住进了于都县康复村，孩子委托亲戚抚养。肖卿福为这位妇女换药治疗。一年后，肖卿福又为其坏死的部分组织免费行截肢术，并安装假肢。再后来，她与村内一位已经治愈，不愿出院的老者喜结良缘，变一段苦情为佳话，当年的苦藤结了甜瓜。肖卿福做医生，做义工，当护士，又做红娘。

1998年来了一位大疱性表皮松解症病人，全身起疱脱皮，吞咽困难，他只能转上级医院。始料不及，病人又返回了，上级医院未能如愿接诊。

肖卿福将病人收下。反复查找资料之后发现，这种病目前还没有特殊的药物治疗，具体病因也不明确。重要的是对症治疗，防止破溃皮肤继发感染，耐心细心及时换药。他习惯当医生又当护士。习惯生理治疗同时又行心理治疗。这个病人终于转危为安。

在康复村，他的角色在不停地转换。他是医生，打针、换药，清洗伤口，对眼、鼻、耳残缺病人、手脚溃烂畸形病人，他又是护士，对没有亲人的病人，他又是护理员，给病人喂饭、喂水、擦身。

病人烦闷时，痛苦时，他是亲人，与病人沟通交流，给病人鼓励，宣传，当他回家后，他24小时开机，只要病人需谈话，他就发声，只要病人需要他来，他就骑上自行车。

这时，谁给他红包？谁给他送礼？他贫困的是钱吗？他需要的是升官吗？他这一辈子待在麻风村图个什么？

麻风村的老病人见证了肖卿福从青年步入老年的经历。

钟国华老人是老麻风病人，1957年成立麻风村，那年他27

岁，就进村治疗，病好后，他没有离开，继续住在这儿，他在麻风村生活了58年。

他说：过去，麻风村吃的用的都是车子运进来，我们这帮人也是“好吃懒做”。现在，在肖医生的指导带领下，办起了脐橙园，杨梅园，自种菜种粮，手好脚好了，可以做事了，参加有限的工作。村里还建立了康复室，还有了电视，坐在深山里也能看到北京。

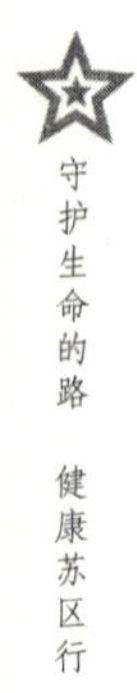

用一位文人的话说，这些病人肢体残缺，没有自暴自弃，还用自己的微薄之力改变生活环境，为国家减轻负担，做了许多力所能及的事。现在不叫麻风村，应该叫养老院，福利院。都是政府出钱，都是肖医生跑出来的，肖医生这一辈子就是为了他们。

“村长”钟林文43岁。他说，这儿病人越来越少，几乎没有什么新病人了。前几年只54个，现在只有30多个了。

资料显示，于都县麻风病的发病率由1960年的23.5/10万，降到0.5/10。赣州市每年新病人15例左右。

这一辈子，我们就只记得肖医生！好人，这世界上最好的人！

要治病，要先走进病人的心里。肖卿福这样说，他知道，这条路的远方没有诗，没有鲜花。而这条路如果走进了病人的心里，每一个生命的延长与再生就是鲜花与诗。

“选择了，就不后悔。”他说。

最艰难的是进行麻风普查。社会对麻风病人歧视、恐惧。对治疗麻风病的医生一样恐惧。害怕他是“带菌者”，害怕他传播麻风。

当他走村串户，走访群众，了解发病率时，群众对他敬而远之，唯恐避之不及。有人看见他来了，就像“鬼子进村了”一样，相互通报，紧锁房门，逃之夭夭。让肖卿福难过的是，群众躲他，朋友，同行也拒他这位麻风病医生于门外。他不得不费尽口舌宣传，让大家对麻风有一个新的认识。

40多年来，他独立确诊治疗麻风病新生，复发患者300多人，矫正康复术200多例，从未出现差错。60岁那年，他荣获麻风防治领域中最高荣誉，全国麻风战线突出贡献奖“马海德奖”。获得“感动中国”奖后，他说：我能获这个奖，和前面两代人的努力密不可分，我沾了他们的光。我感谢他们，他们为“麻防”事业与人民群众健康献出了宝贵的青春。这份荣誉是建立在他们努力之上的。很惭愧，感觉自己做的只是很平凡的事，自己工作职责内的事，而且还退休这么多年了，居然还获得这么高的荣誉。

他用自律的心看自己，他用感恩的心看他人。他的人生站在了最高点，他的心境也一样在最高点。

他退下了皮防所支部书记的与皮防科科长的职务，他并没有退出医生的工作岗位。

66岁的他，至今，还依然守护着麻风病人。退休了，他选择再次留下。在通往安背康复村的路上，至今还看见他的身影。

***青黄不接未有时**

如果说，麻风病人是一个特殊的群体，那么麻风病防治医师应该是医疗队伍中一个特别的团队。所以，肖卿福忧心忡忡地说：麻风病防治医生青黄不接，他担心后继无人。

会吗？在赣州市有这样一群人。

在肖卿福走在防治麻风工作路上的第三年，即1976年的2月，他在会昌出生了。

他叫曾伟华，1998年7月苏州医学院毕业后分配以赣州市皮肤病医院工作。他们做的工作是分管麻风病。

最初接触麻风病人，是在手术台上，他当助手，专家为一个个因患麻风致畸残疾进行矫治的手术。

看着那腿短脚残，指掌全无，双目失眠，嘴脸歪斜的各种麻风病导致的后遗症，心痛，感慨麻风病的无情与恐怖，又敬佩第一线为麻风病人治疗的医生，是他们零接触给病人治疗，才使他们终止了病情发展，才能有了矫治畸形的机会，也敬佩病人这么多年来配合医生与疾病做斗争。实实在在地感受到，医生与患者共同面对的是疾病。只有医患联合，才能终止疾病的侵犯，战胜疾病获得健康年轻的他，改变了心态，说服了父母，这样开始走上了防治麻风病之路。与那些麻风病防治工作者相比，他们工作条件好多了，何况他常年在市区。他的心情更加平静。他决定为麻风病人奉献出一份爱。

不久，他任社防科科长，负责赣州市麻风病防治工作，他决定跑遍市各县麻风病康复村，做好宣传防治知识工作，力争新发病人降到个位数，复发病人为零，严格筛查需要做麻风畸残矫治手术的病人。

经过调查，他了解到赣州市的麻风病人越来越少了，病人的年龄也越来越大了，这些人大都未婚，未育，孤苦无依，家境贫寒，接受教育不多，文化偏低，素质低下。加强对病人的规范化管理是一项十分重要的工作。

大余县康复村，有一个病人，自己无规则服药，产生不良反应，对医生常持怀疑态度，有轻生的念头。他知道后，立马请省、市专家会诊，解除病人疑惑，找病人聊天，给病人以温暖与希望。

当病人露出了笑脸，他才放心。

现在治疗条件好了，后续矫治手术又免费跟上了，不允许有一个生命轻生，从这一例病人中，他为自己找到管理缺陷，严密防漏，加大宣传力度，要让领导，百姓，医务工作都明确。

麻风病是可防可治不可怕的一种病。

2012年7月1日，他如愿地面对党旗举手宣誓：全心全意为人民服务，将是他人生的宗旨，党和人民的利益在他心中将会高于一切。

如果说，曾伟华还是麻风防治战线上一名“新兵”，那么，谢为民、董家慧、张升伟、邹永红他们则是“老将”了。

在曾伟华刚进小学时，谢为民就走在了麻风病防治的路上。

33年，弹指一挥间。

1983年的夏季，他走进赣县皮肤病防治所大门，他没有想到，他的工作地点在韩坊乡，离县城与赣州市百余里的长演康复村，从赣州去要过一条江，从县城去要翻一座近2000米的高山。山，叫峰山；江，叫桃江。韩坊位于赣县最南端，与安远相邻，真是叫山高水远。

乡里康复村也是五十年代中所建，盖的是土坯房，集中，好管理，建立之初有400多名“村民”。

谢为民来时，病人已减半。

他一腔热情，满身冲劲。在踏进康复村病区院子的那瞬间就被这土坯房，被缺肢少腿、五官畸形的病人，被这简陋的诊室，这裂开的黄土墙，这黄泥巴路淹没了一腔热情。他劲少了，温度低了。

用现在的话，理想很丰满，现实很骨感。那时就是这样的心情。

这儿得有医生，他们需要得到医疗。都走了，谁来？谁又该来？

他是医生，他是从农村走出来的医生，这儿的病人都是农民，农民是最底层的百姓，而患了麻风病的农民，是底层的底层，自己是党员，不用大谈什么理想，什么道理，路在脚下，事在手边，开始做吧！

他发现导致麻风病人畸形的主要原因是因为没有早期发现，没有早期治疗，麻风反应处理不及时所致。他及时向领导提出方案，进行全县麻风病人普查，登记在册，早期发现。他与他的同事，在这几年里，家属体检6000余人；发现病人168例；治愈麻风病人156人；监测治疗4000多人次；没有一位病人畸残，确诊率，治愈率100%。

麻风病可怕吗？在他眼里不可怕。

麻风病能治好吗？在他呵护治疗下，能治愈。

他是怎么监测治疗呢？

他走遍了赣县每村每户，行程3万多公里，他送药、监测、体检，坚守33年。

20世纪八十年中，开展了对麻风病人联合化疗工作。

赣县有190多个病人，有些分散在各村，未能集中到康复村，化疗要求不能漏掉一个病人，要做到送药到家，看到服药到肚。调查的日子里，一辆破旧自行车与他风雨中相伴，发药还是这辆旧车与他日月下进出。没有浪漫，没有闲暇，只有汗水，饥饿，伤痛与疲劳。也有快乐与欣慰。

去韩坊乡阳埠乡要过桃江。谢为民不能当天返回，他只能在病人家中和病人同吃，同睡。

当谢为民端起饭碗时，病人流泪了，说：自从我患麻风病以来，你是我家唯一的客人。农民，地道的农民，没有一句华丽的辞藻，没有半点恭维，实话实说，而这发自心里的实话，却是对谢为民的认可与赞赏，谢为民感到欣慰。

江口镇蕉林村一位70岁的麻风病患者，下肢溃烂，趾骨外露，孤身一人，家徒四壁。为了让他早日康复，早日加入免费整矫正康复的行列，谢为民骑车来到他家，给他换药。谢为民自己来端水倒水，扶他上床，扶他下床。老人说：我亲生女儿嫌我脏，不敢靠近我，说话隔着窗，送东西放在门口，谢医生比亲生儿女还要亲啊！

这样的赞美，他听得太多了。作为医生最大的快乐。不是语言的赞美，而是病人的治愈。当看见他创面逐渐缩小，感染得到控制时。他高兴， 快乐。他的付出出现了效果。再过一段日子，病人可以等候矫正手术，手术后，生活可以自理。这就是他的愿望，他的追求。

其实，谢为民自己也是一个病人，疾病终于将他击倒了。上消化道出血，肝硬化，脾功能亢进，开腹，行脾切除。在手术台上，经历了生与死，最能看穿生与死。而谢为民，看穿的麻风病人需要我，生命不息，工作不止。

他是神仙？他是圣人？他是救世主？都不是，他用最朴实的语言回答了这个问题：麻风病人是天底下最痛苦的人，歧视、偏见、孤独、贫困是他们的代名词。我有责任和义务帮助他们走出阴霾，拥有健康幸福的人生。

他姓谢，他的名字叫为民，一生为民。

2011年7月28日，康复村告别了土坯房，搬进了有1000平方米的新居，新居20间，每间有卫生间，一人一间，病人只有151个了。

2015年他被评为“全国麻风病防治先进工作者”。

每个麻风病防治工作者都有着自己的经历，自己的故事。经历是平常的，所做的事是平凡的，说出来，总是感动人的。

董家慧一个普通的医务工作者，一名普通的共产党员。他比谢为民早几年参加工作，晚一年走进麻风病防治队伍。

他是1984年由乡卫生院调入皮防所的。

1991年皮防所整体搬迁进县城，人人都争着挤进县城，他却冷静地留下，留在那个破旧深山老村里。这一留，就是25年，加上原来的7年，又是一个坚守在麻风防治一线32年的医生。

留守后的董家慧不仅是麻风医生，还是“村医”，村民无论什么病，都会请他。来者不拒，从无谢绝。他还是康复村的“家长”。村里大大小小务，村民都愿请教，请示他。

这个康复村有点与众不同，在2000年前，因为贫困，没有盖房集中，病人分布在七八个山头，住户分散，看病、打针、发药他都要背着药箱，翻山越岭，早出晚归。集中后，管理上方便了，由于大家的信任，他管的范围更多，更广了。很多“村民”残疾，生活不能自理，他组织能做事的人办起食堂，统一烧水，蒸饭，让每个人有水喝，有饭吃。由于患者久久与外界分割，新农合，低保都不清楚。他去办，头痛脑热，他出诊。一个病人脚都溃烂，血管破裂大出血，他去处理，并陪同送进县医院住院，最后行截肢手术，他又去联系免费安装假肢。一家病人是纯女户，因各种因素难以外嫁，他四处打听，终于为这个女性找到了对象，结婚、生子，过上了满意的日子。

他的工作内容已远远超出了医生的范围。

他为了谁？他简单地回答：为了病人。

平凡、普通，而每件小事都让人感到温暖，感到爱。年轻人说，他是有温度的人。

与董家慧一样选择留守的医生还有很多。介绍一个叫邹永红中年人。他工作的地点是信丰县，一样在大山深处。

1998年，皮肤所整体搬迁，20多名医生如果一次性离开康复村，会造成病人情绪波动，对病人后续治疗带来隐患。留谁呢？邹永红。

留下来是一句话，留下后就不是一句话能够解释清楚的。热恋中的女朋友正等待他回信丰县城，一个留字激起两家老人心中千层浪。本来女友家中父母就反对，这一留，那不是反对，那是斩钉截铁，一刀两断了。他痛苦了几天几夜，深山里的夜是寂静的，深山的静是孤单的。太阳升起后，他不寂静了，不孤单了，他开始了工作。这时，他是最需要有人安慰的人，他没有获得安慰，他却并没停止去用自己的心灵去抚慰更需要安慰的人。他给病人治疗，与病人谈天。感动的病人并不知道这位青年的医生正处在失恋的痛苦之中。

在一个放假的日子，他来到信丰，他拜见了女友的爸爸，他未来的岳父，他的诚实真情，他的敦厚担当，感动了老人，让老人家认可，把女儿交给他，放心！他叫了一声：爸爸。

有情人终成眷属。家人对他理解，给予他支持。婚后的一个夏天，妻子悄悄告诉他，她们单位可能有一例麻风病患者。一查，果然，确诊麻风病。他紧紧抱住妻子，笑了。他轻轻地对她耳语：保密。对新发现症病人的诊治，要严格保密。社会对麻风病人的偏见与歧视根深蒂固，维护病人的尊严是医生的责任。麻风病人在接受诊治期间，心理是波动的，不敢面对现实，不愿接受治疗，治疗初期，疗效不显，病人会责怪威胁医生。邹永红曾遭遇到一个病人威胁：你有种，你割破手臂，把流血的伤口贴到我的皮肤上！邹永红二话没说，卷起袖子，照做。病人，折服了。

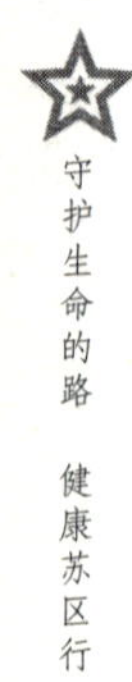

2005年，皮肤所麻风科科长退休，谁来接任这个岗位。谁适合？邹永红。

邹永红上任后，向有关部门申请报告，对麻风村村民按敬老院供养人员同样补贴，220元/月。给村里接上电，让村民能看上电视，用上电饭煲。他还想到，旧房改造，让村民在晚年过上好日子。

他们赶上了好时代，一定会过上好日子。

邹永红这样说，这样努力在做。

这又是一位，他干的当然也是平常、平凡的小事，而他干得出彩，干得让许多人看后，精神会为之一振，眼前会为之一亮。

他叫张升伟，1987年毕业于赣南医学专科学校。进入南康县皮肤所后，他的工作就是每天给分散居住的200多患者送药，送到手上，放进嘴里，吞到胃里，三步到位，他就离开。枯燥、单调。他没有放弃。他在琢磨，怎么防止复发，怎么预防新发？在药物治疗同时，怎样配合心理治疗？

1995年中国和英国有一项麻风康复合作在南康县实施。需要有人参加，任务很重，要对605多例治愈者的畸残进行全面调查，将其259例畸残列为康复对象，走不完的山路，填不完的表格，不停计算的数据，不停重复讲述的心理治疗。

这是很累的，这是他想干的，累并快乐着。累与快乐有了结果。1998年，合作项目结束，经评结果是，南康县皮防所被卫生部评为“全国麻风病防治工作先进集体”。2008年成立了省级麻风防治专家组，他是专家组成员之一。

2011年他被评为“全国麻风防治先进工作者”。2015年先后被中国疾病预防控制中心麻风控制中心评为2013—2014年度“全国麻风病防治管理信息系统工作先进个人”。

“创造一个没有麻风的世界”的医生还有很多，很多，当了解他们的工作的艰辛，生活的贫困，他心中的喜怒哀乐，我们能对这些医生说句什么呢？

***每天在预防与紧张中度过？**

精神病群体与治疗精神病医生的群体给我们是另一种展示。

说到精神病，联想的关键词是恐怖、忧郁、自杀、杀人……

黄必清是赣州市第三人民医院医生，行业内人都知道，这是一家精神病医院。他的专业是中医，他的学历也偏低，毕业于赣州市卫校。而他学习精神与工作能力决非学历成比例。

每天找到看心理障碍或家属陪同来看精神病的要排队久候，近30年的行医工作，他接诊了精神心理患者近10万人次。

一名13岁的孩子突然无语，发抖。通过家长的讲述，他诊断孩子患了选择性缄默症。在他经历中一定遭到什么恐怖事件。

他选用了抗焦虑抑郁药。辅助心理治疗，心理疏导，30天后，孩子走进了学校，恢复了正常生活。

一位产后的年轻妈妈不明原因精神错乱，不吃不喝，丈夫陪同找到他，他诊断为精神分裂症木僵状态，并发产后抑郁症，他再追问想寻找刺激因素，诱发因素对症下药，并指导家属行心理治疗，告知家人不要紧张，有好转的可能。果然，经过调理，病人好转出院了。

恐怖病人有没有？有。

有个妄想症的病人，每到吃饭时，捧着饭碗一动不动，硬说饭里有毒，把饭举到医护人员面前说，你们吃了我就吃。每遇到这种情况，黄必清总会给病人领一个头，吃一口饭，或吃一个馒头。病人才开始跟着慢慢吃。

遇到狂躁性病人，防不胜防，他查房时，一名患者冲上来，朝他头上腹部猛击，当时他眼发花，头发晕，几乎站立不稳。在几个医生协作下稳定了病人，当劝他回家休息时，他解释说，我们认真治疗，只要他病情稳定，就不会这样。对病人的爱，还体现在他的医德上。有位晚期糖尿病患者，皮肤瘙痒，总感有蚂蚁在身上，昼夜不安，屡想轻生，家人怀疑他患了精神病，找到黄必清，经他诊断，否认精神病，但要节食服药治疗糖尿病。病人家属表示感谢，硬塞了一个“红包”。出院时，病人结算，发现账上多了1000元，家属恍然大悟，黄必清说，在我眼里，医院叫钱是“效益”，病人叫送“红包”，我叫它是“良心”。医生的底线就是良心。

赣州市精神病医院的女医生姚素华面对精神病人，明知无理可讲，她还是和言善语，在脸上从来看不到怒容。她与黄心清医生挨过精神病人的拳打脚踢，与病人一起吃饭，为病人解惑，与病人家属耐心交谈。有一位全南女生精神病患者，女儿因贫困辍学。姚素华得知后，拿出了自己的工资资助孩子上学。当这个精神病女性回归社会后，爱心与感动在她心中占了主要位置，疾病似乎也远离了她。如今两人走往如姐妹。

“精神病人，同样需要爱”。姚素华如是说。

精神病医院的医务人员中，承受最大风险的应算是护士。付出最大的爱也是护师，护师曹三妹，在精神病医院工作了30余年。病人家属说，她用爱人筑起了精神病人的“避风港”。

精神病院最多时，病人超1000人，走进住院部，铁门，铁门，还是铁门。

20岁时，她就在铁门里，与这些精神病人相处。精神病患者有各种不切实际的想法和异常行为，伤人，伤己，冲出病房到治疗室毁物，而这一切，都是“突发事件”，一个20岁的姑娘走进这里，第一是要战胜自己的恐惧心理，第二是要学会应对这类“突发事件”。

她尝试着每天用心观察这个特殊人群。她发现，其实不发病时，精神病人和常人一样需要关爱，渴望康复，甚至像幼儿园里的孩子一样渴望温暖的鼓励。护士对他们的好，他们都知道。时间长了，他们对护士的依赖胜过家人，会像见到亲人一样露出纯真的笑容。

于是她想，也许，他们是一群不慎陷入精神泥沼的精灵，自己天生就是一个没有翅膀的天使；也许，自己的点滴付出都能为拯救他们回归社会的机会，这群迷途的精灵需要她的细心呵护；也许，只要自己不吝啬爱的付出，他们都能好起来。

她用爱心战胜了恐惧。以一颗包容的爱心，坚守岗位，默默奉献。关注他们的一言一行，指导他们的治疗康复，料理他们的衣食住行，为他们及其实属树立战胜疾病的信心。

她每天工作中重要的一项内容是要反应灵敏，随时应对“突发事件”，身上此消彼长的青紫红肿曾让她心有余悸。

有一次，一名刚入院不久的男性精神分裂症病人存在被害妄想，担心食物中有毒，拒绝吃饭，曹三妹坐到他身边耐心地哄劝。病人突然起身，将饭盆扣在曹三妹的头上，同时一拳重重地打在她的胸口，她踉跄两步勉强站稳，胸口阵阵闷痛，头上也红肿了一大块，她忍了许久才没让眼里委屈的泪水落下。

像这样被病人无端打骂的现象在精神科病房里司空见惯，她身上的青紫抓伤不时出现。出于对病人的理解，她没有怨言，没有怨恨，反而更加关爱他们。她常对科里新来的同事说：“精神病人也是有血有肉有感情的人，只是病魔使他们失去了理智。我们有责任，有义务更好地善待他们，使他们早日摆脱疾病的折磨。”

信念的坚守让她忘却了工作中的伤痛。在坚守与追求中，她与这些特殊的患者结下护患情缘。

“这里也许是他们心灵沙漠里能啜饮到的最后一滴水”。

曹三妹一直这样用心与患者沟通交流。精神病人的生活大都不能自理，洗头、洗脸、洗脚、洗澡、穿衣、喂饭、修剪指甲等，需要护士亲力亲为，护理工作量很大，有时候就像一个全职的保姆，从生活上、心灵上给他们细心的呵护。

在病区一线，曹三妹总是哪里最忙、最累、最脏，她就奔向哪里。她要用自己的言行影响大家。

有一次病房里收治了一位病人，他入院时浑身上下藏污纳垢，头发脏乱打结，有体虱、头虱，浪迹天涯的双脚血肉模糊。曹三妹看在眼里，怜在心里。她毫不厌弃地把病人从头到脚仔仔细细地清理了一遍：先充当理发师，将缠结一气的头发修理整齐；再当搓澡工，脱掉一件件褴褛布衫，擦掉厚厚的污垢；再当幼儿园阿姨，把病人如虬枝般盘缠十几厘米的指甲泡上30分钟再细细修剪；最后才是当护士，把病人身上的新创旧伤认真清创包扎，对体虱者进行灭虱处置。

接诊此类病人，入院处置花费大半个时日不说，他们多半还伴有躯体疾患或传染病的可能，后续的治疗护理十分艰巨。曹三妹从未言苦喊累，看到病人被自己“修缮一新”时，是她最大的欣慰。

一名来自上犹的女精神分裂病人让曹三妹记忆深刻，康复后她们至今像亲戚般经常走动。这名女病人才30多岁，因家里穷没有读过书，有一次她上山砍柴发现了一些很漂亮的蘑菇，采摘回家后，做了一碗蘑菇炒鸡蛋，自己舍不得吃一口，全部夹给了放学回家吃晚饭的八岁儿子。当晚儿子中毒身亡，她在自责中悲痛的快要崩溃了，家人却仍然怪罪于她，骂她“猪狗不如”，亲手毒死了自己的孩子。渐渐的，她开始精神异常，不穿衣服不吃不喝满山疯跑。

送到医院后，她生活不能自理，最大的问题是她不愿吃饭菜，她总是说自己“猪狗不如”，不配吃。后来，曹三妹想了个办法，用一个大碗盛着故意搅拌得很乱的饭菜放在地上，哄她说，这就是狗吃的饭菜。她真的蹲在地上开始吃起了……

经过一段时间循序渐进的诱导，她开始愿意坐在桌上吃搅拌在一起的饭了，但她又觉得身边的人都想毒死她，每天的饭菜都需要曹三妹吃一口，她才吃一口。后来，经过近70天的药物治疗和护士们的精心呵护，她的行为和心智开始趋于正常稳定，出院时，她抱住曹三妹放声大哭，说“曹护士比我的亲人还更亲，是你们又让我活了一次。”后来，这名患者回到家乡开始了正常的生活和劳动，但经常会像亲人般问候曹三妹，听她的劝导和鼓励。

出院后像这样和她经常保持联系的患者非常多。她认为，精神科护理不能简单地停留在打针、发药、执行医嘱上，更重要的是要爱心、耐心、细心。

她的丈夫叫钟远明，也在第三人民医院工作了30年。他记忆中，最艰难的日子是孩子还小的时候，曹三妹坚守病房上晚班没时间带孩子，在锅炉房工作的他总是要背着孩子去烧锅炉，时常弄得父子俩一起全身都是灰，丈夫常在嘴边一句话，“除了生孩子我不会，所有家务事几乎都是我包了。”这话有点自豪，也有点无奈。

一年冬天，一名精神分裂症女性患者被家人强行送进了精神科，她总觉得周围的环境很危险，所有人都对她有敌意，害怕地不敢回家。入院后，她仍然不让任何人接近，大喊大叫，表情紧张。

曹三妹发现患者脚趾冻伤严重，皮肤溃烂发黑，伤口中渗着脓液，发出恶臭。看到这种情景，她冒着被患者袭击的危险，一次次微笑着尝试靠近。面对她的笑脸，患者消除了敌意，突然紧紧拉着她的手跪在地上，大声哭了出来："护士——救救我！"面对患者渴求帮助的哭喊，曹三妹的眼睛湿润了。她深深地感到了责任的沉重。

这个患者太脏了，蓬头垢面，满身异味令人作呕。她把患者搀进病房，为她洗脸洗脚理发更衣，清洗伤口、上药包扎。冻伤的脚指头散发出阵阵恶臭，令人眩晕。她要轻柔地安慰患者，同时熟练地为病人冲洗伤口、去除坏死组织、安置引流条，每一个细节都一丝不苟。患者顺从了、安稳了，她却心潮起伏，难以平静。

曹三妹所做的一切，病人家属不知，病人在病中也不知。而曹三妹并不需要他人知道，她希望用自己的爱心，用耐心擦亮患者迷茫的双眸，用爱心抚慰患者受伤的心灵。让他们回归社会，让他们有爱，也能付出爱。面对曹三妹，每个医生，每位患者，还能有什么可挑剔指责呢？

*每个医生都可能与艾滋病相遇

在谈癌色变的当下，艾滋病的传播未减反增。每个医生每天都有可能与艾滋病病人相遇，医生该如何接诊、接治。中医医生与艾滋病病人相遇，他只要拿脉；内科医生相遇，他只要听诊，触诊。而“血肉相见”的科室就要承担很大的风险了。各类外科，妇产科，外伤急诊抢救，口腔科拔牙，眼耳鼻喉科门诊开放性治疗，检验科，护士肌肉，静脉注射，只要是艾滋病感染患者，都有可能成为传染源。

产科是很易遇到艾滋病阳性病人的地方。赣州市人民医院妇产科医生徐敏娟，有幸成了该院给艾滋病孕妇接生的医生。

作为医生，面对艾滋病人，无疑是没有理由后退的。因为稍有不慎就有感染上的可能，所以每一个医生都会提心吊胆。赣州市人民医院妇产科来了这位孕妇，经检查HIV是阳性。这是该院首例妊娠合并艾滋病患者。

谁上？

妇产科主任徐敏娟主动承担了主诊医生。既然是首例，那就开个好头，做出经验来。她组织医护人员与感染科制定了周密的预防方案，要保证孕妇胎儿顺产，要保护产妇安然无恙，也要减少医务人员职业暴露的风险。在患者临产当天，她穿着防护服守在床前。防护服密不透风，正值夏季，尽管有空调，闷热的空气让她汗流浃背，有气逼之感。再热再憋气，也要完成好接生任务。一小时后，母子平安。她的内衣拧得出水来。她不在乎累，在乎有了这次成功的经验，她写了病例总结，制订了操作流程，妇产科先后又接治了三例这类病人，顺手顺心，有惊无险。

崇义县人民医院医生衷学路是传染科医生。他曾诊治一位艾滋病患者，其丈夫因艾滋病去世，家中有两个小孩，大的女儿12岁，患有脑瘫，生活不能自理，小的儿子也染上了艾滋病，因不能耐受抗艾滋病治疗，不到5岁就离开人间。她在服用药物过程中出现难以忍受的痛苦，几经反复，她想放弃服药。衷医生定期买好药物寄给她，同时稳定她的情绪。相隔甚远，衷医生每周至少与她通电话两次。虽说是微不足道的小事，但对一个生命进入倒计时的人，在寂寞和孤独中感到人间一丝温暖。在她生命即将结束的时候，她经常对人说，非常感谢衷医生一直的关爱、安慰和帮助，并委托她的家婆一定要代她送两袋自己种植的脐橙给衷医生，她走了，她一家人多因艾滋病离开了人世。后来，她家婆替她完成了心愿：把她种植的脐橙送到了衷医生手中。这回报的爱让衷医生永久难忘，说："每个人对艾滋病病人都付出一点爱，她们在天堂不会孤独。"

林玉冬是兴国县疾病预防控制中心副主任，是一名普通的艾滋病防御工作者。他每新发现一例艾滋病，都要与病人交流、沟通，宣传防艾知识和国家救治政策，与病人交朋友，他说，我不能让一个病人失去联系。

有一次，一名病人手机停机了，他很急。想，是不是欠费？他为病人交了50元话费，还是联系不上。他不能放弃，到他其原居住地，通过他朋友帮助走访亲戚终于联系上了。他又一次电话里叮嘱，以后有事再忙忙，先发个信息告诉我一声，以免我们惦念。

一句惦念暖人心。

今年江西省出台了贫困家庭艾滋病患者机会性感染免费救治政策，为了让更多的艾滋病患者享受该政策，林玉冬与同事一起深入到病人家中、一个一个电话通知，向每一位患者宣传政策。一对夫妻都是艾滋病患者，因治疗花去几万元医药费，一贫如洗，更悲催的是发票不见了。他看到病人心急如焚的面容，安慰病人说：别着急，我去想办法。

他请示上级，到就诊医院查找病例、用药清单和发票复印件，以最快的速度、最简便的流程为患者报了每人6000元费用，病人感动地流下了眼泪。

林玉冬和他的同伴们总是以这样一种平凡、朴实的方式赢得艾滋病病人的信任，温暖着艾滋病病人。

1963年出生的朱丰秀，20岁在赣州市疾病预防控制中心任职，四十岁从事HIV检测工作。

而她所接触的下级筛选查实验室样本均为筛查呈阳性反应的可疑样本，实验室开展的CD4检测样本均是HIV/AIDS病人，试验过程中稍有不慎就有可能被病毒感染，她从事HIV检测的工作者属于高危人群。

年是一个炎热的夏季一天，CD4检测样本特别多，她提前来到了实验室，穿起两件防护服，开始了一天的检测工作。到了下午，手已经酸痛微微发抖，是自己“一不小心”吧，盛有血液的样本试管突然摔碎，沾有HIV/AIDS病人血液的玻璃碎片划破了她的手指，她一惊，赶紧采取防止感染的措施。她无法确保自己是否感染或不感染，她不能停下工作，还有几个样本要检测，她缠上两层纱布，换上手套，继续工作。事后，她反复给自己进行HIV/AIDS检测，多次阴性，心理悬着的那块石头方才掉下。

她说：这种危险对于任何人都一样。我从事这项工作20多年，这是我的优势及强项，所以我坚持在这岗位上。

2006年以前，在HIV实验室只有2名工作人员，她带领同事克服困难，加班加点，除了完成日常检测任务外，还完成了卫生部、司法部下达的两劳人员HIV抗体检查，既往有偿献血人员检测工作任务，下级初筛实验室阳性标本的复检等工作，及时准确的出具数据，任务最多的时候一个季度要完成了近万人份的检测数。

在她和同事的努力下，2009年3月赣州市疾控中心艾滋病筛查实验室经江西省卫生厅验收，成为艾滋病确证实验室。至今共完成1847人份可疑阳性标本的确证工作，未出现一例差错事故。

为完善赣州市的HIV筛查实验网络，她和同事共同努力，2006年以来在市各县市成功建成和验收HIV筛查实验室76家，使得赣州市成为全省HIV筛查实验室数量最多，每次考核位居全省前列的一个市。

几年来，为了按要求验收全市的HIV筛查实验室，赣州市所有县市她都跑遍了。2013年，为达到省厅检测点覆盖率的要求，按时完成各实验室验收，她有时一天要去到6个乡镇，对其实验室工作人员进行培训，审核相关文件，进行育样考核，详细纠正每样错误，严格按照标准对实验室的软件、硬件进行验收。中午不休息、饭后继续干是常态。有时，自己开车下乡，工作到8点吃晚饭。全市检测点数已达185个，中心卫生院覆盖率88.24%、一般卫生院覆盖率47.88%，数量为全省最多。

每年4~7月，为了完成3个时间短、任务重的国家级哨点监测任务（全省仅赣州市有此任务），她每天要从早到晚，大热天穿双层防护服、戴双层手套，连续工作近10小时，当脱下衣服和手套时，显露在大家眼中是被汗水久久浸泡后起皱的皮肤。她只是笑笑。

为了公务员健康，从中央媒体到地方媒体都在呼吁制止“5+2”，减少“白+黑”。医生也明白“5+2”“白+黑”有碍身体健康，但是作为一名医生，尤其是基层卫生院的乡镇医生，日常生活工作在被动的环境中，为了另一个生命，他（她）们不得不用自己的生命呵护着。他们在呼吁声中一样“5+2”，一样“白+黑”，他们能改变自己或减少这样的超负荷的生活与工作吗？

本章收尾之时想讲述几例普通医院，普通医生的日常工作与生活。

有这样一个医生，叫谢宗万，他是赣县韩坊镇中心卫生院医生。接诊这样的病人。

71岁的彭大爷，在山上吃了很多的野果子，导致大便干结，7天未解，腹痛难忍。经本地乡村医生治疗无效后，第二天上午被家人送到了长演门诊，谢宗万医生询问病史，检查腹部，了解到便秘是食物所致。决定给彭大爷灌肠，灌多少，流多少，一个小时，也未见效，大便干结，只见肠道堵塞。再不想办法，就会出现肠梗阻。谢宗万只好用最原始的办法，戴上手套用手指从老人的肛门处一点一点抠出来。没抠10分钟，整个诊察室都臭气熏天，刺激人的眼睛与胃，谢宗万无法顾及，这也是救命啊！，坚持了2个小时才把大便抠净。彭大爷长长地吐了一口气。

这真会发生活人被憋死的事啊。老人歇了一口气说：“谢医师啊！太难为你了，今天没你，恐怕我这条老命就没了！”

老人想送点什么，贫穷，口袋里没有什么。老人连鞠三躬，告别回家了。谢宗万和护士望着远去的背影，心里踏实了。忙了一上午，谢宗万只收了老人20元的药品费。这天，他俩鼻子前老有异味，一天都难以咽食。

还是这位医生。连续几天的暴雨，把长演村果子坝的木桥冲了。这天，谢医生下班不久，接到来自邻村松柏村曾宪东的电话，说妻子腹痛难忍，经本村的乡村医生治疗无效，加上现在外面正下着大雨，路淹了，到本村的桥又冲毁了，没法把病人送到门诊来，因病情危急，求谢宗万医生出诊。谢宗万二话没说，毫不犹豫地背起药箱。路淹桥毁，谢宗万只能绕道走唯一的通道——悬崖峭壁，当他走到悬崖峭壁上往下看时，不禁打了几个寒战，足下有20多米深，水急浪高，一不小心就会掉下，不知会冲到何方。一步、二步、三步、四步……百米之长的悬崖峭壁足足用了20多分钟，他是爬过去的。

一走进病人家，没有喝茶，没休息。立马给病人检查。查清病情后，立即给病人清洁肠胃，建立静脉通道。经过4个小时的守候观察，看到病人病情好转后，才舒了一口气。时至凌晨2点，点滴打完，情况稳定后，谢宗万才收拾药箱准备返回门诊部。大雨已停，但天黑路险，病人家属坚决要留他住下，谢宗万说明天还要上班，早上还有其他病人在等他，终于在深夜3点到了家。

按照国家规定，医生每次出诊可以有5～15元的出诊费，谢宗万一次都没有要过。算下来，这也是一笔不小的数目，但看到病人连药钱都成问题，每次都不提诊费这事。

30多年来，谢宗万累计出诊3万多次，行程10多万公里，他从未收取出诊费和交通费。从电脑查阅他近年来的几千张处方，人均费用只有50元左右。

钟柏林是一个从事妇产科工作十八年的男医生。

一位家住瑞金市武阳镇的患者。患有子宫肌瘤，因长期出血致重度贫血，又有艾滋病。外地多家医院拒绝了她。钟柏林接治了她并安排了优质病房，叮嘱科里的医务不能随意透露患者隐私。一些检查他自己动手，要参与手术的医务人员由他安排。手术过程中面临职业暴露，他做了周密计划与安排。他主刀，手术器械的传递他反复叮嘱要谨慎。用锐利器械时医生和护士医护之间相互提醒。手术顺利。

家住瑞金市日东乡的罗姐在外地打工，当地医院查出患有宫颈癌，无钱医治。她回到瑞金。钟柏林医师说，你这还是早期，如果再往后拖延，变成晚期，治疗效果就不好，会有生命危险。得知患者是因为贫穷无力治疗后，他主动为她先支付入院费，同时为了解决患者医疗费用问题，他向院领导申请为其开通绿色救治通道，为其减免医疗费用，将医疗费用降到最低。经他积极精心手术，罗姐生命得到了延伸。7年过去了，罗姐身体恢复良好的她常常对身边的人说“钟主任是我的大恩人，是他救了我的命，如果不是他，我恐怕活不到今天了”。

还有一位医生，1998年毕业于赣南医学院妇幼专业，毕业后一直从事妇产科临床工作。17年来，他以严谨与精湛的技术，真诚与善良的爱心赢得了广大女性和家属的赞许。

2011年5月一天，他从南昌乘火车回赣州。车上一名20岁左右的女孩突然浑身抽搐，嘴唇发紫，闻讯赶来的列车长一边通知120，一边广播，急寻从事医务工作的乘客。他听到广播后火速赶往出事车厢，患者呼吸已停止，测不到脉搏，他迅速对其进行胸外按压、人工呼吸……40多分钟的心肺复苏。女孩终于恢复了呼吸心跳，送往就近医院。他不留姓名消失在车厢人群中。

后来才知道，他叫钟振洲，是赣州市人民医院急诊科医生。

胡莉琴是赣州市妇幼保健院主任医师。几乎每个老医生在抢救濒危病人时都有过添纱布止血的经历（尤其对于外伤病人，出血点多，输血速度跟不上出血速度。用纱布止血，同时处理出血点是最为有效的办法）。

那是2009年一个冬天的夜晚，胡莉琴忙了一天，尚未入睡，内部电话响了，是急诊！手术室来的：胡主任，请你快来！有一个产妇出血已过2000CC，胎盘早剥，子宫出血，控制不住，已处在休克状态。她对着电话大声说，加快输血，加快！我马上过去！这是凌晨两点。

一踏进手术室，主刀医生就提出子宫切。这是最安全的方法，但也是最无奈的方法。等等，等等。我看看。她果断地说：不行，这个女性这么年轻，我们不能结束她做母亲的权利。结扎动脉，宫腔填塞！尽管是冬夜，她满头大汗，止血钳！止血钳，纱条，纱条。凌晨五点，血止住了。子宫保住了！产妇血压慢慢在回升。

“妙手仁心，可托生命”产妇家属送来就一面锦旗。

该讲讲护士了。

她们没有惊天动地的业绩，没有高超的技艺。有的只是爱岗敬业的责任心。她们默默地，无怨无悔地奉献着自己的灿烂青春，如花年华。

她是龙南县人民医院护士张晓英。

有一年，龙南县暴雨成灾年。夏天，县城已被洪水围困。那夜，雨在下，水在涨，路上水深齐腰。医院接到卫生局紧急通知，启动预案，应急小组开始行动。电话铃声惊醒了她的睡梦。看看屋外的大雨，她知道发生了什么，也知道自己要做什么。她穿了衣服披上雨衣开门就冲了出去。通往医院的路已经淹没，她一路摸索探路走去。有漩涡的避开，那儿可能有洞。水激处避开，那儿怕有暗流。匆匆赶到医院。骨科已经进水，扶着病人转移。病人的衣物还在柜子里，她又返回背来。在水里来来回回十几趟。大量病人由村乡卫生院转来，她又负责接待新病人。她抬头看看，天亮了。

又一个突发事件。县夹湖乡钨矿发生井底倒塌事故。科里要派一个医生与护士去救援。她经验丰富，年资高，是当然的人选。

这时正值冬天，她和医生守在矿井口。生命通道还未打通。山风刺骨寒，人人都在打寒战，矿井下工人兄弟生死未卜，随时准备接诊伤员，处在一级战备状态。守着，守着一天一夜，啃着冷馒头，饮着白开水。当听到井底地呼声，什么累和苦都烟消云散了。她回到科里，同事看到她满眼红丝，心痛的劝她休息，她答：没关系，习惯了。

医院在交接班时，往往是一个当口，容易出事的时间段。子夜时分，大夜班与小夜班正在交接。突然，病房传出叫声："抢一床"吐血啦！焦急的声音在夜里特别响亮。她是小夜班，可以对大夜班说：你快点去。她知道"抢一床"是一位肝硬化的病人，出血意味着什么？如果是大出血，那说明，很可能胃底静脉曲张破裂。一旦处理不及时，稍有误差病人就可能死亡。如果她参与了抢救，那她就不可能下班。她刚刚脱掉衣帽。她没有片刻犹豫说：你快去，我就来！当医师赶到，她们已建立好输液通道，已配好血型，已进行了心电监护。一个老护士胜过一个年轻的医生，是多次遇到这样紧急抢救事件中得出的经验。

还有一个护士叫邹嫣，在宁都县人民医院工作，在传染科工作。当血液喷射到她身上，她能躲避么？她会想到自己染上肝炎么？当时真的没有时间去想。她的工作是护士，是配合抢救病人。她的第一思维是救人。

2015年8月18号，120救护车送来了一个艾滋病患者。是“三无”人员。年轻的医生与护士都提心吊胆，担心病人放到了自己管理的床上。而她大声地说，就放在我管的床上吧！这位病人可能是一个被遗弃的人，全身已经溃烂，智力低下，难以沟通，她穿好隔离衣，戴好防护手套，给病人换药。凡这个病人使用的注射器、输液等用品都她精心收集安好，分类回交给专门部门做消毒毁形处理。每一步一丝不苟。

传染科来了一个一岁的孩子，静脉穿刺，父母心疼孩子，要求一次成功。这天，当值护士很可能是太紧张了，硬是扎不准，患儿家属火了，大叫起来。邹嫣急忙跑过去说，别急，我来。孩子年龄小，找血管有难度。

家长发出了警告：别拿我的孩子做实验，再打不准，别怪我们不客气了。邹嫣微笑地看着他们说，你放心，放心！宝宝别哭。阿姨轻轻地，轻轻地哈！一针见血！成功了！家属给她送红包说，我们家有奖有惩的。拿上，别客气！她没有收红包，还给他们的依然是一个微笑。坦诚善良的微笑，很美好。

她们一直在这块土地上耕耘着，从青春到中年，从姐姐到阿姨……

钟朝燕在护士岗位上工作了26个春秋。在外科、妇产科、康复科、五官科、门诊部担任过护士长。按规定，她可以不值夜班。可是一些病人格外相信她。就是在2016年的3月一个深夜，一位白血病患儿用的是留置导管，因周围皮肤红肿，需要拔除。家长对年轻的护士不信任，坚决要钟朝燕赶过来亲自拔管，她过来后，不仅不生气，还说，感谢你对我的信任。那时已是深夜，孩子的父亲紧紧握着她的手说:真没想到，你真的来啦！感激、感激!

也是2016年的发生的事，在泰国飞往深圳的亚航飞机上，突然听到有人晕倒，又听到呼喊急救的声音。她迅速反应，大步赶到患者身边，给予救治，20分钟后，病人好转。乘客报以热烈的掌声。

有一个病人患淋巴肉瘤并发白血病，治疗费巨大，她带头捐款，很快凑到善款，救了病人燃眉之急。病人在感谢信中写道：她有奶奶的情，妈妈的心，大姐的义。

在2013年，她就已评为全省优秀护士。

每个护士心中都有一首诗：即使满身疲惫，甚至未被想起，从不抱怨，未想放弃……

第四章
健康苏区：赣水那边红一角

一、健康扶贫：心中有了“强富美”

* 一个医学研究生的扶贫梦

2015年，一个秋高气爽的早上。天气朦胧，晨曦从窗帘的缝隙滑进了房间。他从似梦非梦中醒来，似梦？不是梦？好像是在田间小道，上行走又像是在弯曲起伏的山路上爬坡。和村干部一起讨论制度规划。睁眼，人却是躺在床上。

睡前，他摊开了江西地图，安远，离南昌好远！

又查了网络，南昌到赣州有车412多公里，赣州到安远是167公里，真是有千里之远啊！

在南昌，他听过这样的讲述：南昌八一起义

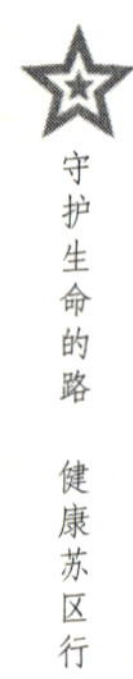

后，朱德带着队伍，用双脚从南昌走到安远，二万三千人的队伍，只剩下1000多人。

这个地方就在安远天心圩。

8月1日，在南昌是“六月六，晒蛋熟”的日子，走到安远，已近深秋季节，战士们穿的还是单衣，饥饿与寒冷击倒了一个个军人，好多小伙子突然倒在路边就永远起不来了。

南昌起义失败了，到处是敌人，疾病寒冷，饥饿不停地击来，部队该向何处去？这支队伍的领头是朱德，他身穿灰布军装，背顶斗笠，向大家说：大革命失败了，我们起义军也失败了。但是，我们还是要革命的。同志们，要革命的，跟我走，不革命的，可以回家不勉强。

在这关键时刻，朱德的讲话，树起了高山一样的信仰。在安远天心圩，朱德的坚守无畏，终于把这支残部带到了井冈山与毛泽东会师，创建了井冈山根据地，从此有了“朱毛”领导的红军，有了“中国红军之父”的名字，中国共产党有了自己的队伍，走下井冈山，开辟了赣南苏维埃根据地。

三年后安远成了“全红县”，全县10万余人，有1.26万人加入红军。

这个镇，这个村贫穷到什么程度？要花多大力气？才能扭转？将会遇到哪些困难啊？扭转不了，失败了怎么办？会议明确指出，没脱贫，不能走人，那将会干多久啊！巨大的悬念！

古田村曾经是不是红色的村呢？这次能不能脱贫呢？

这夜，他无眠。

9月7日他参加了在南昌的滨江宾馆召开的全省定点帮扶贫困村暨选派第一书记工作培训会，会议隆重、严肃务实，市、县、区都设立了分会场，有信息网络视频的乡镇，街道机关都派人参加。

在会上，他结识了几个“第一书记”他们交换了联系方式，人人都有重任在肩，整装待发，挥手大干一场的感觉。

“第一书记”肩上担子重啊。人人都感受到责任与压力。

他虽然来自农村，可是这农村不是那农村。他家在南昌县，从小过着耕读生活，毕竟离城市近，虽然会下田插秧、割谷，但与山里的农民相比，有很大的距离。他能吃苦，愿意吃苦，就怕苦尽甘未来，方法经验十分重要。要学习啊！

他叫陈志勇，南昌大学第一附属医院人事科干事。预防医学硕士。是“80后”，却有十几年党龄。还有一个月就满33岁了。三十而立啊，这次扶贫工作能不能马到成功？

带着自信，带着“80后”年轻人的冲动，带着对新生活新工作的向往，离开了家，离开了南昌。向南，向南。他想起来当年向南的八一起义的部队。

八点准时出发，一辆小车四个人，院党委李副书记带队，她是分管也送行与陪同。还有工作队成员，普外科硕士毕业的医师曹毅。司机平稳地握着方向盘，穿过闹市，驶上高速。大家都有点激动，面对的完全是一种崭新的生活。

关于农村村基层干部的好坏善恶的传说太多了。村支书、村主任会是什么样的？一心为民的老农形象？一手遮天的霸道模样？带着忧虑，带着困惑……就这样奔向远方。

要去的地点是，安远县欣山镇古田村。

小车飞驰了八小时，在路上吃饭花去了半小时。于下午三点半到了欣山镇。

这次，省委要求扶贫驻村工作直接到工作点，与乡镇党委交接，不要经过市县两级领导，减少程序，减少接待，一步到位，到位就工作。

按规定，第一书记与工作队员要住在村里。镇党委书记告诉他们，村委会是危房，冬天马上就要到了，为了安全，安排他住在村外一幢砖瓦房。

两个年轻人唯一希望：立马安顿，当晚就与村书记、村主任见面，他们很希望自己的"完美计划"，迅速落地生根，开花结果。

当与村书记见面后，头脑中的一切蓝图瞬间破碎。

用医学里的话说，他的想象中古田村是一个嗷嗷待哺的孩子，只要有营养，好好管理，一定能茁壮成长。

现实是，有27个村民小组，全村1262户，5000多人，其中贫困户有186户，计583人，其中低保户85户，五保户22户，农民人均收入2630元。

因病致贫，因病返贫的103户，占55.4%。

交通与基础设施极度匮乏，没有进出的省道与县道。村里原有的支柱产业脐橙因受黄龙病蔓延遭受重创。近两年黄龙病未除尽，脐橙产业难以抬头。山多田少，有些家庭田里的粮食都不能自给自足，山地不能种脐橙，活路基本堵死。想活命只能外出打工。村里的青壮年都走了，劳动力严重不足。

昨夜无眠是"规划"，今夜无眠是"迷茫"。唯一的方法是沉下去，从调研村情开始，挨家挨户走访，就不信找不出一个道来。

这里调查不同于在单位，一个电话相邀，或一个电话相问，这要早出晚归。殊知，再早早不过农民出工，再晚晚不过农民收工。也就是说，外出打工的不在家，在家的早早到县里、镇上打工去了，很晚才回来，登门拜访，看到的只是老弱病残，留守的村民都不会讲普通话，交流沟通十分困难。

只有重新安排调查时间表，白天参加村里各项中心工作，晚上带着手电筒走访贫困家庭，当南昌大学第一附属医院领导得知他们每天要行山路几十里的信息后，为他们两买了一辆电动车，尽管爬坡车要人扶，在平坦的村路上还是能节省时间和体力。

他们和村民渐渐交上了朋友。

村支部有党小组4个，党员97人，村两委班子共有8人。党组织基本健全，村支书还真是个好人，名字都会让人发生联想，叫孙科。这年他42岁，是位“70后”。父亲早逝，母亲抚养他们兄弟俩长大。有门木工手艺。成家后，兄弟俩外出打工，弟弟心理承受压力差，在激烈竞争中，患了精神病，弟媳妇无力料理，离开了他们父女，没了踪影。

孙科不得不带弟弟回到安远住院治疗，母亲年高，体弱，难以承受打击，卧病在床。他只好把侄女寄养在她外婆家。自己挑起抚养这家人的重担。自己在县城找工，妻子租了一个几平方米摊位做烫皮。

他是从贫困中走出来的，又回到了贫困的日子里。他深知贫困对人的伤害，所以他全力支持陈志勇做好扶贫脱贫工作。

村主任欧阳尚金60岁了，在他退下之前遇上这样的好事，他愿甘当绿叶，全力以赴。村妇女主任杜梅芳人到中年，利用老公是兽医的优势靠养鸡致富，她想把养鸡的技术传授给愿学的村民。

村领导班子齐心合力，陈志勇心中有了新规划、新举措、新目标。

在过去进村的那条山路，到薄暮时分，走的人就少，自从脐橙受病虫害，外出打工的人多了。上海、广东去不了，去赣州市，赣州去不了的去安远县。在安远县城打工的村民为了省几个住宿费，一般都是早出晚归，这条路走的人就多了，有月亮的夜还好，更多的时候一片漆黑，在这条路上发生过一起拦路强奸、抢劫案，村民走到这里总是提心吊胆。

要给村民带来光明，更主要是带来扶贫的关心和信心。陈志勇给院领导写了一份报告：古田村百姓晚上八九点钟打工回家，入村公路黑暗，存在人身安全隐患，行路不便。院领导班子十分重视，由院长主持，召开了精准扶贫专题会。院长说：我们就是节衣缩食，也要让古田村进村公路通上路灯，方便村民夜间出行。如果与城区用电联网，铺设线路成本高不说，要涉及多家单位，不如自力更生。

最后决定投资40万元，安装太阳能路灯。全程主干道安装100盏，每盏3500～4000元标准。

陈志勇是2015年10月16日到达古田村的，经过半个月的调查与规划，回南昌汇报一次，2016年1月19日进村公路有了路灯。从计划到变化只用了两个月，那夜，村里人都来到村口，来到灯下像欢迎新人一样鼓掌欢笑。晚上走在回家的路上，再也不会黑灯瞎火了，再也不用担心了。

周志勇趁热打铁，马不停蹄又开始实施第二项计划，帮助有条件的家庭，申请购买光伏发电设备，每架设备政府补贴

1.5万，发的电除了自家使用，多余的可以并入国家电网，每度电出售给国家，价格为0.5元，两年就可以收回购买设备成本。

古田村辖区面积12.86平方公里，耕地面积1815亩山地面积2647亩，主要种植脐橙。在感染黄龙病之前，全村建立了“中坑万亩脐橙基地”，于2014年成立了“绿橙农业农民专业合作社”。患病的脐橙不会长大，味道不会甘甜，只有重找出路。

“产业支撑是致富关键”一个镇如此，一个村也如此，靠山吃山，靠水吃水，山为依托，调整产业结构迫在眉睫。有了产业农民口袋才会鼓起来。修路、亮灯、看病都只能起支撑作用。选择什么产业呢?

村民已习惯了种脐橙，尽管病菌危害，总有点难以割舍。陈志勇理解农民这种心情，决定先小规模引导调整试产，如果成功，再大规模转产种植。

他邀请了江西省林业科学院罗坤水研究员到古田村，向村干部、种植能手讲解山茶花、中秋酥米、百果香等种植技术，又组织人到三百山镇符山村“三百山印象生态葡萄园”百香果园参观学习。

一些农户接受了、学会了，鹰嘴挑、山茶花、百香果等种植园在古田村落户了，第二年6月桂果，他和种植户一样期待花开果香，为村民致富走了一条新的种植之路。

古田村离县城不远，探索“城市家庭爱心认购贫困山区农民养殖土鸡（蛋）土鸭（蛋）的等农产品，帮扶贫困村，贫困户发展土鸡土鸭等畜牧业养殖的产业扶贫”模式。

为了让积压的脐橙和土鸡土鸭等农产品尽快到达消费者手中，成立了精准扶贫互助社，搭建了微信商城电子商务平台，实现了这些农产品与城市家庭消费者对接。因古田村距镇和县城不远，陈志勇想能不能利用地理优势，在村里种植蔬菜，再运到镇上和县城去卖呢？经过调研，一些村民愿意试试，一共有16户，其中6户是贫困户，有6人。平均每户一亩。蔬菜基地就这样开张了。这还真是“短平快”，立竿见影的事。小片小片的地，种上的白菜豆角，几个月就上市卖钱了。

在村里，竟找不到一个负责微商平台的青年人，女孩子读完了义务教育，不是出村打工，就是在家务农待嫁，男孩体壮力强有点知识的也远去沿海了。只好从镇上请一个人专职人员。不解决因病致贫、因贫辍学，贫困这根线，人就难以走出贫困的沼泽地。改建古田村小学迫在眉睫。陈志勇多次向县镇两级反映村情、校情，获得了扶持资金250万元，学校环境得以改善。为了让孩子顺利完成学业，陈志勇再次向医院汇报，请求医院扶持。院领导很快做出计划，为古田村致贫家庭设立教育基金，每户提供教育经费1000元。经调查登记在册有14户，计1.4万元。应该就学读书的学生一个也不会少。

医疗健康扶贫是陈志勇的优势，也是难点与重点。优势是背靠大医院，难点是这么多病人，想再多办法，也仅能维持治疗。但是致病家庭不脱贫，古田村也就谈不上脱贫。他对186户贫困户致贫原因进行了详细分析，对103户因病致病的家庭，患病成员进行了列表调查，发现了危害健康的主要病种是心脑血管病、肾病综合征、血液病、中风偏瘫、智障。

怎样让这些病人得到有效治疗和维护呢？一是请自己所在

单位南昌大学第一附属医院的专家下乡；二是请安远县人民医院和古田村卫生室发挥力量；三是完善健康知识教育同时，先为186户共计583名贫困村民建立好健康档案。以方便定期监测和就医指导。南昌大学第一附属医院大力支持，派出了消化科、心血管科、神经外科、妇产科、骨科、呼吸科、儿科、外科、急诊科、内分泌科等10余个专科的专家来到村里义诊。院领导则到安远县医院探讨如何协作。最终，南昌大学第一附属医院与安远县医院签订了全面协助的协议，为期两年，搭建医疗扶贫的平台。40岁的古田村村医欧阳第一次看见这么多专家，第一次听到这样高深而又深入浅出的讲述。用他的话说：如饥似渴，希望让他到大医院见见世面。院领导当场表达欢迎。免费进修，不仅仅是技术指导，在物质上也给予扶持，捐赠了两张病床，配备了输液器和价值1万元的基本药物。高血压、糖尿病、卒中后遗症这些疾病可以通过新农合、社会赠药、定期指导解决。麻烦的是，一些医学上被称为“绝症”的治疗。

村民薛五山的宝贝女儿薛子涵患的是重型地中海贫血病，这种疾病治疗有两种选择，一是输血替代治疗，就是靠定期输血的药物维持生命，年平均费用为10万以上；二是移植治疗，平均费用40万元。

小涵两岁确诊患上了这种病。三年来，父母为了维持她的生命，已是家徒四壁、债台高筑。破屋又逢连夜雨，当小涵确诊后，父亲患上胃间质瘤，并存心律失常，窦性心动过缓多种慢性病。因家庭贫困已到了底线。行胃切除术后，未能继续治疗。小涵哥15岁，患有先天性心脏病、智弱，全家四口均享受低保。

面对这样的家庭，陈志勇真是绞尽脑汁，他积极与中华骨髓库联系，希望找到与小涵配型相吻合的骨髓，如果可以移植，再帮她筹款，然后通过申请中华慈善总会地中海贫血援助项目，为小涵免费提供治疗所需药品。否则，他真不放心小涵，不放心这个让疾病击倒的一家。

他得出结论：靠产业致富，靠健康保富。产业健康两手抓，一个也不能少，不能怠慢。

有一天夜里，啊，不，该是凌晨了，刚准备闭眼入梦，手机震动，是微信，打开一看，“第一书记”们发来的微信：推荐你读一遍习近平的视察讲话，他在江苏调研时说，努力建设经济强，百姓富，环境美，社会文明程度高的新江苏。

我看，我们第一书记应把这9个字作为扶贫计划与目标：经济强，百姓富，环境美。为习总书记的“强富美”点赞。

是啊，什么美，也比不上这“强富美”。他想起了习近平另一句话，“让老百姓过上好日子，是我们一切工作的出发点和落脚点。”简单的9个字，就高度概括了共产党员要为老百姓做的实事。

什么叫忠于党的事业，什么叫忠诚？就是听党的话跟党走，脚踏实地地跟着党为百姓办实事啊！

他觉得今夜很踏实，人生能有这次当“第一书记”的经历很值得，来古田村这么久，很累，很苦。心中有了“强富美”，这夜睡得很熟，很甜，梦很美。

*一个护士任村第一书记的小故事

省、市、县各级医院都安排了党员到贫困村当村第一书记。一样的工作，会有不一样的特色和亮点。因为是从医院走出去，有医院背景的支撑，每位第一书记都少不了自己的事业，即“健康扶贫”。

38岁的黄志英是于都县人民医院党办主任。在党办的岗位是新手，她的本职是护士。2001年从原江西医学院护士专业毕业，分配到于都县人民医院，分别在急诊科、大外科、心血管内科从事护理工作，2011年又借调到县卫生技术培训学校担任了3年任课老师。

15年的医患沟通，师生沟通，提高了她的组织能力和沟通能力。

她是这样讲述的。

按照县委组织部的统一安排，2016年5月，我被选派到于都县仙下乡观背村，担任村党组织第一书记。任职以来，在仙下乡镇党委领导指导下，依靠村党组织，与观背村广大干群一道，紧紧围绕农村工作大局，通过抓班子、带队伍、兴产业、促发展，开展了扶贫工作。驻村后，第一步是加强基层党组织建设，发挥支部战斗堡垒作用。村支部现有党员40人，准备每年发展党员1名。我与“两委”村干部一起多次开会研究讨论村情，从实际出发，从群众所需、所盼、所想出发研究制定扶贫计划。

第二步是成立扶贫领导小组，开展调研走访活动。要摸清户贫困户数字，情况，找出致贫根源，建档立卡，根据贫困户的实际情况制订 “一户一策”脱贫方案，制订预脱贫时间，按照“五个一批”要求完成脱贫。

观背村有2033人，437户，分12组，村民除种植粮食外，主要是靠种植脐橙。村地面积有4500亩，1300亩是脐橙，还有养猪、养鱼、种大棚蔬菜的专业户。经调查统计，全村共有贫困户96户，合计411人，其中一般贫困户55户251人，低保户38户157人，五保户3户3人。对致贫原因进行了分门别类:因病致贫42人，因残致贫10，因灾致贫7人，因学致贫43人，缺技术致贫44人，缺资金致贫92人，缺劳动力致贫7人，自身发展力不足致贫143人。挂点帮扶单位除于都县人民医院外，还有县、乡、村帮扶干部17人。参加这次扶贫工作，在因病返贫的农民家里，真正感受了疾病对已致富农民或即将致富农民的打击。在医院工作时，很难想象病魔对于农民整个家庭造成的打击，这次下乡感受太深，太深了。

福星村的段发福，41岁，人到中年。一家五口，三口生病。母亲钟年香，年过花甲患了直肠癌，在住院治疗；不久妻子患乳腺癌。大儿子在读大学，小儿子刚16岁竟患上了白血病，到了北京住院，父亲为儿子捐献了骨髓，前后共花了80万。命保住了，家已是一贫如洗。家庭没有任何经济来源，靠低保和社会捐赠。

中国老百姓千百年来期盼发家致富，村名叫福星，他名叫发福。现实总不那么如意，不但没有发福，反而贫困、潦倒。对于他来说，当务之急的事是给予帮扶措施，落实5大保障线，给予慰问金。健康扶贫不能仅仅是给钱与救济，要想到防病，早治病。

肿瘤与精神病是这儿的高发病，其次是高血压、糖尿病等慢性病。有些家庭全部是病人。

西片组低保户，46岁的王忠东，在广东打工，月收入约3000元，在农村算不错的收入。妻子王白秀突然出现视物模糊，头晕不能自理，急诊入院。入院后诊断重症糖尿病伴视神经损害，治疗了一段时间出院，一是仍需胰岛素治疗控制血糖；二是视力极差，为了防止致盲。作为第一书记的黄志英马上联系北京专家给予了网络会诊治疗，请专家协助购买胰岛素，又请来本地专家上门义诊。希望她眼睛不要失明，希望她能自理生活。给她发放糖尿病宣传小册子，给她讲述配合治疗糖尿病的知识。

面对村里如此之多的病人，黄志英感到责任重大，深知只有认真全力推进健康扶贫，才能从根本上解决因病致贫、因病返贫问题。要认真核准贫困人口中“因病致贫、因病返贫”的家庭人数、患病人数和患病病种，需要建立详细的健康体检档案，实施体检资料的信息化共享，对有疾病的患者进行全程的跟踪和回访，制定干预措施，才能从根本上避免“因病致贫、因病返贫”的情况。

黄志英向院领导汇报后，院领导决定，第一步是进行义诊，解决久病未治病人的痛苦与焦虑。第二步是预算投入经费80万元，用一个月的时间，对全村村民做一次大型体检，体检按标准规定常规项目，一项也不能少，村民一个也不能少。对全村村民健康摸底，建立健康电子档案，制订干预措施，与仙下乡卫生院建立微信与网络平台，与患者联系。

重要的不是80万元的投入，而是要持续做下去。如果坚持一代人，对观背村村民而言，无疑是福音。医生就在身边，他们的健康理念也会随之慢慢建立，健康习惯就会静悄悄的改变他们的生活。

80万元，加上坚持，就会造福后来人哪！

时不待人。六月，医院先在观背村开展了义诊活动，体检过程中发现的问题进行及时干预，对常见病和慢性病进行了初步筛查、诊治。

义诊发现两个村民已是晚期糖尿病，一直没钱治疗，医院为他开设了绿色通道，全程免费。还有一位病人骨折植入了钢板，也是因为没钱，因贫不敢去医院治疗。黄志英为他联系住院，拆除了钢钉。他开玩笑地说，你这个“医托真好”，又送我去医院，又免费，还不排队。真不知我家哪代祖宗修来的福。

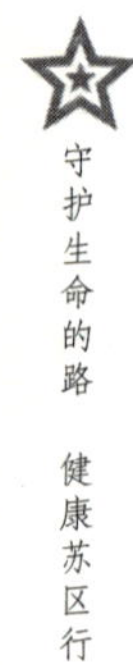

这次义诊效果反响很大，提高群众健康意识，让老百姓在家门口享受到医疗服务，将健康精准扶贫落脚点转换到了群众家门口，村民感受到了政府在办实事。

健康扶贫是医院参加扶贫的优势。2016年的十月国庆节这天，黄志英所在医院的医护人员来了，都是从各科抽调出来的主治医生与护士，几十号人来到观背村进行免费体检。从组织下乡到体检结束，预计30天。健康扶贫行动应该叫全面展开了。

国庆节那天，整个村子围得水泄不通，量血压、量体重、测身高、检查口腔、眼睛、耳朵、在村办公室做心电图、B超、抽血。女孩吓得到处跑，追呀、捉呀、叫呀、笑呀，把一个严肃的体格检察搞得像庙会一样。

在义诊过程中发放健康宣传手册，做到人手一册。传播健康知识，督促规范治疗，动员亲属多给予关爱，进行健康扶贫，给予帮扶措施：

医院给村卫生室捐赠了3万余元的基本药品。发放2000份健康宣传小册。

村民高兴地说，这个节过的真好，让他们大开眼界，医院竟办到家门口了。

这是村里几百年没见过的事。

以往是一个医生一个出诊箱。今天医生个个挂着笑脸，全身上下都帮助检查。村民说，还真不知哪朝哪代，哪国哪洲有过这事儿。

***一名工学硕士与一位共产党员任村第一书记的小结与总结节选**

安远县车头镇的车头村的第一书记来自江西省总工会。

他叫熊超，“80后”的小伙子，工龄四年，任第一书记时还没到而立之年，党龄却有9年。他本科是土木工程，硕士是华中科技大学能源与动力专业，职业是行政干部。他的队友，扶贫工作队队长张晖与他一起负责车头村扶贫工作。他们俩都不是医务工作者，他们是怎样进行健康扶贫呢？

下面是熊超的工作小结：

车头村位于车头镇中部，是全镇最大的行政村，由原来的黄陂、莲花、跃进、车头、兴地5个行政村合并而成，省道寻坪线穿村而过。总户数1526户，人口6456人，分为7个村落社区，30个自然村，39个村民小组。全村耕地面积有2805亩，水面面积31亩，其中粮食作物面积2605亩，经济作物面积200

亩，山地556公顷。种植业主要以种植脐橙、水稻、西瓜为主，脐橙面积大概9500亩，人均1.5亩，2014年全村农民人均纯收入3650元。本届村“两委”班子成员12人，党支部成员9人，村委5人（交叉任职2人）。

车头村现有建档立卡贫困人口949人，其中轻度贫困户355人，中度贫困户318人，重度贫困户276人。

贫困原因主要是：第一，村内基础设施相对滞后，全村村民小组没通公路的近5公里，水利渠道硬化少，无大型村民文化娱乐活动场所。第二，农民增收渠道单一。全村村民收入主要靠脐橙这一果业，结构单一不合理，抵御自然风险能力极弱，面临着柑橘黄龙病的侵害，使收入下降。第三，因灾、因病、因残导致部分群众返贫，因病致贫有137人。

脐橙是当地村民最主要的经济来源，几乎家家户户都种植脐橙，可以说是村民的命根子、钱袋子。这两年，受到柑橘黄龙病侵害，砍伐了不少果树，有的果园甚至全军覆没，村民收入受到不同程度的影响。通过实地查看果园，详细了解当地防范措施，督促村里配合好当地政府工作部署，打好黄龙病攻坚战，保住脐橙产业，确保村民收入、生活水平不会降低。同时以独立崇基地为依托，协助做大做强脐橙产业，帮助拓展销路，增加村民收入。独立崇基地现有脐橙面具1.5万亩，75万株，被评为全国无公害脐橙出口基地，黄龙病发病率较低。

帮助车头村建立养殖示范区，鼓励现有养殖大户以能人+农户或者能人+合作社+农户方式扩大生产，并积极协调短期贷款、技术支持等。如贫困户林松依托黄陂社区蕉坑水库发展狮头鹅养殖，目前有200余只，销售供不应求，毛利较高，但因前期投入及资金周转负债利息较高等问题，经营陷入困境。工作队多次走访，了解其困难，省总工会鼓励并协助林松通过发展合作社形式申请扶贫专项贷款，缓解资金压力，做大做狮头鹅养殖，并辐射带动周边贫困户脱贫致富。村干部唐双胜养殖七彩山鸡300只、贵妃鸡150只，经营状况良好，想进一步扩大养殖，但缺乏资金。了解情况后，省总工会大力支持其发展贫困户一起成立专业养殖合作社，协助申请产业扶贫信贷，实现短期快速做大做强的目的，并依托莲花岩旅游发展农家乐。

车头村孙屋组孤儿孙晓芳患重度地中海贫血，慢性骨炎。其家庭十分困难，父亲自杀身亡，母亲离家出走多年，哥哥孙涛现读初二，生活的重担全压在年迈体弱多病的爷爷奶奶身上。后多次来到孙晓芳家走访，了解病情及治疗情况。12月6日，由省总工会党组成员，副主席林玉华带队，送去8000元慰问金。此外，积极与南昌大学一附院沟通，为孙晓芳争取医疗支持。

根据规划和工作计划，2015年省总工会共帮扶车头村基础设施和社会事业项目5个，走访慰问了近30户困难群众。总资金近100万，其中省总已投入资金近30万元，争取到各类项目资金近70万。

这是包村扶贫工作的第一年，在包村扶贫工作中，有两点体会。

一、资金问题：从中央到地方各级政府对扶贫都高度重视，投入资金量也很大。但真正到村、到点，能够争取到的资金就相当有限。虽然有部分项目能够立项，但是资金都是按比例拨付，另一部分资金需要村里自筹，作为贫困村来讲难度还是很大。另外银行资金争取难，虽然有扶贫贷款政策支持，但受限于当前经济下行，银行收回贷款压力大，惜贷现象严重。如村里狮头鹅养殖户，就因银行贷款难，迫于资金周转压力借高利贷，导致经营困难。

二、农民积极性问题：部分贫困户积极性不高，等、靠、要思想仍然存在。鼓励养殖，政府无偿提供鸡苗、鹅苗。经验表明，无偿送予的东西村民不珍惜、不重视，养殖难以取得良好效果。如何让贫困村民承担应有责任是一大难题。

魏屋小组是扶贫确定的重点区域，其中一条黄泥巴果园路是当地村民主要的务农通道。年初立项，经多次就道路走向方案、征地补偿标准、资金争取等与村民、县交通局沟通，多次实地测算费用、察看项目进度大量协调反复做工作后，高速公路排水影响施工等问题已通过铺设涵管等方式解决，工程进展顺利，路面铺设已接近完工。

魏屋农民活动中心最终选址在进魏屋组路口处。项目几经优化，最终形成2层360平方米建筑面积的方案。由县规划设计院设计，县财政基建股审核预算，县分管领导签字，在县公共资源交易中心进行了招投标。为确保工程质量和安全，聘请监理全程监督施工过程。现活动中心两层已封顶，今年重阳节前可全部完工并交付使用。

今年以来，莲花通组路已建设完成，该项目长约1公里，争取项目资金29万。另下塘坑水坡、水圳1300米，社下湾水圳700米，坳背水圳1000米等水利项目已相继完工。

对安远县总工会申请的挂点扶贫村重点项目资金55.8767万和车头村部党群工作制度建设费用3.766万进行审核把关，拟制拨付方案。计划拨付农民活动中心建设费用50万元，村部党群工作制度建设费用3.766万元。

在2015年全村实现脱贫96户397人的基础上，对2016年剩余的170户贫困户进行重点筛查，将个别不符合贫困户标准的村民移出贫困名单。同时对现有贫困户进行分类，选出8户家庭情况较为困难的作为省总扶贫工作组对口联系贫困户，定期走访慰问，了解其困难，帮助协调解决。

经多方走访，调阅扶贫档案，与当地群众交流，发现车头村生活最困难的贫困户多为因病致贫。对于这类家庭，除做好最基本的保障兜底工作，除充分用足新农合医保、大病保险、二次报销等政策外，应积极探索其他途径，争取一切可以争取的资源，尽最大限度减轻因病致贫家庭的负担。健康扶贫只能横向联系，多次请医院来村义诊与资助。

从2016年以来，省总工会分别与赣南医学院第一附属医院和南昌大学第一附属医院开展了送医下乡活动，在圩镇开展义诊。事先沟通，专门选派与贫困户所患疾病相对应科室的名医。车头村孤儿、重度地中海贫血患者孙晓芳就先后接受了赣南医学院第一附属医院血液内科专家和南昌大学第一附属医院血液内科专家诊断。在专家推荐下，申请中华慈善总会恩瑞格患者援助项目药品资助，通过该项目，可以极大减轻患者购药负担。省总领导和扶贫工作队多次专程看望慰问孙晓芳，帮助填写相关申请表格，专人陪同孙晓芳赴赣南一附院做好相关检测和输血，力求让孙晓芳在最短时间内接受较低成本的优质治疗。

赣南医学院第一附属医院的14位专家在车头镇农贸市场的

雨棚下为当地村民开展义诊，仅仅一个上午，就医人数就达近400人。赣州市文清路小学的4位教师给车头镇中心小学的教师学生们送去了四堂精彩的示范课程，分享了先进的教育理念与方法。

罗坤水，1971年出生，研究员，江西省林业科学院森林生态环境研究所副所长，江西省新世纪百千万人才工程人选。主要从事用材林、珍贵阔叶林等树种的良种选育与栽培工作。他先后主持、参与完成省部级科研和推广项目10余项，获江西省科技进步奖二等奖1项，梁希林业科学技术三等奖2项，参与编写著作2部，发表学术论文20余篇。这是一位专业型学者 健康扶贫于他是短板，在他的总结里，我们看到了产业到村，精准到户，没能看到健康扶贫，这块短板该如何补齐？

1.驻村以来，通过走访贫困户，召开村委班子工作会，摸村情，解民意，为贫困户送去了节日的慰问金和慰问品。春节期间，为10户特别困难的贫困户送去了1000元的慰问金；“七一建党节”期间，为全村党员送去了2瓶桶装油，让贫困户充分感受到扶贫工作的温暖。

2.根据省扶贫和移民办《关于进一步精准识别贫困户贫困村的指导意见》（赣扶移综字〔2015〕80号）“七不准、四从严”甄别贫困户的政策要求，联合三百山政府对符山村贫困户进行了再识别，发现有5户贫困户因不符合政策要求，其中有3户3人因家庭成员有财政部门统发工资人员、有2户2人因家庭购买小汽车而不符合政策，被要求退出贫困户名单。此外，贫困户成员因病死亡2人。据此，符山村现有贫困户131户，201人，比最早统计数据减少6户7人。

3.2016年3月8—9日，以省扶贫和移民办副主任饶振华为组长的检查组莅临安远县检查精准扶贫工作，检查组以随机抽检的方式对安远县2个贫困村的帮扶单位，第一书记及县、乡（镇）领导班子的精准扶贫工作进行实查，通过走访贫困户了解有关扶贫政策落实和执行情况，以及帮扶干部及第一书记的走访慰问等具体帮扶行动，现场检查扶贫台账资料，并实地检查扶贫开发项目实施进展情况，同时委托第三方通过电话调查的方式检查精准扶贫工作。为做好此次检查，三百山党委、政府连续三天召开工作调度会，对照检查项目逐一落实。最后，检查组虽然没有对符山村进行检查，但为后来的检查奠定了工作基础。

2016年4月18—19日，赣州市扶贫办同样以随机抽检的方式对安远县的精准扶贫工作进行检查，每个乡镇抽检2个贫困村。此次抽检，符山村列入了检查对象。检查组随机调阅10户贫困户精准识别档案，了解贫困户贫困原因，询问贫困户对帮扶干部和第一书记的知晓情况，以及对国家实施精准扶贫工作的诉求等。此次检查，符山村因认真按照省、市、县扶贫工作要求，工作台账、帮扶措施、贫困户识别及产业帮扶项目等工作做得细致、扎实、有成效，得到了检查组的好评。

4.符山村原有脐橙树10余万株，平均每户有500余株脐橙树，年平均收入达5万余元，因近几年受黄龙病的影响，全村脐橙树全部砍完，所剩无几。为调整脐橙种植结构，本人从林业专业的视角，选定中秋酥脆枣作为首个产业帮扶项目，现已从湖南引种3000株中秋酥脆枣苗在符山村种植了30亩，目前长势良好，明年即可投产试果，为符山村脐橙转型升级提供了示范样板。本人也在各种场合向贫困户宣传推介中秋酥脆枣，增强他们试种的信心。但是，因目前还没有效益产生，故贫困户试种的愿望不高，他们还是希望种植脐橙，能给他们带来实实在在的效益。

5.通过调研，了解符山村小学是一所不完全学校，仅有1~3个年级，学生数也仅有45人，且大都是贫困家庭的孩子，为满足孩子的个人心愿，也有助于学校的管理。经与我院子弟学校商定，由院子弟学校为每位学生提供夏装和秋装各2套校服，免费发送给学生。2016年4月21日，扶贫工作队及三百山镇有关领导、符山村委班子成员在符山村小学举行了隆重的校服发放仪式，接过崭新的校服，学生们兴高采烈，十分激动。他们纷纷表示，今后一定会好好学习，做个对社会有用的人。三百山镇中心小学校长来到临符山村小学观看穿上统一校服的学生，称赞真心帮扶，为三百山其他村小树立了榜样。

为拓宽三百山中学学生的阅读量，丰富中学生课外知识，扶贫队通过自身努力，争取了江西金太阳教育有限公司的慷慨捐助，为三百山中学捐赠了350套中外名著。2016年6月2日，江西金太阳教育有限公司捐书助学仪式在三百山中学思源广场隆重举行，出席捐赠活动的江西金太阳教育有限公司行政部商立力经理，三百山镇郭素红镇长，学校领导，以及三百山中学721名学生。学校利用这批图书在全校15个班级中建立图书室，由学生自行管理，使每位学生都能在空闲时间进行阅读，培养学习的好习惯。

6.2016年年初，为帮助贫困户开展家庭养鸡，使贫困户通过养鸡获取一定的收入，以弥补家庭生活开销。本人结合安远县精准扶贫工作要求，为符山村每户贫困户提供20只小鸡，并为贫困户讲解了有关养鸡实用技术及日常注意事项。发放当日，尽然天空下着小雨，仍然挡不住贫困户们喜悦的心情。他们自备鸡笼，集中到指定点领取小鸡苗。

7.符山村地处三百山脚下，为保护三百山森林资源，及时有效地对森林火灾进行扑救，在安远县林业局的组织领导下，由符山村民组建了一支50人的村级森林防火队伍，主要履行宣传教育、火源巡查和火灾扑救等工作。为解决防火队伍扑火手段落后，防火装备老化、不足的问题，保障森林防火工作的及时有效，扶贫工作队向省防火办申请到30套防火装备，并及时地送到符山村，具体包括背负式风力灭火机、便携式风力灭火机、阻燃服、扑火鞋、手套、头盔等。

8.符山村全村人口1000余人，平时大多村民外出务工，每逢节假日，大量务工农民回乡省亲，家庭用水量剧增，但现有自来水因水源不足，管径小，难以满足村民用水需要。为此，扶贫工作队与村委考察商定，充分依托三百山天然水资源，扩容改建了自来水引水工程，新建了水塔、抽水泵，埋设了自来水管设施，从而解决了村民用水不足的问题。

9.根据安远县扶贫办下发的有关精准扶贫政策要求，在贫困户中广泛宣传动员，帮助填报有关资料，共争取扶贫资金199.42万元，具体有：

（1）为30户贫困户落实产业扶贫资金7.87万元；

（2）帮助66户贫困户安排金融贷款179.79万元；

（3）安排4个贫困人员在符山村做农村保洁员工作，落实保洁员每人每年工1.44万元；

（4）为3户贫困户争取土胚房改造补助资金6万元。

10.根据安远县精准脱贫工作目标部署，计划用3年的时间实现全县贫困户脱贫，比全省既定的脱贫目标提早一年实现，即2017年完成脱贫工作任务。2015年，符山村实现脱贫人数48户，84人，其中低保户11户31人，五保户1户1人，今年有望实现40户贫困户脱贫目标，为明年全村脱贫目标任务的实现打下坚实的基础。

二、健康建设：呵护生命之路践行在赣南

*有限的健康资源，要有效地利用与发展

截至2015年，赣州市有各类卫生计生服务机构8839所，其中三级甲等综合医院3所，分别是赣州市人民医院、赣南医学院第一附属医院、赣州市立医院；“三甲”专科医3所：赣州市第三人民医院、赣州市妇幼保健院、赣州市中医院。往下是二级医院52所。可以说，这52所医院，除开位于赣州市内的医疗机构外，都是县级医院了。因为当年的交通闭塞，病人外出不便，造就了赣南县市必需自己消化病人，用现在的话说“倒逼”。很多医生就这样通过进修、自学，不断提高自己，赣南的一些县级医院医生大都能诊断和治疗一些疑难杂症，完成一些高难度手术。随着2012年，《若干意见》的下达，经专家论证，兴国、于都、南康、宁都、瑞金已获批建设三级综合医生。市妇幼医院里的儿科将分出赣州市儿童医院项目建设进展顺利，几年后，妇保一分为二，儿童医院也会向三甲迈进。

截至2015年赣州市拥有卫生技术人员3.48万人，比2010年

增长44.4%。执业（助理）医师1.17成人，每千人口拥有执业（助理）医师1.46人，比2010年增长50.5%，注册护士1.48万人，每千人有注册护士1.73人，比2010年增长69.61%，全市有行政村3460个，有乡村医生8706人，人口多的村，均有2～3个村医。组织"卫生人才服务团"对口帮扶，全市成立了5个市级、40个县级"服务团"。派出200余名医护人员开展了帮扶工作。对于县级医院人才引进，允许其自主探索引进人才与培训，允许县医院直接签约招进人才给予编制。2014年、2015年全市公开招聘硕士研究生，有2329名本科生和236名硕士研究生补充到全市卫生计生系统。

对市级县引进人才建立了经费保障机制，优化高层次人才发展环境。分为安排与奖励两笔经费，对引进的高层人才在科研经费、安家费、住房、配偶和子女就业就学方面享受优惠政策。

毕竟是老区，贫困地区，实话实说，各级领导全力支持之下，房子盖起来了，设备购进来了，人才也在进来，就是显得缓慢。

2015年，全市每千人口拥有病床数，执业（助理）医师数，注册护士数，分虽是全国平均水平的73.4%，66.97%，72.69%。乡镇卫生院技术力量相当薄弱，人才队伍建设发展滞后，高、中、初级职称人员分别为0.9%，14%，85%。以"卫生强县""医疗名县"的于都县有卫生专业技术人员3460人，正高职称也只有2人，副高61人。

新盖的医院、卫生院、卫生所一座座在红土地上耸立而起，新设备先进仪器一套套在医院里开始运转，医患沟通多了笑脸，专家人才多了平台。

医学变化看哪里？看医院？医院做大？设备更新？技术先进？是，又不是。医院的水平最后落脚到医生身上。人才有限，怎么办？

有限的医疗资源，如何有效地利用与发展？每家医院，每个医生都明白要学会自身开发与挖掘，淋漓尽致地发挥自己的潜能。

好医生不仅是技术过硬，在好医生身上展现的应该是技术与人文关怀的相融合，这是一对振飞的翅膀。他们的技术不仅在赣南是领头羊，他们的医风医德也是医疗界的楷模。赣南的好医生大抵都是这样。

2014年2月，赣南医学院第一附属医院疼痛科住进了一位老人，诊断是胸椎压缩性骨折。这位老人年龄是整整100岁。骨折的原因是老人骨质疏松所致。手术已被家属和病人否决，因为骨质疏松，手术效果也难以预料，何况麻醉风险很大。疼痛科怎么办？药物与理疗都已失效。

疼痛科的主攻方向就是止痛，用什么方法能止住呢？

疼痛科主任魏俊年纪轻，资格“老”。

43岁，人到中年。所谓“老”是指入行早。

疼痛学科是门年轻学科，在我国发展历史短，赣南医学院在2002年创办疼痛科时，国内很多地区还是空白。赣南医学院第一附属医院疼痛科成立受到了中国科学院院士赣南医学院名誉院长韩济生的关心、支持和指导，于2002年成立，成为全国最早独立设置的疼痛科之一。现有50张病床，入围国家临床重点专科建设项目，有一套完全由疼痛科自主专属的整套独立

CT设备，这是国内的唯一。

魏俊就利用这个唯一，为100岁老人设计出一微创手术治疗方案：在CT引导下以最小剂量的骨水泥在患处注入。使塌陷获得纠正，椎体骨折略有复位，减少压迫，疼痛自然缓解。术后一周病人顺利康复出院。

老人的子女感叹道：原以为母亲将在痛苦中度过余生，卧床不起。如今不但无痛，还可以站立。果然名不虚传。

医生告诉她们，这个治疗方法叫椎体成形术。已达到国内领先水平。

魏俊又岂只有这一招。

一位患者膝关节病变8年，关节疼痛影响了生活质量。骨科医生认为，要行膝关节置换术，即打开膝盖换一个人工膝关节。在签字的时候，患者还是放弃了手术。当他得知疼痛科有新招时，他来找魏俊了。

魏俊用关节镜做了一个“小小的”微创，八年的疼“随风而逝”。病人无不感叹，人生有几个八年，早来找魏主任就好了。

一位25岁的中学教师由于突发腰椎间盘突出致疼痛不能直立，更不能再上讲台。磁共振显示有两个节段腰椎间盘突出，要行椎间盘手术。病人年轻，手术一旦发生并发症，他后半生怎么过。这位教师找到魏俊。魏俊会诊后，仍用微创手术，解决了他的病痛。在高清显示器监视下准确摘除突出椎间盘组织，基本上可以替代开放性手术。魏俊的脊椎内镜术已入国际前沿，他已完成400余例，其他的微创手术已达国内领先。

魏俊说，科学的发现，微创的使用，对疼痛有了更的认识，早期的疼痛，很可能就是内部疤痕，神经线肌肉粘连，通过微创即可解决，而药物治疗，或害怕微创，常常误了治疗时机。

他的理念，他的技术，不仅使病人从四川，湖北慕名而来，就连南京鼓楼医院的等国内知名医院里的医师也来赣南医学院疼痛科进修学习。

疼痛科，成了赣南医学院一张名片。

“医乃仁术”在他身上闪耀着温暖的光。“天下之至变者病也，天下之至精者医也”。这也是一个过百岁老人，也是女性。疾病千变万化无定势，医美如水无常势。个体个性化治疗，才能制订合理和情的治疗方案。

老人因摔跤致股骨颈骨折。不是在疼痛科，也不是在赣南医学院第一附属医院。是在赣州市立医院骨科。

经查体，骨科完全有信心完成这台手术。难点在麻醉科，在手术要保证麻醉平稳，生命体征平稳，当手术结束，病人痊愈出院时，病人感谢的往往只是医生，殊不知，在这手术的几小时内，生命状态是否平稳，全部交给了麻醉医生。

步入百岁后的老人，体内器官都处在退化状态，生理心理都发生巨大变化，对麻药的耐受量，对心肺、肝、肾在术中功能的变化都需要管理。这是有巨大风险的管理。

赣州市立医院麻醉科焦丰主任，经历与担当了多少这样的风险，只有他自己清楚。

2004年，成立了2CUC重症监护室，管理生命的任务更重了。重症就意味与死亡只有一墙之隔，稍不留意就过去了。有时，真的过去了，得赶紧做心肺复苏，把病人又拉回来。

有一次，一位病人大出血，病人血压急剧下降，心率加速减弱，主刀医生焦急地说：请你给我二十分钟，我只要二十分钟，稳定生命，稳定血压，我可以马上止住血。

升压输血，果断用药，快速补液，不到二十分钟，主刀医生宣布：手术结束，只等麻醉稳住生命体征了。

焦丰自信地说：一切正常。

他是手术中生命的呵护者，是默默无闻的幕后英雄，是手术医生心中最可靠的生命护航人，主心骨。

他在，麻醉所至，花开不谢。

赣州市人民医院心胸外科普胸组团队在赣州市名列前茅，名声在外，近几年开展胸腔镜微创手术200余例，手术难度与例数也进入江西前列。其学术领头人是许辰阳主任医生。

1996年，焦丰毕业于赣南医学院，一直从事胸外临床工作。20年来他一步一个脚印，从胸部开腔肺叶切除，到纵隔肿瘤、肺癌、食道癌的手术完成；从开胸直视下手术到使用胸腔镜微创治疗胸部需要手术的疾病，他带领赣南医学院第一附属医院胸外科迈上了一个新台阶。他的成长得力于她不断吸收外界的先进技术与经验。可以这样讲述他，学，他锲而不舍；习，永不止步，追求完美，精益求精。省内为专家对他的手术评价是两个字：精致。他的精致不是细工慢活，而是熟练完美快速。别人需要三个小时完成的手术，他可以一个小时结束。

焦丰的业务与手术开展进度表是：2008年率先在赣州市开展全胸腔肺叶切除术；2009年参与举办江西省第一届胸腔镜微创手术学习班；2012年，他是率先在江西省开展胸腹腔镜联合食道癌根治术的医生之一；2014年，其胸腔镜手术录像在上海胸科医院中瑞国际会议获奖。国家级核心杂志发表论文10余篇；两项科研成果鉴定为省内领先与省内先进。知名度高了，大了，找他做手术的人多了。他的很多病人来自农村，尽管已有新农合报销，他还是一如既往地为来自农村的农民降低手术治疗费，缩短住院天数，减少并发症，选用最低价的药物。手术后他经常保持与病人联系，看到经过自己努力，一个个生命得到延续，他的成就感、价值感油然而生，他会从中吸取不竭的力量。

每周三他门诊，门口的病人总是满满的，他对病人总是笑意满满的，耐心的倾听，细致的解答。他的儒雅、他的谦卑、他的随和、他的知识深获病人与年轻医生们敬佩，学生与病人簇拥着他，他是他们心中的星。星星都光亮虽然还很微弱，或微不足道，他愿尽自己所有之力为赣南百姓献出自己的光。

赣州市第三人民医院康复理疗科（十三病区）主任罗君亭医生。1999年从江西省中医学院中医专业毕业。踏入工作岗位后，他对中医针刀疗法作为闭合性手术对一些疾病治疗的疗效，从关注到践行、从兴趣到研究都获得了显著成效。

2003年，他开始自学针刀术，多次参加针刀短期培训。

2007年，他遇到了一名27岁的脑瘫青年。这名患者15岁开始发病，求医多年无效，长期瘫痪卧床。罗君亭试着用针灸疗法为他治疗，发现效果微弱。手中的银针变得如此无能为力，“脑瘫”成了不治之症。

在全国内脑瘫发病率为1.5‰至2.3‰，赣南发病率高于这个数。这病给患者及其家庭无疑是打击沉重。由于没有好方法，花费大，患者与家属最终都是放弃治疗。罗君亭是这样想的，小针刀治疗颈椎、腰椎疾病颇有疗效，如果用于治疗脑瘫会怎样呢？如果有效，岂不为老百姓解决了大问题。他决定临床研究。

怎样试？

为了练习针刀术，他用过苹果、土豆“开刀”。这些苹果、土豆只能提高手法，不能说明疗效与个体不良反应。要能在人身上试一试就好。

找谁？自己家亲人？病人？都不适合。

自己吧。自己最能有感受。先练手法，再选穴位。自己扎自己，要过疼痛关。他总算感受了酸胀麻痛的新感觉。心中有了底。

开始第二轮试验，找合适的病人。

自己的亲属最合适，因为他们生活在身边，一来便于观察，二来是自家人，有些麻烦可以沟通。没想到母亲和姐姐自告奋勇愿参加。母亲正好足跟疼痛久治未愈，经几次治疗，母亲好开心，折磨她20多年骨刺所致的足跟疼好了。在自己、家人与亲戚身经历了两年的试治观察后两年，他才放心。没有发现副作用，循序渐进地治疗有改善症状的可能。他决定试着治疗脑瘫病人。

第一名患者姓胡，8岁，出生时因大脑缺氧致脑瘫，一直求医，疗效不大。2012年，心灰意冷的父母抱着死马当活马医的态度找到罗君亭。小女孩智力低下，只能说含含糊糊的单字。

治疗一年后，父母发现女儿居然可以单独步行了，虽然走姿不好看，但可以独立行走了这一进步让父母惊喜。他们开始积极地带女儿到罗君亭处接受系统地治疗。第二年开始，女孩说话咬字越来越清了，有了识图和简单运算能力。女孩的父母对罗君亭除了感谢外，只有激动都泪水。

黎女士同样有个8岁的孩子，同样是大脑缺氧致脑瘫，没有行动能力。为了给孩子四处求治，家中经济拮据，黎女士无法外出工作，只能在家专职照顾儿子。她找到罗君亭，罗君亭说："你不用管医疗费了，坚持来治疗，有多少钱付多少钱，实在没钱，我就向领导反映，争取给你免费治疗。"医院领导的回复是："医院以社会效益为主！"领导的支持，罗医生的热心，给了黎女士的信心。两年后，孩子有了行动能力和部分自理能力，黎女士也可以出去工作了。她感激地对罗君亭说："你挽救了我一个家。"

在罗君亭的办公室抽屉里，总能找到棒棒糖等小零食，或是一些小玩具。每当脑瘫患儿有一点点小进步，他都会变戏法般，把这些孩子喜欢的小零食、小玩具奖励给他们。在给孩子扎完针后，常常会逗孩子玩，给孩子扮鬼脸，而这一看似简单的小互动游戏包含着一名医者的苦心，他在用游戏的方式教脑瘫患儿模仿，观察他们的康复情况。一旦发现一点点进步的苗头，即告诉家长，让他们在家庭康复中注意引导。比如之前的小胡，他曾经握着她的手教她画画，画画的文具总是放在他抽屉里。慢慢的，小胡自己知道了拉抽屉找文具，自己画画。他在她面前演示电脑操作。有一天，罗君亭发现她看似无意地手握鼠标单击左键，家长没有注意这个细节，他却不动声色观察良久，然后告诉家长，小胡确实观察能力和模仿能力在进步，而且是有意识在在学电脑操作。家长欣喜之余，回家为小胡配备了电脑，教她操作。果然，小胡学会了敲打键盘、双击鼠标打开文件。对比以前女儿的懵懵懂懂，这一转变让父母无比开心。

一名上犹县的患者，因为脑瘫双脚高尖足，无法行走，有的医生劝患者家长放弃治疗，家长最终抱着试试看的态度找到罗君亭。治疗一年后，如今孩子足跟可以着地了，可以扶着墙行走，不再要人抱着或背着，还进了校园读书。

有趣的是，每个孩子在扎针过后，仍哭着伸手叫："我要罗叔叔抱！"

由于传统医学对人体的认识和中国传统文化对生命、对人体的敬畏，要承认，外科是中医的短板，在短板里也可以找出长板，那就是中医骨伤科。在冷兵器时代，中医骨伤科医生不但地位高上十分神秘。尤其是闭合性的手法复位。在这个领域赣州市中医院骨伤科站在了赣南领头羊的位置上。

一个11岁孩子肱骨髁头骨折。孩子小，父母不希望经历这样的风险。赣州市中医院骨伤科主任谢赣平医师接诊时，接受了患儿家属的要求。在X光下，可视的指引下，他用手法复位，由小夹板固定，将复发的（需要全麻，需要切开，需要钢板固定，需要手术室医护人员通力合作，需苏醒，需要承担风险）变为简单的，减少了患儿的痛苦与风险。

实施这类手术是有选择性的。一次，工地塌方，一位工人被掩埋压伤，送到医院。检查后，发现伤情重，血压低，生命体征不稳，骨盆、双下肢、6根肋骨骨折，胸部不排外血胸，气胸。他用西医的手术抢救，用中医中药的方法康复，相得益彰，减少了并发症的发生，加快了康复进程。

赣州市中医院骨伤科是一个实力很强的团队。另一位主任叫连育才，从事中医骨伤科四十年，接诊病人千万余，年均手术300余台。最高龄的患者102岁，从美国回赣州探亲，不慎摔倒，致股骨颈骨折。老人骨质疏松，没有良好的固定，可能继发性骨折或固定物松脱。他选用了三维支架技术配合中医药物内服。老人恢复良好，他感叹地说，美国未必比中国好！中医只有家乡的更地道。

连育才还把中医固定技术手法，运用到矫治小儿先天性斜颈，马蹄内翻足等手术上。在院领导支持协调下，谢赣平、连育才完成了多项课题。

连育才负责的《改良三维支架在老年股骨转子间骨折治疗运用》课题，让近600例老人受益这项成果。

谢赣平主持并参与国家中医药管理局国家级专科骨伤科协作组工作，开展了闭合复位三维支架和PENA手术治疗老年性股骨粗隆间粉碎性骨折治疗与研究。

尽管他们已向国家卫生计生委申报给予特殊优惠人才政策。尽管这些政策已经在逐步批准。在外地人才一时还不能到位的时间里，赣州市不得不自力更生，自己选拔，自行培养，让好医生尽快成长、成才、成熟。

绿在枝头，春在心上；逝者如斯，时不待我。

***群雁齐飞头雁领，一马领先万马奔**

20世纪70年代到80年代间，赣州市区医院不算多，规模也不算大，共只有7家：赣州地区医院、赣州市立医院、赣南医专附属医院、赣州中医院、赣州传染病院、解放军362医院，精神病院。

历史悠久的是位于大公路的赣州市立医院，创建于1924年，前身是仁爱医院；规模最大，实力最强的是地区医院，创建于1939年。那时7家医院的床位加起来不到2000张，

“辈分最小”的是附属医院，1958年初创时期没有住院部，以门诊为主。1962年门诊大楼建立，有了几十张床位。命名为赣南医学专科学校附属门诊部。专科学校培养的学生遍布赣南各县镇医院与卫生所。毫不夸大地说，赣南基层医学界被赣南医专“垄断”。凡有穿白大褂的地方，就有赣南医专人。

1988年，赣南医学专科学校附属门诊部改为赣南医学院附属医院。2005年5月，更名为赣南医学院第一附属医院。这个不起眼的门诊部就是这十几年的时间，从上到下励精图治，奋发图强，从平平到优越，再到卓越，迅速崛起，医院整体水平跃上新台阶，发展成为赣、粤、闽、湘四省通衢区域性医疗中心，是全省首家通过江西省第三周期医院评审的省直省管三级甲等综合性医院。

医院目前拥有章贡院区和黄金院区两个院区。实际开放病床2300余张，2015年出院人数7.2万人次，门急诊人数90余万人次。

今日之兴盛，不忘往时之冷落。穷则思变，变化是从哪里哪时开始的呢？

质量与安全是医院的生命线。从重视质量与安全管理工作启动开始。下大力气构建医院质量与安全管理体系，医院才有发展与提高的保证。赣南医学院第一附属医院最早建立起医院特有的质量与安全管理体系，包括管理指标体系和统计指标

体系。其中“管理指标体系”共有65个监测指标，分别由医务科、护理部、质控科等负责日常监测，定期通报，与奖惩、职称聘任等挂钩；“统计指标体系”分为7类132个，分别为住院死亡类指标35个、重返类指标25个、医院感染类指标6个、手术并发症类指标11个、患者安全类指标11个、医疗机构合理用药指标18个、医疗运行管理类指标26个，通过信息系统提取相关指标数据。体系强调科主任是科室第一责任人，增强科主任对质量的认识。各科室根据医院整体指标，结合科室自身特点制订本科室质量与安全“管理指标体系”和“统计指标体系”，针对通报中指出的本科室缺陷，加强自身监管，开展持续改进。

看病难、看病贵是百姓关注的热点，医院如何努力减轻患者负担，合理降低诊疗费用？这是医院管理者要做的事，纳入管理系统，接入国家卫计委、省卫计委监测系统，启用“合理用药监控软件”和“处方审核软件”，利用信息化系统对医生的不合理用药行为及时进行调控。医务人员在提高诊疗水平的同时努力降低患者各项费用。不用天天开会，月月讨论。管理系统里见功夫。在网络上可以自查，可以监察，可以检查。统计结果是：医院平均住院日由2013年的11.8天降到2016年上半年的10.3天，药费占比由2013年的41.07%降低到2016年上半年的37.36%，门诊均次费用和住院均次费用明显负增长。

令旗挥动，有禁则止，一船领先，千帆竞发。

医院各部门以方便患者就医为宗旨，加强服务流程管理，全方位补齐短板：门诊日间手术正式推行；急诊科完善就诊相关制度和流程，畅通“急诊绿色通道”，对急危重症患者优先诊治；门诊部设置“一站式”便民服务中心；信息科为病人提供电话查询、网络查询等多种方式的检查结果查询，启用银医自助挂号缴费系统，解决了挂号、收费排长队现象；启用智能门诊发药系统、智能片剂发药系统、气动物流系统等，工作效率全面提升。

2012年年底，领导班子明确了三甲综合医院的发展方向，认清了医院的劣势：赣南医学院第一附属医院虽是省直省管医院，但位于经济欠发达的原中央苏区赣南，在地理位置、政策优惠等方面与省会几家同等级兄弟医院相比，存在差距。

2013年年初，启动了医院临床重点专科建设改革步伐，确定与优选了发展实力相对靠前的心血管内科、重症医学科、神经外科、泌尿外科、疼痛科并召集了这几个科室负责人，共商发展大计。明确告知：我们医院没有天时、地利。但我们只要人心齐、有目标、敢奋进、能吃苦就一定有前途。能吃苦是苏区人民天然基因。医院决定先搞几个省级临床重点专科，下一五年计划再向国家级努力。

人心齐，泰山移。

2014年，医院的心血管内科、重症医学科、神经外科及普通外科成功申报成为省级临床重点专科建设学科，泌尿外科、疼痛科成为国家级临床重点专科入围专科，实现了医院在临床重点专科建设方面零的突破。趁热打铁，医院果断决定对这几大专科给予三年建设周期内每年50万元，共150万元的建设经费。几年下来，各临床重点建设学科不负众望，不断取得新突破：泌尿外科在微创手术领域成果丰硕，扬名国际、国内业界；疼痛科独辟蹊径，开创椎间孔镜等微创治疗的新篇章，吸引了国内大医院同行前来学习取经。2015年心脏中心开展的冠状动脉旁路移植术手术数量全省第一，骨科2015年开展的髋关节置换术、膝关节置换术和椎间盘手术三种手术均排全省第二。

2014年，赣南医学院第一附属医院成为江西省首家三周期三甲医院评审的省直省管单位。近三年来，医院各项医疗运行指标持续进步。2015年江西省三级医院DRGs绩效分析简报中显示：医院的DRG组数、CMI值、RW指数位居全省第一方阵；冠脉旁路移植术、髋关节置换术、膝关节置换术等大部分主要病种稳居全省前三位；三、四级手术占比为34.12%，直观体现出医院核心竞争力。

现有在职职工2800余人，其中专业技术人员2200余人，高级职称人员360余人，博士及博士后30余人，硕士500余人。入选省“赣鄱英才555工程”领军人才培养计划专家1人、省新世纪百千万人才工程专家5人、省高校中青年学科带头人6人、省卫生厅有突出贡献中青年专家4人等。

有“中国医师奖”专家1人，全国卫生系统先进工作者1人，以及全国“五一劳动奖章”、江西省“五一劳动奖章”、江西省“优秀卫生计生工作者”、江西省首届“十佳好医生”“十佳好护士”、江西省师德先进个人、江西省“我最喜爱的健康卫士”、“全省高校优秀共产党员”、“江西省巾帼英雄标兵”、“江西省首届优秀医院药师”等一大批先进个人。

近年来共获31项国家自然科学基金项目、3项国家863计划项目子课题、4项国家科技支撑计划项目子课题，省部级课题80项。SCI等收录论文160余篇；国家发明专利1项、实用新型专利14项；获国家科技进步二等奖1项、省科技进步一等奖1项、三等奖3项。泌尿外科1项NOTES临床研究初步成果在影响因子为13.938的国际顶级学术期刊《欧洲泌尿学》发表，2015年度中国医院学科科技影响力排行榜上泌尿外科位列全国第61名。检验科研究成果在国际著名期刊《自然通讯》《致癌基因》上发表。

学院设置临床医学系、麻醉学系、医学检验学系、影像医学系、眼耳鼻喉系、口腔医学系6个系。

目前第一临床医学院本（专）科毕业生达4300余人（赣南医学院毕业生总数49000余人）。医院拥有3个国家级教育培训基地，即第一批国家级住院医师规范化培训基地、国家级大学生校外教学实践教育基地和临床药师培训基地，另有美国林肯纪念大学医学院临床教学基地。为联合培养人才。

实力跃居江西省前三甲。

站在高山处，不忘山腰者。

赣南医学院第一附属医院一如既往的花大力气扶持县镇医院。对口支援上犹县中医院、宁都县人民医院、寻乌县中医院、大余县人民医院、瑞金市人民医院、兴国县人民医院、于都县人民医院、赣南医学院第二附属医院、井冈山市第二人民医院9家医院。

1958年，医院刚成立时只是一个小小的门诊部，他们是一步一个脚印走到今天。赣南医学院第一附属医院走过来的脚印给每一个医院管理者与关心医院发展的有志之士留下了巨大的思考空间。

*红色故都，红色情怀

瑞金原来也是县，1994年设立瑞金市，2014年瑞金市成为省直管市。

截至2016年8月，瑞金市共有各级各类医疗卫生计生机构599个：国有医疗卫生计生机构45个（市直医疗卫生计生单位10个、中心卫生院6个、一般卫生院12个、计生服务中心17个），市人民医院为二级甲等综合性医院，市中医院与市妇幼保健院科医院为二级甲等专科医院，乡镇卫生院均为一级医疗机构。村卫生所（含分所）489个，其中产权公有的村卫生所有9个；民营医疗机构7个：红十字会医院、象湖医院、象湖社区卫生服务中心、精神病医院、皮肤病门诊部、新协和医疗门诊部、同济医疗门诊部；社会医疗机构8个：一中医务室、二中医务室，社区卫生服务站6所；个体诊所50家。

全市医疗机构开设病床总数2365张，其中市区1280张，乡镇1085张，每千人口病床数3.43张。

全市医疗卫生单位共有业务用房面积94591平方米，其中市直单位63041平方米、乡镇卫生院31550平方米。村卫生所业务用房面积平均60～100平方米。

卫生计生系统核定编制总数为1667名，全市医疗卫生计生单位现有在职职工1412人（其中卫生专业技术人员1184人，乡镇计生办核定编制数为140人，现有122人）。医疗卫生单位卫生专业技术人员中，高级职称58人，仅占4.9%；中级职称339人；占28.63%；初级以下职称787人，占66.47%。有乡村医生、卫生员及个体医生567人。每千人口卫技人员数2.91人。

按照“小病不出村，一般疾病不出乡，常见大病不出市”

的发展思路，合理配置卫生资源，不断提升服务水平。目前，乡镇卫生院能开展多发病、常见病的诊疗，部分中心卫生院能开展上、下腹部手术和危急重症病人的抢救。

市属医院先后开展肝叶切除、全肺切除、肾切除、直肠癌根治术、断肢再植、脊柱手术、人工全髋关节置换术、人工晶体植入术、支气管肺泡灌洗术、肿瘤介入治疗、回肠替代膀胱术、胰十二指肠切除术、脑肿瘤切除术、输尿管肾镜术、妇科宫腹腔镜手术、腹式及阴式全子宫切除术、美容概念剖宫产、腹膜外剖宫产等一批难度较大的诊疗技术。

按照这样讲述，应该是三级卫生网完整无缺了？

不是。

医技人才明显匮乏，人员编制严重不足。市属三家医院缺编，人才难以引进。乡镇卫生院编制更是紧缺，核定编制总数575名，现有在编人员487人，临时聘用卫生技术人员155人。望“人”兴叹。

市级财力较差，财政投入不足。市财政对基层卫生院仍然实行差额拨款，仅保障基本工资和30%基础性绩效工资，基层卫生院干部职工的福利待遇依然偏低。难以调动工作积极性。市属公立医院改革后，取消了药品加成，缺乏财政投入，无资金购买大型的先进设备，医院升级乏力，儿科医生的紧缺状况未得到根本的缓解。基层卫生院医疗器械落后，设备陈旧。目前，市基层卫生院无CT机、彩超仪、CR和DR等检查设备。远远不能满足群众就近看病和分级诊疗的需要。

市属三家医院业务用房紧缺，布局不合理，兴建资金不足。人民医院与妇幼保健院隔街相望，中医院地域狭小。虽然已规划并启动市人民医院、市妇幼保健院整体迁建项目，因建设资金严重不足，影响了工程建设进度。

计划生育工作开展难度大，工作效果不理想。随着计划生育政策调整，全面落实二孩政策，长效节育措施越来越难以落实，多孩生育难以遏制。社会抚养费征收工作面临新老办法难衔接、各地政策不一的矛盾，征收难度越来越大。

怎么办？

瑞金是“红色故都”，享誉中外，瑞金是共和国摇篮，是中国第一个红色政权——中华苏维埃共和国临时中央政府的诞生地，是毛泽东、朱德等老一辈无产阶级革命家革命实践和红色政权建设探索地，是毛泽东思想的主要发源地和初步的形成地，是人民代表大会制度和“八一”建军节命名的诞生地，是中央红军长征出发地。

那是20世纪30年代初，酝酿了两年之久，由时任瑞金县委书记的邓小平精心筹备的第一次全国苏维埃代表大会，1931年11月7—20日于在瑞金的叶坪隆重召开。大会向世界庄严宣告中华苏维埃共和国临时中央政府正式成立，定都瑞金。从此，瑞金作为赤色首都亮相世界。1934年1月，第二次全国苏维埃代表大会在瑞金沙洲坝召开，当时中共中央政治局已经从上海迁到瑞金，中央政府的“临时”两个字就此去掉。中华苏维埃共和国中央政府正式面向未来。

一组数字让后人感叹：新中国十位开国元帅中的九位，十位大将中的七位，以及1966年以前授衔的中国人民解放军将帅中的35位上将、114位中将和440位少将，当年都在瑞金战斗、工作、生活过；当年仅24万人的瑞金，有11万人参军参战，5

万多人为革命捐躯，其中，1.08万人牺牲在长征途中。瑞金有名有姓的烈士有17166名。为支持苏区建设和支援红军北上，从1932年至1934年，瑞金人民认购了68万元的公债，借出25万担谷子，其中41.5万元公债和捐集的所有粮食奉献给了苏维埃政府，长征时存在苏维埃国家银行2600万银圆的存款全部用于支持革命。到2013年，瑞金境内革命旧居旧址180多处，拥有红军广场、“一苏大”会址、中华苏维埃临时中央政府大礼堂、红井等国家级重点文物保护单位33处；自1995年新华社在瑞金修建革命旧址、续写“红色家谱”以来，到2013年已有40多个部委来瑞金寻根问祖。当年国家部委旧群建筑坐落在叶坪、沙洲坝一带。

看到的是老屋，惊叹的是伟业。

中央苏区时期，卫生管理局、卫生部、红军卫校、红军医院、制药厂，卫生专业报《健康报》均在瑞金，这六个第一的单位为新中国的卫生事业发展奠定了厚实的基础。

精神引领，物质跟上，同步迈进，多种渠道加强加速健康瑞金的建设。

力争政策倾斜，积极向上争资争项目。专程赴省发改委、省卫生计生委开展了争资金争项目工作，争取了市中医院建设项目资金3552万元，疾控中心业务大楼项目396万元，丁陂、谢坊卫生院医技楼项目各200万元。这年，已到位资金共计3436.5万元（其中中医药服务中央补助资金40.5万元、公立医院综合改革中央补助资金425.7万元、卫生计生中央财政补助资金2970.3万元）。

在积极争取上级项目，“填平补齐”医疗机构设备配套的同时，争取到社会各界捐赠。已获医疗设备150余台件，价值共计2000余万元。乡镇卫生院均配备了B超、X光机、心电图机、半自动生化分析仪等653台（件）常规医疗设备，价值4000余万元。市直医院有飞利浦64排128层螺旋CT、飞利浦1.5T核磁共振、美国原装进口1秒双排螺旋CT机、进口DR、进口西门子彩超、飞利浦iu-22四维彩超，美国GE四维彩超、德国爱尔博电能量工作站、德国妇产科（能量平台）工作站、德国蛇牌腹腔镜、徕卡高清晰度手术显微镜、输尿管肾镜、瑞典金宝AK95S型血透机、高压氧10人舱、新生儿高压氧舱、中心监护系统、动态心电图、经颅多普勒、日立7080型全自动生化分析仪、放射性粒子治疗计划系统、介入热化疗灌注系统、微量元素原子吸收光谱仪、贝克曼全自动化学发光仪等一大批先进医疗设备。

加快卫生人才队伍建设。通过赣州市统一组织的公开招聘考试录用了31名卫生技术人员充实到各医疗卫生单位工作；市内公开招聘了97名临时聘用医务人员，缓解了人才紧缺的现状。

采取多渠道、多方式对全市卫生技术人员进行教育培训，送上级医院脱产三个月以上进修培养15人次。

探索建立医疗卫生“互联网+模式”。市属公立医院均与三级医院签订了对口帮扶协议，瑞金市妇幼保健院与江西省妇幼保健院、瑞金市中医院与赣州市中医院签订了帮扶协议。瑞金市人民医院与北京朝阳医院。通过与朝阳医院建立技术指导、人才培训、重点专科建设、远程会诊等协作，进一步提高市医院医疗技术水平。与朝阳医院远程会诊中心正式对接，进行了模拟会诊。朝阳医院将制订人民医院远程会诊室设备设施建设方案，捐赠该院CT等医疗设备。近期，朝阳医院将下派第一批骨科和心脏中心两名专家到院进行驻点帮扶，第二批将于2017年派出呼吸科和泌尿科两名专家进行驻点帮扶。同时，探索引入与社会资本合作方式，共建核磁共振医学影像中心、重点学科远程支持等系统，实现三级医院与二级医院、二级医院与基层卫生院医学影像诊断远程会诊等信息互联互通。

瑞金市人民医院新楼将投资4.6亿元。

瑞金市人民医院就是在这块土地诞生，成长，发展起来的。始建于1936年，那是一家民营诊所，由广东会馆人开设，坐落在瑞金县城东南一隅。1949年8月，由解放军48军422团卫生队接管，1956年改为县医院。那时，红军医院已经随军西征。这里医务的每个医务工作者都知道这里红色医院的诞生、成长发展史，承前启后是他们的使命。

今天的瑞金市医院继承了红色的传统，拥有着一样担当、一样奋进、一样负责精神的医护人员。他们担负着全市及周边地区近百余万人口的医疗、保健、预防重任。

2014年，瑞金市医院列为全国第二批县级公立医院综合改革试点单位，10月31日开始取消了药品加成，实行药品零差价。

2015年1月5日，调整了部分医疗技术服务及大型检查价格，全面启动了医院综合改革。

结果是，医院药占比由2014年1—7月的50.2%下降到2016年同期的39.6%；平均住院日由7.3天降至6.3天；医务人员收入占医院支出比由23%增长到30%；住院次均费用从2015年

1—7月的5014元下降到2016年同期的4854元。改革以来取消药品加成使群众减少药品费用支出2500余万元，通过降低CT、磁共振等大型设备10%检查费用，让利群众320余万元。参与并完成了十项病种惠民医疗工程的工作。

“光明·微笑”工程，截至2016年8月，已完成白内障手术总计4919例，唇腭裂手术48例，使4967名患者受益。

免费血液透析：截至2016年7月，总计已完成免费血透43000余人次，造福尿毒症患者。

“两病”免费筛查救治是指急性白血病和先天性心脏病的0～14岁儿童实施免费救治试点工作，截至2016年8月，共筛查小儿先心病220例，筛查小儿白血病5例。

贫困家庭重性精神病患者获免费救治2012年至今，已完成1363例重性精神病免费筛查和救治。

妇女“两癌”免费筛查救治。截至目前，累计为51600名妇女进行宫颈癌检查，筛查出宫颈癌和癌前病变68例。

贫困家庭艾滋病机会性感染患者获补偿救治。2008年，共收治门诊病人258人。2015年6月至今，已完成贫困家庭艾滋病机会性感染病人的救治121例次、完成253例艾滋病感染者抗病毒治疗前免费体检。

建立了医疗纠纷调处室与健康扶贫一站式工作室。设立第三方调解处理机制，2万元以上医疗纠纷全部由第三方调解处理，医院通过第三方处理的医疗纠纷比重大大增加。近5年来，医院共处理医疗纠纷45起，其中涉及金额2万元以上有23起，累计赔偿金额178万余元。每起医疗纠纷调处后，医院都会进行认真分析总结，对当事科室及当事医务人员进行责任认定，认定有问题的，给予行政和经济处罚。近年，医院医疗纠纷发生数及赔偿金额大幅度的减少。

守好农村贫困户就医构筑“四道保障防线”，共同防控，使农村贫困人口住院费用自负率控制在10%以下，年封顶线增加至64万元。认真落实实施健康扶贫工程。截至目前共有170位精准扶贫对象住院治疗，住院总费用为166万8千余元，经四道保障线结算后自付部分总金额为7.2万余元，最高自费率9.18%，平均自费率仅为4.32%，有效减轻了贫困群众的看病就医负担。

满满的公益事业，满满的正能量。

公益的扶持依靠政府。市财政每年预算安排公立医院改革专项资金：预算安排全市公共卫生应急专项补助50万元、扶持中医事业发展专项资金50万元、安排大型设备购置补助500万元；对公立医院正式编制内在岗人员每人每年予以1.2万补助、新进临聘人员每人每年予以0.6万元补助，改革前临聘人员予以每人每年1200元补助。

公益一样要发展，一样要质量，一样要完成各项医疗任务。

医院先后与上海交通大学附属瑞金医院、北京朝阳医院、南昌大学第一附属医院、江西省肿瘤医院、赣南医学院第一附属医院、赣州市人民医院等建立对口支援帮扶协作关系。

已能独立开二级甲等综合医院技术项目及部分三级医院技术项目。椎间孔镜下腰椎间盘摘除术、颈椎后路单开门减压、Z形钢板和钉棒内固定术、儿童骨干骨折弹性髓内针内固定术、断肢再植、脊柱手术、人工全髋关节置换术、天幕脑膜瘤切除术、矢状窦旁脑膜瘤切除术、嗅沟肿瘤切除术、软通道颅内血肿清除术、肝叶切除、全肺切除、肾切除、直肠癌根治术、人工晶体植入术、支气管肺泡灌洗术、回肠替代膀胱术、胰十二指肠切除术、脑肿瘤切除术、腹腔镜下全子宫切除术及不孕不育手术诊疗等妇科系列手术、阴式子宫摘除术、输尿管镜、经皮肾镜术、无创辅助呼吸、血液滤过、心包穿刺、临时起搏器等一大批诊断治疗技术。

编制床位490张，实际开放床位550张，年门急诊量35万余人次，年住院约3万余人次，2015年业务总收入2.31亿元，2016年上半年业务总收入1.24亿元。

2015年8月，江西省卫计委批复同意医院按三级综合医院标准建设。

新装备、新理念、新技术与新大楼一起迎接苏区的新老病友。健康瑞金引领瑞金百姓走进健康生活的新领域。

*赣南医生的中医情结

中医医学的传承取决于施者与信者。两者间，施者起主导作用。

赣州二者兼备，气候温和。当年在苏区，缺医少药，凡跌打损伤，民间治疗就是山里采一把草药，贴敷，消肿化瘀；骨头断了，手法复位，用两根树枝固定。80年过去了，这些民间传承手法，在新时代发扬光大，给很多病人减少痛苦，帮助他们顺利的康复。中草药治疗各种内科疾病在赣州也十分盛行，很多村医都会一点中医，很多村卫生所都有中药柜。

赣州市南康区凤岗镇岗孜村蓝师锡从事中医骨伤科25年，

他这门医术在当地独领风骚。南康人都说他“牛”，“牛”得诊所里挂满了锦旗。送锦旗的人，不是初诊，大都是走南闯北，四处求医，走投无路，最后一搏的病人。在中国，这是最基层的诊所了，而这个最基层，最普通的诊所却让许多骨外伤病人慕名而至。

一位龙南县的农民工小何，在煤矿工作，被压伤，致腰椎压缩性粉碎性骨折，首诊是一家大医院，几经转折，最后下身瘫痪回家。当地政府还给他办了一级残疾人证。受伤两年后，他们家听说，南康有这位很神奇的医生，抱着那么一线线希望坐着轮椅来了，蓝师锡看了片子，看了病历，把病人留下了，经过两个月的治疗，这个20多岁的小伙子，竟然摆脱了两年为伴的轮椅，可以独立行走，基本上做到生活自理了。

也是来自龙南的外伤农民工，右脚胫腓骨粉碎性骨折半年。住进了县医院，一是担心手术风险；二是无法承担高额的手术费用，回家准备就这样拐脚一生。回家后听说，南康有个蓝师锡，不用手术，不打钢板，用中医手法复位固定，能治好，关键是费用很低。他抱着半信半疑的心态来了，两个月后，可以走路了，费用不到手术的一半。

一位来自兴国县的曾先生，右手患了化脓性骨髓炎，北京协和医院提出手术刮治截骨方案，患者难以接受，返回赣州，来到蓝师锡诊所，有望吗？他问，蓝师锡没有贸然的回答，也没有拒绝治疗，双方似乎都有一种试试看的心情，刮治、上药、换药、刮治。半年过去了，炎症好转了，曾先生的右手又可以从事他喜爱的电器维修工作了。

他的医术听起来有点玄妙，无法去用西医标准的哪条哪款进行评论。有些病例是让同行感到有点神奇，找他就诊的骨折病人大都已经错位愈合，他如何能做到错位分离又使之复位呢？手法是无法让这种愈合分开的，牵引也难以拉动骨骼的粘连结合，如果是近期外伤，手法复位，小夹板固定，当然可行可信。而找他的病人，大都是陈旧性骨折。这其中技术关键点还有待专家进一步研究。但他的治疗确实有疗效，确实为病患解决了痛苦，降低了医疗费用，那锦旗背后的故事，让人不仅仅是惊叹，还应去思考与研究。

崇义县思顺乡卫生院闻名的是中医骨科，中医康复。院长刘忠园就是一名家传的中医医生。

他的医德医道不仅在崇义，在崇义周边也享有盛誉。

正当医界吵吵嚷嚷认为中医难以赚钱盈利的今天，刘忠园带领他的团队，以中医强院、兴院，使一个小小的卫生所从最初的几十万元收入上升到370余万元。

这个年代何谓医德？不仅是态度好，不仅是满脸笑容，

刘忠园接到一个急救电话，说有一个老人晕倒在山路上，他立马开车组织急救人员到出事点，老人身无分文，身边无亲人，刘忠园说送回医院。他安排自己第一个值班守护老人，三天里，医护人员轮流值班守护，翻身、擦洗，老人苏醒后刘忠园又亲自给病人喂药喂饭。这时方知，老人是遂川县左安乡人，通知其家属来崇义接回。因老人家境贫穷，刘忠园叮嘱，免去老人的医疗费。

思顺卫生院有个小账本，那都是家庭拮据无法支付药费贫困户的欠条。那时新农合尚未全面铺开，刘忠国说，不能因为病人缺钱，我们就不收治，先写张欠条吧！日后你们收入好转

再还。好转的日子很难或很久，那欠费单，一直没有减少，刘忠园规定，凡是低保户，五保户就医，一律免掉出诊费和检查费。现在新农合全面铺开，又加上了大病保险，刘忠园才松了一口气，农民看病总算有着落了。

这也是他坚持用中草治病的原因之一。有些头痛发热的风寒疾病，不打针，不用抗生素，开几包中药，回去水煎，三四包就见效，为什么要舍廉求贵呢！农民口袋里想多放几块钱，是多么艰难啊。

这就是他的德。

中医骨伤科与康复是他们卫生院的特色，也是医院的主要收入来源，因为外伤多，医院购回了B超，影像，理疗器械等设备。

杰坝乡刘显寿颈椎损伤，高位截瘫，常年卧床不起，听说刘忠国的妙方能让人站起来，慕名前来就医。刘忠国问清了病情，制订了中药活血去瘀，中医手法治疗加强理疗的三管齐下方案，经过一段时间治疗，刘显寿下肢可以活动了。治疗还得继续，刘忠国得知他是低保户，决定为他提供免费药费与理疗。结束治疗时，刘显寿已是一个行动方便完全能自理的人了。

中医药发展的中坚力量在中医院。

在施者精心，信者诚心的环境里，赣南中医医药事业没有停步，这样的脚步还处在低水平上的前进，如要发展，要有所进取，政府必须伸出有力的手加大力度扶持。赣南各县中医院乘上了“支持赣南原中央苏区振兴发展”的快车，在国务院2012年8月21日下达的《若干意见》中，特别提到支持“市县两级中医院”。宁都县中医院与县人民医院、县妇幼保健院一样受益。

退回三年，一份《怎样支持赣南苏区振兴发展——以宁都为样本》的报告，作为赣州市9份调研报告中唯一一份县级报告呈交至国务院。三年后宁都县受益于这份报告。在医疗卫生方面，宁都县四年共投入了4.5亿元改善基础设施，县人民医院、中医院、县妇幼保健院同时搬迁进入新院。中医院共获得国家1500万元的资金资助，医院总占地面积35亩，总建筑面积约2.4万平方米。有病床300张，新院中医药人员占医药总人数的70%。医院门诊大厅候诊室，宽敞明亮，一眼望去，真难以想象这是县级医院。还有医技楼和住院楼3栋大楼，配套设施健全，从医院规模到医疗水平，从接诊病人到医护服务，在赣南苏区县级医院名列第一。未搬迁前的2011年，县中医院门诊量约11万人次，住院病人约4900人次；2013年，门诊量约13万人次，住院病人突破1万人次。

曾经的老医院院外场地有限，无处停车，医疗用房少，行政机关7名同事挤在一间不足8平方米的办公室里办公，电脑都没有。住院部病房都没有安装呼叫器，没有卫生间。医院没有电梯，患者医院就医，极不方便。一位老病人说：几年前在宁都县老中医院治疗脚伤时，小便都得出病房去公共厕所。现在病房里有卫生间，有阳台，就可以在窗前晾晒衣服，真好！

门诊二楼有间专家诊室，坐诊的是宁都县知名老中医邓毓漳。1999年他被省卫生厅列为省级中医药专家，批准带学术继承人两名，经江西省卫生厅、江西省人事厅评选，于2001年授予他“江西省名中医”称号，现两位继承人已学成出师。邓毓漳他在宁都县中医院工作了半个世纪，见证了宁都县中医院的崛起、发展，也见证了中医药事业在赣南的振兴进取与政府的扶持推进。

邓毓漳是土生土长的宁都人。1959年初中毕业后考取了宁都县卫校中医班，1962年，22岁的邓毓漳分配到宁都县中医院工作。这时的中医院还不满四周岁，那时，正值“自然灾害”时期。

当时的中医院简陋、简单。一幢小房子，有一个简单的化验室，没有设住院部。中医药人员扳着手指头数，也只有十几个人，一人一张桌子，一个脉袋，望诊，持脉，看舌象，问诊，开药方，缴费，到中药房取药，看病结束。同行里有毕业于赣南医专的，有父业子袭的，而他学历不高，来自于农村，相比身价偏低。当时，没有像今天怎样外出学习进修的风气。每家医院把钱看得很紧，每个人的工资也是紧巴巴的。那时，他的月工资是29.5元，要养家糊口，要尽孝养老。想要在医学上更上一层楼，只有靠在临床上自学实干，苦读勤问，50年来他购置了近万册的医学书籍，50年来他反复研读《黄帝内经》《难经》《伤寒杂病论》《神农本草经》，温故知新，时读时新。白天治病，晚上翻书，书里书外，今古对照，他的望、闻、问、切诊断能力日益提高，在40岁那年，他担任了中医院副院长。1984年7月1日，他加入了中国共产党。

“医者仁心，仁心仁术”。就是他给制定的行医准则。

有次，他听说有一个需要手术的病人，拒绝了手术。他来到科里问为什么，护士告诉他，因为穷，没钱，病人妻子是残疾，靠病人自己养活一家人。他患病后，不能工作，住院后，借了钱还凑不齐手术费，出院了。

邓毓漳问清了这个患者的情况，立该给他打电话，要他赶紧回院手术，并帮他先垫交了2000元住院费。

这么多年来，邓毓漳为患者共垫付医药费2万余元，他不收红包，而是送“红包”给病人。听起来是奇谈，见到的却是事实。以他在赣南宁都的名声、地位和影响，他完全可以炒作自己，抬高身价。而他牢记医德、医道，病人只有轻重缓急之分，没有高低贵贱之别。

一位中毒性痢疾病人急诊收住院了，夜半时分，上厕所突然晕倒，值班医师第一时间赶到了，经治医生赶到了，他也赶到了。立即开始抢救。当患者生命体征平稳后，他要了一块纱布，细心地给病人揩干净满脸脏物和血迹。一个小小的动作，践行医者仁心，表达了一个老医师对生命的尊重，对病人的尊重。

一次，他下班准备回家，在医院门口遇见一个右腿外伤的老人，鲜血淋漓，伤口外露，脸色苍白，有气无力，步履艰难。有人陪吗？他问。伤者摇摇头。

他第一时间感到，病人会虚脱，会晕倒。不能让病人一个人就医。他搀扶老人进院，走两步看看，不行，老人额上冒汗，他将老人直接背到三楼手术室，请医生急诊处理，他再下楼去办理就诊手续。

中国传统医学融汇了中国传统文化，传统文化孕育了许多仁心仁术的中国医生，他们怀善心，行善举，“昼夜，疲劳，寒暑，饥渴，一心赴救。”这也是“中国制造”，中国传统文化培养出的传统医生。

有仁心，必有仁术。

宁都县固村镇一位乡干部，因患“重症肝炎”，在县与省医院医治半年多，病情无改善，症状有加强表现。患者慕名来院，辩证，论治，细问病史，拿脉查颜，诊断为：劳累过度，损伤脾胃，湿热疫毒之邪入侵，肝胆疏泄条达失职，病久未愈，元气衰败，湿热夹毒，气、血、水停积于中，乃胁络瘀阻所致。配制中药方剂，患者服用中药汤剂3月余，诸症已除，各项理化检查指标均恢复正常，康复出院。

农民钟桃秀因腰痛肢体麻痹，致卧床不起、生活不能自理，曾多方治疗无效。求治邓医师。诊断痿证、虚损，给其辨证施治：证属雨湿浸淫、脾为湿困，日久导致脾阳不振、中气下陷，其平时过度劳累，伤肾劳心，为脾肾虚损兼挟湿热之候。先选补中益气汤合三妙散加减，后选补中益气汤合拯阳理劳汤加减。服药4月余，随防十余年，患者已能从事轻体力劳动。

农民曾水秀，绝育术后半年来月经愆期而不规则，经血淋漓不止，最后闭经三个月，妇科诊断更年期功能性子宫出血，中医诊断崩漏。为脾肾两亏、脾虚不能统血、肾虚则致冲、任不固。属气随血脱之危重症候，急当脾肾双补、固益冲任、补气摄血。邓医师给其选用归脾汤合右归饮加减。每日煎饮两剂，昼里分四次服，并予输血300毫升。共守方服药6剂，崩漏已止，病情转危为安，继而病后调理而康复。

全南县位于赣南最南端，与广东省翁源、连平、始兴、南雄四县市相接。素称虔南，为虔州之南的含意，赣州古称虔州，20世纪50年代改虔为全。

全南有家中医院，名叫全南县中医院。从名字看是国营的公益的，从产权看则是股份制的。从这家医院的起落转折，可以悟到中医兴衰，筚路蓝缕，志当高远，路在脚下。

全南中医院创建于1984年，当时职工不过58人。

1999年，老县城改造，要求中医院新建门诊大楼。上无财政拨款，下无积累结余。基建资金从哪儿来？

贷款？

谁贷？用什么作抵押？

有一位医生站了出来说，我出面去贷。他叫黄志华，中医师。

凭什么贷？

他有办法。他拿出了自己的房产证，又劝说了父母、岳父岳母，尽管父母担忧，还是支持了儿子的工作，三家房产证，贷款60万元，作为门诊大楼前期建设的启动资金。他的行动感动了几位医院领导，他们也分别也拿出房产证去银行抵押贷款，医院职工勒紧裤腰带，挤出几十万元，全院上上下下，同心同德，一栋建设面积为4000平方米的门诊综合大楼终于落成。

开张三年，资金尚未还清，债务还压在职工身上，又传来了新精神，要求中医院采取招商引资形式，吸收社会资金投入，对县中医院进行股份制改造。

想来当董事长的人不少，有的来自外省的浙江、广东，也有的来自省内的南昌、赣州章贡区。要黄志华负责接待，他如实地向老板们汇报，当前负债累累，精明的老板们一个个都打了退堂鼓，外招不成，内招可行吗？

县政府分管领导找黄志华谈话，动员中医院领导班子将中医院买下。

院领导也穷啊！房产证还在押呢！

谁有这个胆量?

没人表态，但县医院领导都明白，政府是铁了心，要中医院自谋生路。

长征不是死路生途么?

黄志华与王新斌几位领导决定先对市场做一个调查，有多少人认可中医，有多少中医生敢挑重担。信者多，施者诚，中医就有前途，中医院就可以，也敢办起来。

市场调查告诉他们，在全南，中医可行、可信，中医生也充满信心，县委、县政府表态，政策上大力支持，那就摸着石头过河吧！

老板们不买，我们买。

就这样，全南中医院改制了，彻底打破了铁饭碗。

新领导班子提出了新理念，病人的事是医院最大的事，赢得病人信赖比扩大医院规模还重要；病人投诉是改进医院发现问题的好方法，是提升管理的好渠道；患者满意是医院最高服务质量标准；满意在中医院永远没有句号，团队打江山，制度坐江山，制度管人，流程管事，苦干三事，三年变样。全院的辛勤付出，收获了患者的口碑，社会满意度达99%以上。

医院职工由58人发展到121人，其中卫技人员92人，占职工总数88.4%，医疗建筑面积达5970平方米，医院病床增至100张，医院固定资产达2000余万元，拥有了德国西门子螺旋CTCR、彩超、24小时动态心电图、腹腔镜等设备。有了钱，壮胆了，选送优秀青年医师外出进修学习，医院整体水平迅速提高。

2004年，也就改制后的第三年，国家中医药管理局授予“二级甲等”中医医院。

2010年12月，成功通过了“二级甲等”医院复评。

黄志华医师功不可没。2003年，他获省卫生厅“抗非典先进个人”表彰；2012年，获赣州市总工会授予“五一劳动奖章”。

当一个个荣誉落在他身上时，医院职工没有忘记他人生中几个感人的镜头：一夜抢救病人，他突然晕厥了，晕倒在办公室，医生进来抢救，护士给他打上吊针。药在左手血管里流动，右手还在给病人把脉、看病、开处方。

他履行了自己的诺言：病人的事是医院最大的事。也履行了一个共产党员的义务。坚持全心全意为人民服务的宗旨，吃苦在先，享受在后。

邹艳红，男，江西瑞金人，生于1963年春。江西省中医学院毕业后第三年，任瑞金市中医院外科主任。他从医30年，中医是他的尚方宝剑，驱除病魔，屡建奇功。瑞金市的同行说，他手巧，从头到脚的手术，他都能做。这刀厉害！

那是一个假日，工厂失火，一个青年大面积烧伤，烧伤面积约93%，病人送到医院已处在休克状态，吸入性肺炎，并出现肝、肾功能损害，他来到医院立刻组织抢救，要确保生命体征平稳，要确保不再继发感染。经过多次微粒皮植皮，自制导体皮植皮，每次都是他亲手换药。为他开好了中药，每天服用，生命体征平稳了，烧伤创面结痂了。就这样用西医抢救、中医调养的方法，三个月后，患者痊愈出院了。

这么多年来，他完成手术几千例，无一纠纷。他牢记一句格言：看一个病人，交一个朋友，做一台手术，出一个精品。

他的“尚方宝剑”是来自中国文化，在中医学院读书时，他就知道，中医是中国文化的一部分，中国文化包含大爱大善，平等诚信等深厚的中华美德。他的快刀来自要为百姓解决病痛的理念。“舞剑弄刀”都离不开一个德字。敬重、尊重、珍重生命是做医生心中的底线。因为中医有他的局限性，要挽救生命往往需要手术，所以，他认真刻苦学习了外科，西医也有自身的局限性，需要中医补充。所以没有“尚方宝剑”不行，没有快刀斩乱麻也不行。

蓦然回首，你不能不“惊艳”！

中医在赣南这代人身上，发扬光大，更上一层楼。

中医在这块土地上正静悄悄的飞翔。说不定，哪天他们抖动一下翅膀，也会发生蝴蝶效应啊。

三、健康素养：社会文明的标尺

***从苏区防病到健康促进**

赣之南，江之源。

于都河，长征源。

赣南，红色之源。

于都县是红军长征的集结地，中央红军长征的出发地；

是千年人文之乡，是百万人口大县；

是国家级贫困县，国家卫计委对口支援县；

是全国健康促进试点县。

何谓健康促进？

在中国，这应该是一个新的词汇。

1931年冬，一张宣传健康生活，关注百姓健康的报纸在赣南苏区红都瑞金创刊。报纸的名字叫《健康》，不定期出版，油印蜡刻，由中革军委总卫生部负责出版。报纸主要刊登普及健康知识，宣传卫生常识和卫生防疫知识的文章。

那时，这份报纸就饱含了健康促进元素。

时任中央政府主席毛泽东，十分关注军民的卫生与健康，要求卫生工作要“天天做、月月做、年年做、家家做、村村做、乡乡做”。

在毛泽东的号召下，苏区内掀起了一个群众性的卫生防疫运动，从部队到机关，从城镇到乡村，从军人到百姓，从男人到女人，从老人到小孩开展了前所未有的卫生防疫竞赛，使苏区军民的卫生防疫意识和健康水平明显提高。

1932年春，苏维埃政府制定和颁发了《苏维埃区域卫生防疫条例》《苏区卫生运动纲领》等法规性文件，号召军民大力开展卫生防疫运动。《红色中华》《红星》《健康》等报刊担负起卫生防疫的宣传教育。每家医院与每个卫生所都一个不漏的参与。

于都县红军医院创办于反“围剿”时期，医院的住院总部设在耶稣宝血堂（天主教教堂），各分院门诊设在农民家或山洞里。于都县利村乡里仁村管家医疗点村医管小伟的祖父，是一名祖传的老中医，就曾担任过红军医院的副院长。祖父的回忆讲述，和他保留的祖父的那本医学书及书上的记录，很能让生活在当代的年轻人感受到那烽火的岁月。那时，上山采药，烧草驱蚊；挖井改水，捕鼠灭蝇，挖坑建茅房，改厕改排水道；到列宁小学宣讲卫生知识，到家中检查卫生。人人参与，热火朝天。苏区防疫防病的每一种，每一次活动都与健康促进密切相关，密切相连。

1933年年初，福建长汀福音医院搬迁至瑞金，命名为中央红色医院。1934年4月，中央红色医院改为苏维埃国家医院。分西医科、中医科，设门诊、住院两部，有诊察室、手术室、药房、化验室、放射室等。当时有职工200余人，其医疗任务是，收诊中央机关人员及当地群众，接收前线的红军重伤病员，承担审查各军团送来的死亡诊断书。是当时中央苏区技术水平较高的综合性医院和医学技术中心。

1933年8月，红军卫校由兴国茶岭迁回瑞金朱坊后，这所医院成为红军卫校的附属医院，承担红军卫校学员的实习带教任务，为红军和中央苏区输送了大量卫生人才。当年，全军共有第一至第十后方医院，每院下设五至六个所，每所能收容300名伤病员，并设有六个兵站医院，二个残废医院和一个疗养院，能收容伤病员两万多人（当年《红星报》的不完全统计）。报纸、医院、医生、卫生员所拥有的理念与行为就是现在所说的这个词组：健康促进。

对健康促进的理解与解释，是一个过程，一个由繁到简的过程。

世界卫生组织曾经给健康促进作如下定义：健康促进是促进人们维护和提高他们自身健康的过程，是协调人类与他们所处环境之间的策略，规定了个人与社会对健康各自所负的责任。

不久指出：运用行政的或组织的手段，广泛协调社会各相关部门以及社区、家庭和个人，使其履行各自对健康的责任，共同维护和促进健康的一种社会行为和社会战略。

美国健康教育学家格林的定义：健康促进是指一切能促使行为和生活条件向有益于健康改变的教育与环境支持的综合体。其中环境包括社会的、政治的、经济的和自然环境，而支持指政策、立法、财政、组织、社会开发等各个系统。

最受公认的定义是：《渥太华宪章》："健康促进是促使人们维护和改善他们自身健康的过程"。

世界卫生组织前总干事布伦特兰在2000年的第五届全球健康促进大会上做了更为清晰的解释："健康促进就是要使人们尽一切可能让他们的精神和身体保持在最优状态，宗旨是使人们知道如何保持健康，在健康的生活方式下生活，并有能力做出健康的选择。"

美国健康促进杂志的最新表述是：健康促进是帮助人们改变其生活方式以实现最佳健康状况的科学（和艺术）。最佳健康被界定为身体、情绪、社会适应性、精神和智力健康的水平。生活方式的改变会得到提高认知、改变行为和创造支持性环境等三方面联合作用的促进。三者当中，支持性环境是保持健康持续改善最大的影响因素。

以上概念框架提出了最佳健康纬度和健康促进的三个层次。

2014年10月，于都县列为全国首批健康促进试点县后，于都县委县县政府在把解决群众看病就医问题作为改善民生重点工作的基础上，提出建设“卫生强县，医疗名县”的目标。“工业强县”“产业强县”“旅游强县”“种植强县”都有，提出“卫生强县”则是首创。

于都县地处江西省南部，总面积2893平方公里，辖23个乡镇357个行政村，总人口109.1万。2015年，全县财政总收入16.57亿元。群众总体生活水平和居民健康素养相对较低。这样拮据的财政收入，这样偏低的文化素养，承担这样的试点工作，有难度、有风险。其年财政收入不及省里一家大医院，甚至一个中小型企业，健康促进是项全新的，既无前人指引，也无具体操作方法的工作。他们何以用组织与行政手段进行促进？

以县委、县政府名义下发了创建工作实施方案和“将健康融入所有政策”工作指导方案；传达动员会开到村一级。为讨论解决工作中的节点难点问题，两年来召开了20余次专题会。落实人员经费保障，建立健全工作网络，完善考核评估，边探索、边实践、边提高。

健康促进宣传做到组织落实，人员落实。建了县健康教育中心，核定编制5人，由原来挂靠在卫生培训学校实现单列，给予5个全额拨款事业编制。公开招录3名有医学背景的优秀人才充实到健康教育中心。将健康创建经费作为民生支出的重要项目予以倾斜，优先安排、优先保障。建立健全完善县、乡、村三级工作网络，构建好上下统一、齐抓共管、全社会积极参与的工作格局。创建方案将健康促进纳入“省级园林县城、省级卫生县城、县级文明县城”三城同创范畴，统一调度、统筹推进，各项指标，细化量化，责任分解到人，形成横到边、纵到底的创建责任网络。经费先投入223万元，2015年经费投入520万元。

健康促进阵地建设投入资金4.5亿元。建设一个体育中心、一个健康主题公园、五个健康主题广场、四条健康步道、一个健康廊阁、两处健康知识长廊、十公里骑行道，完善沿河路堤景观改造、体育健身器材设置安装、环境卫生整治、农村垃圾分类等项目建设，所有新建的公共环境在规划设计中都设有健康元素：有文明提示、卫生提示、健康提示。在关注卫生、文明城市创建同时关注自身健康。

印发《致全县居民朋友的一封健康公开信》28万份，《中医养生小知识》等健康知识读本16万多册；依托城区公交站台、广告灯箱、广场电子屏幕等媒介，播送流动性健康公益广告。在县电视台开设“健康123”讲座专栏，开通“于都健康促进在行动”微信公众号，及时传播健康促进动态和健康常识，确保健康常识宣传不留死角、健康理念教育进入千家万户进入每一个人心中。通过率先完成123个贫困村的公有产权村卫生计生服务室建设，提升村级医疗卫生服务能力；依托基本公共卫生服务均等化，结合健康扶贫工作，开展健康服务，乡、村两级医生对口帮扶贫困户，提供健康指导和医疗随访；积极开展健康知识公益巡讲，在老年大学开设健康课堂，在乡村社区开展义诊，实施慢病防控干预，为社区居民提供健康管理服务。环境上，做到健康元素举目可视，触手可及，见而知晓，知而可行。

行动上，领导率先，以点带面，干部示范，推广到县。县四套班子领导干部带头参与控烟；县干部职工参与健身锻炼。

每人配发1个健身计步器，宣传“日行一万步、吃动两平衡、健康一辈子”的“一二一”健康生活方式。根据行业影响力和需求程度，选择县人民医院、县实验小学、县财政局、赢家服饰公司、小西湖社区分别作为健康促进的首批示范点打造，塑造县健康促进的行业标杆。组织县各部门、乡镇、各行业人士分类分批参观示范点，通过现场示教和氛围熏陶，传播健康促进意义，列举健康事例，制订示范标准，推动健康促进工作全面铺开。

全县组建了66名专家组成的健康教育宣讲团，就多发病常见病下达到单位、社区巡回宣讲，引导居民群众科学预防、合理就医、健康生活。

推进促进健康工作，于都县人民医院率先垂范！

医院首创健康小屋。健康小屋里配备了先进的自助的体检设备，免费向市民开放，健康促进办专职人员提供咨询服务和健康指导。到目前参与到健康小屋自助体检的市民达6000人。医院在各临床科室挑选出健康教育专家、骨干组建宣讲团，开展“健康促进进社区”系列活动。以健康体检为平台，以参检单位团检报告为依据，以疾病谱为切入点，派出相关科室专家到单位、到工厂开展干预性讲座。与老干局举办“老年大学健康知识竞赛”，组建慢性病俱乐部。开设了“糖美人生”“高血压病”“抗肿瘤联盟”“中医康复”等慢性病俱乐部，开通了“中医康复微信平台”，创办了“孕妇学校”。俱乐部都注册了相应的QQ群。到目前已有5000多名慢性病患者、市民参与活动，医患零距离接触，搭设了一座沟通桥梁，医患关系明显改善。

在门诊诊疗结束及住院病人出院时，医生根据病人不同的情况，从健康教育处方数据库中提取相关病种，并针对个体化特点开具因人而异的个性化健康教育处方，使患者能够得到个性化的指导。

2015年5月，县医院院开展了健康促进巡回大型义诊月活动，共赴24个乡镇卫生院开展义诊，和乡镇卫生院健康促进管理员进行沟通、对接，尽力做到小病不出乡镇，大病不出县城。儿保中心开展健康促进进学校、在企业社区等举办健康巡讲活动；县妇保院坚持每周开设一堂“孕妇课堂”传播妇幼健康知识；县疾控中心开展“妈妈课堂”服务项目。

全县各学校将健康促进纳入教学计划，开设健康教育课，开展学生健康体检；将健康元素与主题班会、校园文化活动、文明礼仪教育、社区家庭生活、生命安全教育相融合；积极开展健康主题演讲、作文大赛，“小手拉大手，健康一家人”，“摒弃陋习，健康成长”等活动，将健康知识和健康理念歌曲、绘画、书法、文体活动等途径方式。寓教于乐，为孩子们学习减负、减压，为他们的未来储蓄健康。

贡江镇思源社区积极探索“健康促进+扶贫”模式，实施“一对一”健康服务，由乡村两级医务人员为贫困群众提供“一对一”的健康指导和医疗随访，确保农村村民城镇居民足不出村，在家门口能享受基本卫生康复保健服务。

健康公园，健康主题广场，健康步道，可以看到了居民，农民健身娱乐的身影，在健康步道，健康宣传长廊让居民在休闲、漫步中耳濡目染，接受健康教育。

健康理念春风化雨深入人心。

三年来的数据调查显示：于都县成人吸烟率下降30%，肥胖率下降11%，经常参加健身锻炼人群比例提升36%，参加健康体检人数增加75.98%；高血压和糖尿病患者健康管理率分别提高7.98%、8.46%；慢性病自我管理人数增加21.33%。

2015年，县医院门诊人次与往年相比增幅下降5.32%，住院外转人数同比减少20.4%，居民对健康促进工作知晓率增多，机关干部，事业单位达到95%。人均期望寿命达到74岁，居民少生病、晚生病的健康梦想正逐渐走进现实。

于都河没有随着岁月沧桑而老去，不管是曙光初露的清晨，还是晚霞依恋的黄昏，于都河畔总是充满活力，总让人感到春光的亮丽，即使在落叶的秋风里，冬日寒冷时，于都人总会把健康的阳光与青春的魅力洒满于都河岸边的每一块绿地。走到长征源渡口，望着远去的江水，望着高架的大桥，会浮想联翩，当年的渡口当年的船，当年的浮桥当年的河，想起周恩来告别于都时最后说的一句话：苏区人民真好，于都人民真亲。

苏区人对党好，对党亲。长征的精神，光荣的传统已溶于一代又一代日的血液里。

在河面薄雾未尽的早晨，一辆辆自行车沿岸边接踵而远去，那是早自习的学生；夜晚，也是他们，晚自习后经跨过于都河的公路桥上回家，那长长的车队，那排排的骑在车上的学生从行人面前涌过。这阵势，真会让人谈起红军夜渡于都河情景。不过那是出征，要用生命突破重围，那是战争，要经历枪林弹雨。而这是回家，享受温馨；这是和平，在沐浴阳光雨露。在于都，歌声不仅仅属于于都长征源合唱队，也属于每一个于都人；健身跑步已是一种习惯，进驻每一个单位，进入每家每户，广场舞与围观者往往融在一起，大爷的太极拳，孩子的溜冰舞，中年人伸伸腿，大娘弯弯腰，无不显示出对生活，对人生的热爱，对未来的追求。于都河已容纳不下他们的欢乐，那笑声、歌声和孩子们的追逐呼喊声飞扬在于都河上空，想与远方的朋友一起分享自己的幸福。于都在变，变得让外人感到惊讶，让于都人感到轻松、快乐。

追求健康，享受健康，维护健康，珍惜健康，已成共识。健康的重要不是之一，而是唯一。没有健康就没有传承，就不能继承。长征源合唱团的歌声已不仅是传播长征精神，还是彰显于都县健康促进的形象。歌声飞扬到哪里，健康形象就彰显到哪里。

健康促进的最终目的是提高人民的健康素养。提升健康素养是解决我国人民群众健康问题的首选策略，健康素养综合反映个人整体健康自我管理能力和健康素质的提高。也就是说，要提高全民健康水平，健康促进是最根本、最经济、最有效的措施之一。

那么，何谓健康素养？

健康素养有无检测指标？

健康素养真有这么大的作用吗？

***改厕改水防疫防病**

在健康促进工作没有铺开，健康素质没有提高以前，慢性病的增多，传染病悄悄地流行在我国已是一个不争的事实。传染病的流行原因很多，厕所的污染与传播，污染水源的毒害是一个不得不说的原因。

很少有人知道11月19日是“世界厕所日”。这天，纽约联合国大楼门口摆放了一个巨大的充气马桶，以此提醒人们全世界有25亿人没有最基本的卫生设备可用，平均每七个人里就有一个必须到野外方便。对公共卫生构成严重威胁。这两个最新数据来自2013年 联合国儿童基金会和2012年世界卫生组织发布的一份最新报告。

“世界厕所日”源于2001年11月9日，来自30多个国家和地区的500多名代表在新加坡举行首届厕所峰会，使一直难登大雅之堂的厕所问题受到全世界的关注。此次联大通过的决议由新加坡、印度尼西亚、中国、俄罗斯等近100个国家共同提案，获得联大全体成员的一致赞同。

世界厕所组织希望通过世界厕所日鼓励各国政府展开行动，改善环境卫生及建立卫生习惯。这些行动对于减少霍乱、肠道寄生虫、痢疾、肺炎、腹泻及皮肤感染等将有很大助益。2010年的一项独立调查声明显示，全世界有25亿人口每天处在环境卫生十分恶劣的状况下，厕所成为传染性疾病散布的温床。25亿人口中大约有10亿是儿童。声明中呼吁，有能力的国家应合力进行捐赠及投资，协助改善厕所现况，消弭危机，维护这些人的基本尊严。良好的如厕环境不仅为人们日常生活所必需，也是一个国家经济实力强弱，文明程度甚至是价值取向的一个重要标志。

中国是积极响应者。

2004年11月，第4届世界厕所峰会在北京召开。会议深入讨论厕所与人类生活质量、旅游业发展等关系，社区和城乡厕所建设管理，以及厕所环保节能等一系列问题，进一步提高国人对改善厕所环境重要性认识。

2011年11月，第11届世界厕所峰会在中国海南举行。

2012年，第12届世界厕所峰会在中国海口召开，会议将探讨生态厕所与生态旅游，绿色制造与厕所文明等问题。每年世界厕所日，中国许多城市都和其他国家一样，纷纷组织开展各种宣传、研讨活动。各地政府则以此为契机，积极实施农村旧厕改造、城市公厕建设等行动，如火如荼。

2014年的世界厕所日主题为“平等与尊严”，旨在为两个突出问题寻求关注：妇女和女童因失去如厕隐私而面临的性暴力威胁和厕所使用权中出现的不平等。联合国原秘书长潘基文指出，许多落后地区的女性因为家里没有洗手间，到野外方便的时候遭到性侵。平均每2.5分钟就有一个小孩因为饮水污染引发的痢疾死亡，因为他们饮水里，经常会混入邻居的粪便等污物。在非洲一些国家治疗这类疾病所花的费用大约占下12%的国家卫生经费；每年造成的全球经济损失大约是380亿美元；卫生设备的不足迫使民众在大庭广众下排便，有损个人尊严。所以，有专家评论说：马桶等卫生设备是自1840年以来最重要的医学贡献，比抗生素、疫苗及麻醉法的贡献还大。这项投资能制造极高的效益，每投资1美元大约可获得9美元的成效。投资在改善卫生的成效来自改善健康状况及生活品质后所节省的医疗费用。

世界厕所日提出“三我”口号：

代表厕所：“我需要更高的社会地位！”

代表厕所清洁人员：“我需要更好的待遇，得到别人的尊重！”

代表25亿缺乏厕所的人：“我需要更多更好的地方来排泄！”

每个人一生中，平均有两年是在厕所度过的，而且女性花的时间要更长。

每个人每天大约要光顾厕所6～8次，一年约2500次。

在“世界厕所日”提出之前，在中国，已有关注厕所卫生的地方政府。如广西属西部贫困省之一，2002—2003年每年专项拨款改厕经费960万元，2004年专项拨款改厕经费100万元。建厕改厕是改善农村公共卫生的主措之一。广西壮族自治区政府公布的一个数字，2003年新建农村卫生厕所31万座，2004年准备再建40.55万座，其中，沼气式卫生厕所35万座，粪尿分集式5.4万座。20世纪末，全国农村地区改厕占农户总数比例为35%，粪便无害化处理率仅为28.5%（大部分欠发达地区比这比例还低）。

农村改厕的关键是对农民健康重视，是对他们生命的关注和尊重！

在中国农村，农民对厕所的要求极其简单。

20世纪50年代末，在赣州市郊区农村的厕所是挖一个坑，置一个破缸，坑上放两块木板，供脚踏，四周插了几根竹棍，用稻草编织齐腰高的草帘子。蹲下可以透过大小窟窿看外面，外面只看见里面的一双脚，站起来系裤带，半身外露，远景尽收眼底。粪便积蓄在破缸里为的是肥水不流外人田。每天主人浇地用，草帘遮羞，遮不了风雨。下一次大雨，粪尿四溢，起一次大风，“大白天下”。每家卧室里都有一个与膝盖高的尿桶，一年四季置在墙角，长年累月总有尿骚味。其实，这是每个中国农村与农民真实的缩影。

20世纪70年代的赣南老区的厕所，四壁是用红土砖垒起的高过了腰，因为是山区，有木材，土砖墙上架了木梁作顶，铺上了稻草，比市郊农村的厕所要显得扎实。厕所所占面积较大，有2到3个坑位，坑深呈长方形。厕所的另一边是猪圈，举举扫帚，猪粪就进了坑里，方便。到了夏天，人粪猪粪臭味熏人，蚊蝇密密麻麻布满一坑，走进去有点步履艰难的感觉。最怕夜间上厕所，坑深坑达两米，两根木板不宽，有的地方还有点摇晃，踩在上面有如过索桥。如果没有手电筒，还担心误踏粪坑。

崇义县石城县的厕所依山而建，粪坑深达数米，淘粪下渊，上厕爬坡，到是一道风景线。粪坑地势低，易积水外溢，粪水污染周边菜地稻田，粪尿满时自动浇地，农民不介意，还戏说是：自动化。

尿桶是家家户户都有的。20世纪70年代，许多农民家都摆了三个尿桶，分别代表"帝、修、反"，撒一次尿，就是炮击一次帝修反，阶级斗争和政治生活深入人心。天天撒尿，自然每天人人都要炮击"帝、修、反"，阶级斗争也就日日夜记心间了。

20世纪80年代不提阶级斗争了，赣州市郊区地区农家的尿桶并没有撤离卧室或侧室，茅坑厕所依旧在，毕竟时代进步了，女性改用了手纸，虽然粗糙，总比用树叶强。

尽管中国农民对厕所的修建质量不重视，但中国大地上厕所数量之多，分布之广是其他国家不可相比的。大城市在进行

“厕所革命”，公厕设计建设得如花亭楼阁一般。城市的高级公厕，随便哪个附件的费用都比在农村盖一座简单的厕所费用要多。

在苏区，最早提出改水改厕的人是毛泽东。不光是提及，他是身体力行，亲自挖井，亲自参与改厕，参与宣传。

今天，改厕改水依然在进行，而毛泽东已离开我们40年了。

赣州市在改厕进程中迈出了大步。

2009—2013年，赣州市就开始了改厕工作。成立了全市农村改厕项目工作领导小组和改厕技术指导小组。

各项目县（市、区）也相继成立了改厕项目领导小组和改厕技术指导小组，落实了部分配套资金和相应的工作经费，制定了项目实施方案。

逐级印发了《赣州市农村三格式无害化厕所建造技术指南》，制作下发了《农村改厕技术光盘》，详细介绍改厕的意义、改厕实施的工作要求、工作流程、工程质量。举办了由爱卫、健教、疾控人员和所辖土坯房建设乡、村、组的驻点干部和改厕技工、泥瓦匠等的改厕培训工作。充实了爱卫办机构人员，增添了设备，改善了工作条件。

5年来，争取了中央资金8175万元，省级配套资金2452万元，在全市18个县、市、区全面进行农村改厕项目，共新建无害化厕所16.35万座。

在市、县、区开展了多种形式的健康教育和改厕宣传活动，组织健康教育人员、卫生技术人员向农民宣传无害化厕所的意义、作用和日常管理知识，提高农民群众的参与积极性。

印发适合当地实际、通俗易懂、群众欢迎的改厕宣传资料和小册子，发放到各改厕项目村组和农户手中，指导农村改厕项目。

2014—2015年，国家投入改厕资金共计3749.94万元，新增建农村无害化厕所共计17.17万座。到2015年年底，全市卫生厕所普及率达84.06%，无害化卫生厕所普及率达72.31%。全面完成了农村无害化厕所86450座建造任务，使全市累计卫生厕所户数144.11万户，累计投入资金8128.99万元（其中国家投入1776.48万元、集体投入180万元），卫生厕所普及率达84.06%，无害化卫生厕所普及率达72.31%。

2015年，于都县改厕统计年报表示：农村总户数22.03万卫生改厕16.59万户，卫生厕所普及率75.31%，卫生厕所又分七类：三格化粪池式，三联沼气池式，双坑交替式，完整下水道水冲式，粪尿分集式，双瓮漏兜式，其他形式；其中以三联，三格式最多均占三分之一以上。资金来源是国家投资214.5万，个人出资330万（数据来源于《2014，2015年赣州市农村改厕统计年报及于都县爱卫办统计年报表》）。

污染的水带给生命的只是悲哀与痛苦，疾病与死亡。

世界卫生组织报告，全世界80%的疾病与水有关，每6个人中就有1人饮用不洁水。饮用不洁水使全世界每年有3500万人患胆结石、肾结石。饮水不洁水使全世界每年有9000万人患肝炎。世界上每天有2.5万人因水污染而致病致死。世界上每年死于腹泻幼儿约为5000万，其中5岁以下的儿童有1500万，系因饮用不洁水而早夭。世界上每年有3000万人死于肝癌、胃癌、肠癌，因水污染致病以占世界医院病床的一半以上。

山中有好水，平原有好花。这句话已经过时了，在中国农村许多地区并无好水，由于地质、环境等原因，这里许多江河水窖里的水细菌严重超标，氟、硒等有害物质含量高，严重危害百姓健康。

全国农业每年缺水300亿立方米，城市每年缺水60亿立方米。我国是一个严重水资源缺乏的国家，然而，我国又是个水浪费与污染严重的国家。经世界各科学家努力，在水中测出的化学污染物有2221种，自来水中有765种。其中20种已确认为致癌物，18种为促癌物，56种为致突变物。污染的水悄悄地给人罩上了一层阴影。

水，饮水，饮水不洁！

水，饮水！不洁的饮水！

几年前，水利部曾对532条河流实行监测中，有80%污染严重。就是山里的水也逃不脱污染。那几年，饮水致癌，令人揪心的事不断发生，一个个活生生的生命被污染的水在不断夺走。

请读一份往日的《关于要求移民搬迁的报告》。报告中写道："水是生命之源，然而，我们村村民日常饮用水在滋润生命的同时，却在悄悄地灌输令人色变的毒素——汞。1992年，经江西省卫生防疫站取样化验，结果显示，日常饮用水的汞含量超过规定最高标准的3倍以上，还含有其他的致癌物质。水，正在一天一天地吞噬人民的生命。水，在我们村造就了不可胜数的罪恶，带来无穷无尽的灾难，制造了一个活生生的'悲惨柏叶房村'留下了无法抹去的创伤。'离开这个魔窟'是全村人多年来的梦想……现在全县第二批移民建镇已近尾声，我村还没有一户搬迁。恳请政府调查了解，给予搬迁工作大力支持，解决全村搬迁的移民指标，拯救生活在死亡恐惧中的村民，让全村人民群众过上安心的生活，全村人民将感激涕零！”

这是2000年2月9日，柏叶房村全体村民以自己的名义向县移民办和上饶市移民办写的报告。

这是一起饮水致癌让人揪心的事。

柏叶房村的村支书张报华有一份柏叶房村自1988年至今死亡的名单，题目是“22岁至50岁青壮年因癌病故花名表”。这份表记载着柏叶房村45位逝者。年龄最大的50岁，最小的22岁；男性27人，女性14人；胃癌者14人，肝癌者10人，肺癌者7人，肠癌者8人，食道癌者2人，皮肤癌者1人，鼻癌者1人，膀胱癌者1人，子宫癌1人。

余干县20世纪90年代初进行的人口死因调查，全县癌症年均发病率为0.7‰，该村发病率为全县的4.5倍。村民对饮水危害的认识是有一个过程的。

1992年3月，江西省卫生厅、江西省卫生防疫站、江西省肿瘤医院等单位派专家下到了村里，终于发现柏叶房村塘里的饮用水中含汞量严重超标，含汞量为0.00425mg/L，超过卫生标准（0.001mg/l）3倍。既然塘水中含汞量超标，这样的水不能饮用了，村民们决定改用井水。上饶地区卫生防疫站下拨了1.3万元专款，以帮助柏叶村村民打井。村委会把专款平均分发到各户村民，村民们又自筹部分资金。于是，1993年，柏叶房村家家户户都打了压水井。吃上井水后，村民们并不太放心，井水中的含汞量是不是符合国家的标准呢？村民们要求上级卫生部门再次为他们的饮用水检查。经过省肿瘤医院、省防疫站的检查，结果表明，柏叶房村的井水中含汞量为0.00225mg/L，仍超过卫生标准1倍。柏叶房的村民紧张了，面对村里的一个接一个年轻的生命相继死去，村民们决定请村委会向上级反映，强烈要求有关部门拨专款彻底解决村民的饮用水问题。因相邻的后崖村饮用水含汞量符合国家标准，村民们讨论，认为从后山崖村引水到柏叶房村是好办法。

这个“计划”大约需要30万元。这30万元对柏叶房村的村民来说，无疑是个天文数字。资金无法解决。计划只能搁置，污染的水还继续戕害村民，在2004年的2月8号，也就是2004年元宵节后的第3天，正月十八日，柏叶房村又一个小伙子走了。

这年轻的农民叫张志庆，1973年出生，他从小身体强壮，很少得病，也是家中最懂事的孩子。家穷，初中毕业后就弃学外出打工，1997年结婚，婚后生了一个儿子。一年前，他出现消化道症状，腹泻（拉肚子）、大便化验，有血有脓。当地镇上医院说是“肠炎”。先服了“消炎药”。还是父母警惕，村里死于癌症的青年人太多了，千叮咛，万嘱咐，要儿子进一步检查。三个月后，张志庆回到了家乡，此时，因久泻已骨瘦如柴（可能是癌细胞的转移，进入了晚期）。因为家穷才外出打工，因为家穷才无钱治病，只得在乡医院治疗。依然按肠炎给药，利君沙，诺氟沙星、中药西药，片剂吊针，病情只坏不好。过了一个月，凑点钱到省里，诊断很快明确：肠癌。为了救儿子年轻的生命，他们八方打听，四处求医。最后找到广州。化疗，手术切除，需要费用四五万元。借、借、再借。在广州治疗一个月，选择一个好日子出院，12月8日回家。好日子和金钱往往是买不回生命的，回家后的第二个月，30岁的张志庆走完了生命的最后历程。

他留下的是父母对他的永远的思念，是一身债务（又花去了5万多元，还欠1.88万元）。

他太年轻了。当春天的太阳升起的时候，他闭上了眼睛，还有比他早去的那些童年的伙伴，22岁的张水娇、24岁的张早柱、27岁的张红华、28岁的张高华。他们留下的是一群孤儿寡母，留下的是一个个白发老人。他们沉浸在痛苦的泪水里，他们笼罩在贫困的阴影下。

2003年，在省两会期间，上饶劳动局的蹲点同志又把柏叶房村的移民报告，送到省移民办和其他职能部门。他们的努力、他们的精心，使省移民办能及时讨论研究，很快同意柏叶房村九百余人搬迁。2003年8月份，柏叶房村的移民工程正式启动。经与邻村协商和乡政府批准。柏叶房村270户居民拟搬迁到3个移民点：瑞洪移民点、大山村移民点、柏叶房村移民点。柏叶房村农民终于要摆脱苦水的纠缠了。柏叶房村活着的农民是幸运的、幸福的。但他们永远也忘不了癌症已夺去了村里45人的生命。

对我国农村饮用水的关心，作一个排序：25年前，即1991年，我国农村饮用自来水人口占农村人口32.8%；18年前，即1998年为50.4%；16年前，即2002年为55.1%；1年前，即2015农村饮用自来水数字上升到82%，普及率达到76%。10年前中国农村还有4亿多农村人口尚未饮用自来水，其中有1亿人口喝不上清洁水。

这三年，中国改水改厕，成效突飞猛进。赣州市紧跟时代步伐。

全市农村大力实施“户户通”自来水工程，让农民真正享用到“安全、方便、廉价”的自来水。到2015年，已经有6718个村庄完成了改水，受益农户达14．8万户，受益人口74万人，力求到2010年，全市农村居民喝上清洁卫生水，达到饮水基本安全，从根本上转变了农民传统的生活、生产方式。

2015年春，对农村饮水安全工程又投资8555万元（其中中央投资5489.01万元，省级配套1542.14万元）。这笔经费主要用于支持解决苏区148858人贫困村及边远山区居民和34754名农村学校师生饮水困难问题。

政府要求各地在资金下达一星期内启动招投标程序，并于6月20日前将每处工程的挂点县领导姓名、职务及责任单位报市水利局农水科备案， 7月20日前完成招投标，开工建设。加强工程调度，每月逢8上报本旬的工程进度。

在10月底完工、12月底通水为硬性目标。此后，又相继给龙南县、寻乌县、石城县、定南县发改委发文《关于审批2015年农村饮水安全工程实施方案的请示》。在崇义县，新建农村饮水安全工程6处，用于解决6146人的饮水安全问题。项目总投资305.14万元，其中中央预算内投资245.84万元，地方投资59.3万元。

在龙南县、寻乌县、石城县、定南县等四县，新建或管网延伸农村饮水安全工程19处，用于解决31721人的饮水安全问题。

项目总投资2700.02万元，其中中央预算内投资1263.9万元，地方投资1436.12万元。确保改水工程实施一处，成功一处。一些有条件的地方采取“群众自筹为主、政府适当补助”的原则多方筹集资金，为加快农村安全饮水工程建设进度与安全 ，加大督导调度力度，建立分片联系制度，设置周报台账，实行每周一调度每月通报制度，加强质量进度巡查与现场督导，对进度严重滞后的项目，采取挂牌督办、全市通报、重点帮扶、惩罚后进等措施，以确保项目的顺利推进。

对每个改水项目的水源地实地取样，针对水样的色度、pH值、硬度等方面进行检测，若发现水样不合格则要求另择水源地，确保水源绝对安全。

对每个建好后的水源地、蓄水池及管网末梢进行定期采样检测，建立监测数据信息系统、报告制度，随时监测自来水的安全。每个季度，有关工作人员都会来抽取水样，对水质不达标，饮水不安全的村庄进行了水源改造。

宁都县固厚乡东排村村民陈木秀家中。一根自来水水管伸进家门，通进厨房。东排村小组村民以前用水是到远的山的山腰上挑山泉水饮用，很不方便。在雨天，没有及时储存到山泉水，就得用桶来装雨水喝。喝上安全方便的自来水是村民迫切的愿望。

瑞金市泽覃乡是当年为纪念毛泽覃烈士而取名的乡。由于镇乡经济迅速发展，生活及工业垃圾的无序排放，各乡村地下水、地表水受到不同程度污染，村民长期饮用了有毒有害物质严重超标明井水，村民发病率明显升高。

2004年以来，该乡一个村患有尿毒症5人、风湿性心脏病的有12人、癌症的7人、结石病的10人，因病死亡累计49人。

因水致病，因病致贫形成了一个恶性循环链。2012年8月1日，中央下达农村饮水安全投资30.3万元，其中中央资金24.24万元，解决两村606名农村人口的饮水安全问题。工程于2012年11月开工，2013年4月13日通水投入使用。

几年后再来调查，患病率一定会下降。

全南县龙源坝镇坪山村双坑村包括双老、双新和双下三个村小组，共有农户81户376人，耕地面积502亩，村里没有任何产业，村民的收入绝大部分来源于水稻种植和年轻人的打工收入，处于自给自足的小农经济状态。农民饮用的水是山脚下浅坑里积蓄到的山泉水，靠人力挑回家，雨天喝浑水，旱天没水喝。2012年8月1日，中央下达农村饮水安全投资72.55万元，新建龙源坝镇坪山村双坑农村饮水安全工程，解决双坑376人的饮水安全问题。工程于2012年年底建成，村民足不出户就可以喝到安全的饮用水。

农村饮水安全工程的建后，管理一直是农村饮水安全工作的薄弱环节。赣州市建立和健全供水工程长效运行机制。明确管理主体和产权，按照“补偿成本、公平负担”的原则，合理确定了水价，制定了管理办法和规章制度。

会昌县通过引进专业企业入驻的方式，把全县19个乡（镇）划分两片，将百里湘江的9个乡（镇）的农村饮水安全工程运行管理工作交由江西省水利投资公司负责；剩余10个乡（镇）的集中供水工程产权划归县村镇供水管理总站所有，实行委托承包经营的模式进行运行管理，县村镇供水管理总站从承包经营者收取的水费中提取大修费和管理费，用于全县农饮工程大修统筹基金，确保工程长效运行。

石城县高田镇湖坑村则是村里成立了自来水供水协会，协会成员由村里有声望、有责任心的人担任，专门负责饮水后期管理工作，制订了健全的养水、护水、用水、节水制度，负责日常自来水管道的管理、水池的清理、水源地的保护等工作。

民间协会，共同管理，这是赣南首创。

于都县长征源合唱团队员黄荣是于都县妇幼保健院副科干部。2015年3月，领导选派她为葛坳乡澄江村第一书记。2016年又任老屋村第一书记，她的任务是健康扶贫，帮助村级改变村容村貌。她任职后加强村级基础设施建设，新修了一条0.8公里的环村公路。修建了1.2公里的灌溉水渠，扶持25户农户（其中贫困户11户）种植白莲50亩。免费提供鸡苗1240羽、鸭苗240羽、鹅苗360羽分别给澄江村、老屋村的48户贫困户，让他们通过养殖业来带动家庭经济的发展。

让她忧心的是，改水改厕。她知道村附近有两座小型矿山，一座是铁矿，一座是铅锌矿。她是医务工作者，首先想到的是水污染。老屋村的厕所因无遮盖，不仅是污染水源，对于人们有直接的安全隐患；赶上了改厕的好时机，家家都建造了厕所。村民高兴地说，冬天拉肚子再也不用外出上茅厕了。改水之事更大，不光是老屋村，新矿的建立与开发，如果环保审核不力，很容易导致饮水的新污染。黄荣对老屋村关心关注，建议主管部门应把视野扩大，对有可能产生对饮水新污染的一切企业，都要警惕。黄荣力争在任期内解决村民用水难与水污染的问题。准备在高山角地带建立小型自来水厂。她多方努力，已报县水务部门立项。

赣州农村饮水安全工程建设已全面进入提质、提速、提效的新发展时期。两年共争取农村饮水安全工程投资8.97亿元，其中，中央拨款6.86亿元，实施农村饮水安全工程215处，解决农村224万人的饮水安全问题，约等于过去7年解决农村饮水不安全人口的总数。

***突发事件的应急处理**

2012年4月，赣县发生手足口病疫，5—6月进入高发期，赣县人民医院与乡镇卫生院有无能力对应，这是考验医生，也是考验医院组织能力的时候。赣县人民医院儿科主任何声福带领他的团队，沉着稳健应对。手足口患儿大都是高热不退，家长万分紧张。儿科素有“哑科”之称，从问病史到检查几乎是靠医生独立担当。代诉的父母往往也是听说，中间夹杂很多自我臆断，可能会误导医生。有个患儿高热两天未退，第二天晚上，出现了手足口病的特有皮疹，突然发生抽搐，心跳加快，呼吸间歇性停止。他守在患儿身边，密切观察，经历了又一天一夜的抢救，患儿病情渐渐平稳。在这个流行季，病情这样危重的患儿不在少数。正在此时，他妻子诊断出乳腺癌，要去上海肿瘤医院治疗。

两难的选择。何声福决定选择留下，当妻子得知他的决定后，泪流满面，感到万分委屈。此刻不陪，还待何时啊？如果，如果还有别的什么，妻子不敢想，也不愿想，自己走了。这夜，何声福同样是痛苦，科里还有那么多患儿，新的病儿还没中断，如果，如果又有一个这样危重的患儿怎么办？不是他不相信团队的力量，他是科主任，是团队队长啊。第二天，他决定还是向院长请假，去了就早点回。在院长决定的时刻，事情出现了转机，妻子叫自己的姐姐陪同。妻子说：我想通了，你还是留下吧，患儿不但多，病情也重，这正是需要你的时候……妻子走后的时间里，他吃住睡都在科室。这期间，患儿无一例出现意外。达到了医院提出的：积极救治危重病例，确保不出现死亡病例的目标。

2011年11月29日，白石中学发生14例疑似食物中毒；2010年11月27日，五云中学学生突发群体腹泻；再往前是2008年的奶粉致泌尿结石事件。有一万多名儿童需要排查，他做到耐心、细心、认真、求实、无一漏查、无一误查。由于做到积极、及时、准确，温暖了病人与家属，也维护了当的稳定。

赣州市立医院儿科主任邱慧宝比何声福肩上的担当更重。她要到赣县、上犹县、兴国县、章贡区上课，指导参与危重患儿救治患儿，患者没有脱离危险她就不会离开。往往是前脚离开赣县，后脚就赶往兴国县，也许下一站是上犹县，或是章贡区。连续四个月的工作，她没有休息，没有双休日，没有白天黑夜，她总是累了抽空休息一下或在会诊的救护车是打个盹。由于有了她的加班加点与任劳任怨大大地降低了手足口病患儿的死亡率，提高了治愈率。

赣州市南康区人民医院儿科副主任同样经历了手足口病的暴发流行期，一样地参加对这些患儿的治疗与抢救，还有全南县人民医院儿科主任陈永昌，龙南县玉岩卫生院院长钟义晶，劣质奶粉的受害者大都在农村，大都是农民的孩子，他主动承担了卫生局部署分片免费B超筛查“结石宝宝”的任务，每天做B超70余人次，他不怕多，难的是孩子不会憋尿，要孩子憋尿多难啊！人多，尿味浓，吵声大，面对公共卫生事件的患者及家属更多的是骂声与牢骚。医生要做更多的解释，付出更多的耐心，一个也疏忽不得，紧张的几天内，他完成里600余人次的筛检工作。

面对卫生公共事件村医是怎样工作的？定南县岭北镇大坝村，与信丰县临界，山多耕地少是一个人口相对较多、地域较广的偏僻山村。李石方就是这个村落的村医。年轻力壮的村民都远走他乡谋生，留守在家里的只是年迈体弱的老年人和小孩。

为了对他们健康了解，为了在做防病防疫工作时心中有底，李石方核实做好健康登记，做好健康宣传教育。挨家挨户宣传时发现一些留守老人轻视防病，接种疫苗观念淡薄。要孩子及时参加计划免疫接种很困难。有一户家庭，在动员孩子接种疫苗时，不仅被老人坚决拒绝，还要把他撵出家门，说：我的孩子好好的，为什么还要打预防针？

李石方耐心解释预防接种的益处，告知国家的计划免疫政策。经过多次努力，他们村里的计划免疫工作的效果有了提升，为了杜绝漏种，他率先在社区卫生服务站建立了新生儿预防接种登记、儿童出生登记，流动儿童管理他们村各种疫苗接种率都达到全覆盖。

近几年，每年都能筛查上报疑似结核病人2—3例，全程督导结核病人1—2例。防控非典、手足口病、禽流感等突发公共卫生事件中，为村民一户户送上消毒药品，进屋宣传实用、安全、防病知识。“非典”期间早出晚归，及时排查外出返乡人员，为发热病人早晚测一次体温，监控病情的发展，随时做好突发病情的处理和上报工作，努力做好辖区内儿童手足口病的检查和防控工作。在禽流感防控工作中，疑似一例，隔离一例，登记一例，及时上报。卫生所管理规范，制度健全，资料齐全。近年来一直未发生传染病的流行与传播。

因为有了他们——市县乡镇的卫生网，才有了面对公共卫生事件地安全，才有了生命地保障。

一“网”情深，感谢各级网站的医务工作者！

那么，留下的思考的是，怎样才能减少这类群体事件的发生呢？

专家说，除了加大国家法律法规外，最主要的是提高自身健康素养。

个体突发事件日益增多是死亡的重要原因之一。为了应对突然发生事故或个体损伤，赣州市于2009年成立医疗急救中心，面向全市招聘人才。

王勇斌医生是应聘的其中之一。他毕业于赣南医学院临床医学专业，1996年担任赣县韩坊乡卫生院院长，2001年入赣州市肿瘤医院，任医院医务科科长，又是外科的骨干，处理医疗纠纷有独到之处，受到医生与患者的信任。

他得知医疗急救中心招聘副主任，决定加入这个行列。他深知临床医学与急救工作区别大，他愿意一切从头开始。同伴们说，他喜欢折腾。他自己说，喜欢迎接挑战。新单位，人员不足、经费紧缺、设备落后，起步艰难，这是正常的。他有同伴、同学、同行人脉资源，他从中挖掘人才。办公室副主任谢大发是乡镇卫生院医生、经王勇斌“鼓动”来到了急救中心。还有一些年轻的医生，护士一并挖了过来。

2009年7月20日，医疗急救中心运行。

急救中心必须要有完善的急救网络。中心内部是一片空白。怎么建？建哪里？他决定把急救站挂靠在医院，利用医疗资源。这不是一厢情愿的事，要协商。没有先例，大家有顾虑。这就是挑战，我去！

第一个急救站——潭口红会站成立了。大家齐心协力，城区的医疗急救网络初步形成，急救中心→急救站→网络医院的三级急救网络，构建了一条绿色通道。联合公安、医院、城管、交通、高速公路等部门，实现了院外院内的无缝对接。实现医疗、公安、消防一体化社会紧急救援信息互通机制。

2013年，中心承办全省急救中心（站）综合急救技能竞赛，恰逢中心班子换届，王勇斌是副主任，他毫无退却，挑起担子。因为要与南昌方面对接，他选晚车，火车上可以睡觉，下车开始工作。他尽量压缩自己的休息时间。回到单位，抓紧训练，严格、严谨、严厉、严格、高强度、高强化。大赛结果：赣州市急救中心获得团体总分第一。

赣州市急救中心一样有纠纷。市民张先生与当班急救司机因为出车费用产生了争议，王勇斌得知情况后亲自来到张先生家中，将事情解释清楚。张先生感动地说："急救中心的领导真的很好，为了这点小事竟然还亲自跑一趟。"

2013年11月，有名云南籍病人需要转回云南治疗，但病人家属对相关转诊费用不理解，导致该病人从晚上10点报警转诊车至凌晨3点还没有出发，值班人员向王勇斌汇报该情况，他正在休息，他没有推脱，穿好衣服冒着寒冷来到患者床边，问明情况。原来患者家境困难，难以负担较高的转诊费用。王勇斌当场按规定减免了患者部分转诊费用，患者顺利踏上了去云南治疗的路。

急救中心的另一名医生叫胡浩，他在2006年考进了上海市医疗急救中心任职。2009年，从网上获悉到赣州市要组建医疗急救中心，急需招聘一些具有丰富急救工作经验及急救技能过硬的急救医生时，他决定辞职，来赣应聘。9月，他成了医疗急救中心的一员。他把在上海急救中心工作中所掌握的知识毫无保留的应用到家乡的医院。

有一次，警铃响起是深夜12点，对方报的是腿部受伤不能行走。为了更快确定患者具体位置，他上车后即马上给对方打电话询问，对方说话语气比较急，说自己不小摔了一跤，现在脚痛得厉害，不能走动。对方是个外地人，对赣州市位置不清楚。他不断安慰患者，并耐心地询问他旁边有无建筑标识或路人。对方一无所知。只知道在贡江护城墙一带的公厕附近。他与司机一起对这附近一带所有的公厕都寻找了一遍，他下车拿着手电筒徒步走进公园每个厕所，半个多小时过去了，毫无所获。司机说，可能是骗人的假报。他说，再找找看。又耐心给患方打了几次电话，对方回答，模棱两可。又一个多小时过去了，还是没结果。只好回报告调度室，最后调度室确认是假报警，他才放心。同事都说早就该收兵。他说：要是真的话，病人得不到及时救助，他多着急啊。

假报之人，听到胡医生这样回答，会有何感想呢？

有位住院患者足部骨折，不能行走，拨打了120电话，要求送回家里。到医院后，胡医生发现只有患者一人。问她有无亲属。她说，家有七十多岁老母亲，腿脚活动不便，不能来。

胡浩医生便主动帮助收拾住院带来的物品，拎上车；又回病房搀扶她上救护车。在路上，问她为什么不叫的士。她说，来时叫的是救护车，接诊的医务人员服务态度都很好，所以出院时，自然想到你们。车行至一个商场时，她想买一点日用品及食物，问胡医生能不能帮忙。胡医生二话没说，和护士去了商场帮助采购。患者家住五楼，胡医生扶着她一步一步走进家里。

这是一次偶遇。一个小孩在玩耍中不慎被木板中的钉子扎伤，生锈的钉子扎进孩子足跟，是贯通伤，软组织肿胀。孩子身边无家长。胡医生立马拨打了119电话。119工作人员给带钉子的木板进行切割时，胡医生陪小朋友闲聊，分散孩子注意力。家长还未来，他不放心，护送孩子入院。当家属赶来医院，孩子已经进了手术室。

胡医生在出诊中遇到没有家属配送的病人多不胜数，如路边车祸与醉酒汉，有时候还会遭到酒醉人员的打骂，他毫无怨言。

又是一次出诊。患者因车祸致脑外伤、双肺严重挫伤、多处肋骨骨折、盆骨骨折。家属要求将病人从崇义县医院转至市人民医院进一步治疗。到达县医院后，胡医生经过检查并看过病历记录后发现患者病情危重，入院当天即上了呼吸机，在县医院治疗了2天并输了血，患者意识尚在昏迷状态，不适合转诊。他本想拒绝家属的转诊要求，但是面对患者家属渴望的目光，加上县医院条件技术有限，最后他还是决定给其转诊。并告知家属途中风险及可能出现的情况，一路上胡浩始终密切注意患者病情变化，病人终于安全送达目的地。

后来，一个病人要转诊南昌，胡医生来医院了解病情时，家属亲切地喊了他的名字，他惊讶。啊，他就是由县医院转来的徐海生，他病情好多了，准备回老家康复治疗。他们信任胡医生，仅此而已。

这是一对夫妻。医疗急救中心成立让他们心动。夫妻俩做出了到急救中心工作的决定，一些人感到不可思议，对于这一选择，有人奉劝，有人觉得好笑。急救工作要快速，有风险，没有时间概念。在医院，在病房，多好。主动权在自己手里。何况，快进入中年了，没必要自讨苦吃，医生护士这职业本来就辛苦，而院前急救工作更是工作时间长、劳动强度大，工作环境远比病房里艰苦。特别是妻子黄旖旎，作为有着近10年护龄的老护士，如果留在病房工作，很快就可以不用熬夜值夜班。然而，面对这些善意的劝说，夫妻俩仍然义无反顾地投奔到急救队伍中。同伴无言。

人生翻开了新的一页。新的工作岗位面临着新的挑战。妻子黄旖旎是急救调度员，罗柠担当急救医生。一切从头开始。为了胜任急救工作，罗柠、黄旖旎夫妇学习、学习、还是学习。丈夫重点在抢救专业上学习理论，技术与新理念；妻子需对城市的地理位置了如指掌，罗柠就利用二人休息时间相伴去三甲医院听学术讲座、参加学术会议，相伴去大街小巷，甚至去偏远的开发区、工业区，目的就是在接到患者拨打120时能迅速反应，明确地点，为患者争取更多的时间。少说，赣州市区每个角落都留下了他们的脚印。难以应对的是外地求救。

有一次，接到在某县级医院电话，请求出车。病者是个刚出生20多天的婴儿。近几天，病情恶化，生命垂危，家属与医院都希望尽快转上级医院。罗柠医生完全理解父母与医生的心情，家长是怕意外，医生是怕纠纷。罗柠以最快速度到达该县医院时，患儿的病情已经进一步恶化，心跳、呼吸极其微弱，成功转送至赣州的可能性微乎其微，患儿家属也一度放弃转送的希望。看着才来到人间20多天的小生命，看着悲痛欲绝的家属，罗柠医生心里明白，如果不转送到市里技术设备更好的医院，婴儿只有一个结局——死亡。在与家属进行有效沟通后，罗医生做出了一个令在场人员都感到意外的决定：立刻转送。罗柠医生也明白，在社会医患关系如此紧张的情况下，这个决定可能使自己陷于很不利的处境，甚至可能引来医疗纠纷。然而，面对生命，罗柠医生首先想到的是责任和医生救死扶伤的职责，只要有一线希望，必须尽百分百的努力。经过近50分钟的转运时间，患儿先后出现两次呼吸、心跳停止，罗柠医生都凭着过硬的技术、熟练的操作抢救了回来，成功转送至上级医院。接诊的住院部医生对罗医生的这次转诊赞不绝口："如果没有你们这次成功的转诊抢救，这个婴儿是没有存活的可能。"

急救中心调度员接到一名患者家属电话，提出要将其父亲用救护车从广州转往江西九江老家的医院，并恳请罗柠医生出诊。调度员不解：广州即不是出发地，也不是目的地，单程近1000公里，为什么舍近求远，要赣州市医疗急救中心出车转送呢？了解后得知，该患者是几个月前由罗柠医生从赣州转送至广州治疗的，当时患者脑干出血，昏迷，消化道大出血，呼吸靠呼吸机维持，生命体征极不稳定，是罗柠医生精心监护，及时处理，成功转送至广州。他待病人的精神给家属留下了深刻的印象。当患者需从广州转回江西老家时，考虑病情重路程远，再次想到罗柠医生。病人为表达自己的感激，送上红包，罗柠拒绝了，说：“心意我们领了，你们看病已经花了很多钱，这钱还是留着刀刃上吧。”

黄旖旎是接警调度员。一次，一位醉酒病人自己拨打120，说话含糊不清，甚至胡言乱语。黄旖旎耐心细致的询问，也无法回答地址及是否需要急救。很快病人自行挂断电话。多次回拨电话过去均无人接听。按照相关制度这个电话可以算是无效报警，是可以不派救护车的，黄旖旎不能错过任何一个可疑的病人。当她通过电信客服查询出这个固定电话是在市郊一个偏僻的乡村却没有详细的地址之后，又打110询问该村的驻地派出所电话，从分管民警到村支书再到分管村干部，挨个询问并拨打他们的电话，每打一个电话她都要不断地重复事情经过以取得信任和帮助，最终在村干部的协助下找到了这个病人。果然，这个病人已经醉酒昏迷。直到急救人员及时赶到后，黄旖旎一直悬着的心才放了下来。

当120急救车从身边疾驰而过，所有人都明白，这是一场生命的接力赛跑。急救120，它是医疗战线的前沿阵地，是生命救助的第一战线。在这场看不见硝烟的战斗中，活跃着一个个反应敏捷、细致认真的急救医务工作者。

在赣州，有这样一个小孩，每次看到马路上的救护车都会特别自豪感喊道：“那是爸爸妈妈救人的车。”他是罗柠、黄旖旎的可爱儿子。

每个居民，面对120，我们该做些，说些什么呢？

生命垂危的病人进了医院，会送进一个叫ICU的科室。中文叫重症监护室。这里是一个由精良的仪器装备起来的科室，各种进口仪器24小时不停地报告着病人的各项体征指标；生命体征监视仪的黑色荧屏上、那个红色的“心”形标记，一刻不停、醒目地闪烁着、跳动着。只要生命尚存一息，它就会一直不停地闪烁、闪烁……

在这里，生命一次次被医务工作者从死神手里夺回。抢救成功的喜悦，感悟生命的真谛融于工作中，生与死左右着他们工作的喜怒哀乐。

瑞金市人民医院杨利勇医生，是他们院地重症医学科的开拓者与领头羊。2009年，他从心血管内科调出，领着2名医生与7名护士赴上级医院进修学学习，负责组建了赣州市第二家、河东片第一家重症医学科。

他上任后的第一位患者是男性中年人，系急性重症出血坏死性胰腺炎。这种病在没有ICU前，死亡率高达95%以上。这时，这位病人已出现昏迷、胃出血、休克、急性肾功能衰竭、呼吸窘迫综合征（ARDS）。唯一的方法是抢救！气管插管、机械通气、深静脉置管、扩容补液、纠正酸中毒、抗感染、肠内肠外营养支持、防治并发症继续发展与扩大。科室初办，血气分析和连续性肾脏代替治疗仪（CRRT）。他自己观察记录，根据酸碱平衡，随时调整呼吸机参数。

第5天，病人开始排尿，第8天升压药开始减量，第13天病人神志开始恢复，第20天撤除呼吸机并拔除气管导管，一个月后，患者转出ICU时。病人的妻子带着2个未成年的孩子“咔嗵”得一声跪在了杨主任的面前！此情此景，无人不为之动容！挽救了一个生命，挽救了一个家庭！有ICU，好啊！

杨利勇经常没日没夜守在病人身边，道理简单，他说：就像我们在化学实验室调酸碱平衡一样，一点点调到PH是7的状态。在ICU里，所有的治疗都是滴定式的，给药要一点点调，呼吸机也要不断调，其他的生命支持都要根据病人的情况不断调整。所以，ICU的工作都是即时的，也是实时在线的。来到ICU的病人就像是在走钢丝，如果走的歪了又没及时发现，病人就会倒下去。我们要做的就是时刻注意病人的病情走向，连续性地去帮助纠正，使其朝着好的方向走着。

“ICU是生命的最后一道防线，也是医院的墙角，病人到了这里就无路可退，因为墙的另一边就是‘太平间’。医生不能轻易对病人家属摇头，不能轻言放弃。”

那是春节前夕，一名带着呼吸机的年近九旬高龄病人从广州转回来，该病人系严重的慢性阻塞肺疾病、肺部感染合并Ⅱ型呼吸衰竭、感染性休克。在广州大医院住了一月余，始终无法撤除呼吸机，专家跟家属交代病人基本上不可能撤除呼吸机了，今后可能要长期在病房带机生存。家属为了满足病人不客死异乡的愿望，冒着巨大风险千里迢迢把病人转回家乡，交代医生只需维持到春节过后就放弃治疗。病人刚转入时，全身极度消瘦、衰竭，双肺满布湿罗音、脓性分泌物不断从气管切开处喷出，血压需靠升压药维持。杨利勇总觉得病人还有一线希望，于是和同事们经过认真的研究，进行抗休克、抗感染、抗真菌、免疫调节抑制炎症反应等治疗，从年三十到正月十五，杨利勇每天详细地诊查病人，亲自用床旁纤支镜反复为病人吸痰，协助护士翻身拍背、机械排痰加强引流、调整呼吸机参数，不断调整治疗方案。元宵节过后病人竟慢慢撤除了呼吸机。

正是这种“永不放弃”的坚定信念，让一位反复出现7次心搏骤停的急性心肌梗死病人获得重生。

杨利勇有他到经典医生语录：ICU主任最怕什么时，“最怕ICU没有人情味，最怕ICU全是机器声。‘别忘了一个微笑胜过一片安定，一个抚摸就是强心剂’。ICU医生更多的关注先进的医疗技术，试图用高科技打败疾病。就像美国发动伊拉克战争，试图用现代化的武器装备打赢伊拉克战争，但实际上它不是万能的。ICU也是一样，靠高科技也没办法把全部的生命都救活。我们不仅要做CURE（治疗）还要做CARE（关怀）。我最害怕ICU冷冰冰。”

医学上有个统计，在入住ICU的患者中，有60%以上都会对ICU产生恐惧、排斥、甚至谵妄。为此，内心始终激荡着对患者、对生命热爱的杨利勇，要求团队的每个成员对在病痛中的病人应该是雪中送炭，而不是雪上加霜。无论遇到性格暴躁、挑剔苛刻还是自暴自弃的患者，都要做到和风细雨、耐心细致、尽量满足病人的愿望，以家人般相称呼，不断给病人鼓励，不断给病人希望，让病人树立战胜病魔的信心。

有位曾经入住过ICU的老者，后来每次病情复发来医院不管轻重都要求直接入住ICU，别人问他为什么，他说：“他们把我当自己的爷爷！”

有一名病人家属，不断找朋友、找领导打招呼，不断打电话甚至私下想给杨利勇塞红包，希望亲人在ICU得到关照。由于不堪其扰，杨利勇让他穿着工作服跟着自己在ICU内体验了两个小时，出来后这名家属心悦诚服，放心地把亲人留在

ICU。

有成功必然也会有失败，每次面对逝去的生命，杨利勇总觉得自己背负了一个十字架，他把这些十字架看成是对自己的一种鞭策。

为了更好地与病人沟通，杨利勇设计了图板，自行创造了简单的手势并不断改进，教会病人帮助病人表达自己的要求，在实际工作中取得广泛的应用。五年来他所率领的ICU抢救危重病患者近2000例，康复率达到80%以上，科室参与了近年来瑞金市大多数重大公共卫生事件的处置，在群体中毒、重大火灾、重大车祸、重症手足口病、禽流感防控等公共事件中都能看到他忙碌的身影。

2005年，赣州市首家综合性ICU在赣南医学院第一附属医院成立。在科室主任朱宏泉带领下已成为全省四个重症医学重点专科之一。科室从2005年时仅有6张简陋病床，发展到如今三个病区、45张病床，每年收治危重症病人近2000人次，抢救成功率达90%以上，为老区的急危重症救治事业撑起了一片蓝天。2009年创建的医疗急救中心，以及市120急救中心都挂靠在赣南医学院第一附属医院。

2015年2月，当年江西省确诊的首例H7N9禽流感患者，在赣医一附院重症医学科经历了惊心动魄的13天。

入院时，患者蓝先生由于严重病毒感染诱发重症肺炎，面临呼吸衰竭和多脏器衰竭。医院全力配合省、市专家会诊。通过呼吸机支持、抗病毒治疗、脏器保护，病人的感染情况得到遏止，生命体征恢复，最终痊愈出院。

19岁的建筑工人小唐，在兴国县施工期间受重伤。送入当地医院时生命垂危，诊断为多脏器功能衰竭，胸、腹、骨盆多处外伤、失血性休克。朱宏泉三去兴国医院会诊，待生命体征稳定后将伤者转至一附院重症医学科。经过一个多月精心救治与护理，小唐痊愈出院，未留下后遗症。

兴国县一村庄突发一起民事纠纷，两村民发生冲突，一人农药中毒，生命垂危。当地医院ICU条件有限，向赣医一附院求援。接电话时已深夜，朱宏泉立即驱车赶往兴国紧急抢救患者，指导开展后续救治，挽回了患者生命。

急危重症医学的医生永远是与死神争夺生命战斗中的主力军。

ICU永远是病房与太平间的隔离墙。

中国的肿瘤病人与日俱增。中国肿瘤病人的特点是大多是晚期发现，导致治疗后生存率低。例如肺癌，北京市确诊的肺癌80%以上都是中晚期，治疗效果很差；欧美早期发现肺癌患者约占总肺癌患者50%。治疗后生存率自然高得多。

如何解决这个问题？

赣州市肿瘤医院开始了这项工作。每月至少组织专家开展一次免费义诊深入社区乡村，为群众宣教预防与自我警惕发现肿瘤地基本常识。自2011年起，共开展义诊宣教活动70次，惠及8000多人；2016年，开展活动12次，服务了1100余人次。帮助老百姓了解了常见肿瘤早期症状、远离肿瘤的健康生活方式以及肿瘤防治“三早”理念等。

近两年，承担赣州市肿瘤规范化诊疗巡讲任务，深入赣州十八县（市），为各县（市）县级医院及乡镇卫生院医务人员宣讲肿瘤规范化诊疗知识，普及肿瘤预防与筛查适宜技术。基层医务工作者肿瘤防治水平的提升有效促进了肿瘤疾病的早期发现，2016年约有40名患者在乡镇卫生院被怀疑是患有肿瘤疾病，转入赣州市肿瘤医院，得到确诊。在每年的全国肿瘤防治周期间，减免费用为群众筛查。2016年，“两癌”免费筛查，316人参与了活动，其他肿瘤筛查减免一半费用，125人参与了活动，并在活动中筛查出早期肿瘤患者3人。

章贡区的郭金岚，45岁。她得知赣州市肿瘤医院在第22届全国肿瘤防治宣传周期间将举行乳腺癌、宫颈癌免费筛查公益活动，报名参加了。在乳腺癌的钼靶筛查中，发现了异常钙化灶，考虑乳腺癌可能。她很疑惑：“癌症不是要有肿块吗，我乳房并没有肿块怎么会有乳腺癌呢？”

乳腺科主任叶永强给她解释：乳腺癌是女性最常见的恶性肿瘤，多发于40岁以上的女性；乳腺癌早期一般并无任何症状，也往往无可触及的肿块，一旦发现肿块往往已经不是早期；乳腺癌钼靶筛查是发现早期乳腺癌行之有效的方法，对40岁以上女性，特别是有高危因素的女性，定期行乳腺癌钼靶筛查是重要的一级预防措施，可以使乳腺癌得到早期发现、早期诊断及早期治疗，提高乳腺癌的治愈率。

术后的最终病理报告为“原位癌伴微浸润”，非常早期的一种癌症，术后无须化疗，保留乳房。郭金岚高兴地说：“得了乳腺癌不幸，幸运的是，参加了筛查活动，及时发现，及时治疗，否则……”

43岁的刘素珍是瑞金市患者，她参与了赣州市肿瘤医院开展的义诊宣讲活动，进行常规体检，做了乳腺钼靶检查。医生触诊却未扪及包块，乳腺彩超检查也未发现异常，医生建议她做一次乳腺钼靶导丝定位穿刺并行切取活检，病理结果是导管原位癌。刘素珍做了病灶切除，既保乳又不需要做放化疗，达到好的疗效。还节省了大笔医疗费用。

早期发现正是每个肿瘤医生希望做到的事。但在肿瘤病人不断增多的当下，医生治疗都忙不过来，何以筛查？

又回到了那四个字，健康素养。

提高健康素养，迫在眉睫。

大医院人满为患的原因就在于许多慢性病的预防与治疗也挤进来医院大门。赣州市社区预防保健治疗工作提供了一个典范。这是一组社区医生工作的剪影，尽管是碎片，却可以拼出美丽的图案。

吴诗平是赣江社区卫生服务中心副主任，主治医师。

1990年从赣南医学院临床医学专业毕业后，一直在赣江社区卫生服务中心从事社区医生工作。2009年我们国家开始实施全民公共卫生均等化服务，公共卫生服务均等化是国家深化医药卫生体制改革的重要工作。他明白，工作来了，自己肩上的担子重了。那就是如何发挥社区防病治病的作用。

家住厚德路21号85岁的周有仔老人，患有老慢支伴心功能不全3级，一直是他的慢病管理对象。一天，她突发头痛，全身不适，晕倒在地，其女儿随即打电话给吴诗平医师。他立刻赶往患者家中，发现病人急性心衰，经他及时处理后病人转危为安，经过一个多月的上门精心治疗、护理，患者病情得到了有效的控制。

曾传伟，男，2003年毕业于宜春学院医学院全科医生专业。一日，一家属带一患儿来社区就诊。家属诉患儿近一日发热、拒食。曾传伟医师详细询问患儿病史及对患者的体格检查，判断为手足口病，要求其转至定点医院进一步诊断。家属不以为然，坚称不可能得手足口病，见此情形，曾医师进一步说，鉴于患儿口腔多处溃疡，导致拒食、流口水，但家属还是认为患儿病情没那么严重，无须小题大做，拒绝到上级医院治疗，曾医师再三进行耐心解释手足口病不同于普通感冒，病情变化较快，有可能并发肺炎、脑炎危及生命，此时患儿家属终于理解了曾医师的良苦用心，同意转院。可是家属要去有熟人的非定点医院，曾医师耐心地向其讲解传染病相关法律法规，要求患儿家属同意转往定点医院诊治。当患儿平安出院后，家属找到他，深表感谢。是传染病啊，如果继续在家，在社区，害人害己啊。

一日，在与一高血压居民交流中曾传伟医师得知，居民年龄仅40余岁，有家族性高血压，此前血压一直是160~170/90~100mmHg，且常有头晕感，一直不规律服用降压药，效果不佳。对此，曾传伟医师认为该居民存在以下问题：首先对高血压危害认识不足，其次是血压控制不好可能为不正确不规律用药习惯。考虑到该居民目前情况，曾医师对其进行有针对性科普教育。慢慢他为曾医生的真诚感动了，自己也看看书，按规矩服药，血压降下来，稳定住了。从此，他对曾医师非常信任，遵医嘱服药、监测血压，头也不晕了。方知自己在轻视生命。热爱生命不是胡吃胡喝，而是科学的呵护自己。医学教育在社区就这样深入人心。

郭祢来毕业于南昌大学医学院医学临床本科。2010年，赣州市章贡区公开招聘，他考进了社区卫生服务中心。2011年10

月8日，赣州市章贡区卫生局成立6支家庭医生医疗服务队，他是全科医生医疗团队队长，从事家庭医生医疗服务。国外家庭医生就叫全科大夫，以家庭医疗保健服务为主要任务，提供个性化的预防、保健、治疗、康复、健康教育服务和指导，使居民足不出户就能解决日常健康问题和保健需求，得到家庭治疗和家庭康复护理等服务。

他这样开始了工作。一位73岁的钟信志老人，10多年前中风后一直瘫痪在床，2015年3月不幸又降临到老人身上，他不小心摔倒在地致右股骨颈骨粗隆骨折，手术后，发生严重排异反应，需要经常到医院去换药。老人行动不便，一动伤口就痛，郭祢来和护士肖怡来到了他家，每天坚持上门帮助老人清理伤口、换药、打针，并指导老人进行康复训练。

钟信志翻身时不慎磕破了伤口，他马上打电话给郭祢来医师。当时，正在下雨。但打电话十分钟后，郭祢来全身湿透地来到老人跟前为他换药，经过近两个月的努力，老人逐渐康复，现在可以拄着拐杖独立行走了。

赣州市东方胜景小区10栋208号邱邑应老人的家，已是古稀之年的邱邑应2003年患上了帕金森综合征。2009年，他患上骨质疏松症后行动日益不便，住楼房的他每次要上医院很困难。自从去年7签订了家庭医生式服务协议之后，郭医生他们半个月就会来一次，有时遇到突发情况，只要打个电话，郭医师就会马上赶到。每次都拿出随访手册，把病人的症状、用药情况都详细记录下来。

在中国赣州网上这样写着：一个药箱、一辆电动车、一本家庭医生手册，是他的全部装备；和蔼的微笑、精湛的技术、贴心的服务，是他取悦于民的法宝。他奔走于赣江片区的大街小巷。用社区居民郭玉英话来说："以前康复治疗只能去医院，现在只要我们一个电话郭医师就会上门为我们诊治。还常常在我们小区义诊。这是我们以前想都不敢想的事。"

如今，郭祢来的事迹已被中国新华网、中国日报网、江西日报网、广西日报网、和讯网、中国网络电台、中国广播网、中国新民网、赣南日报等多家报社报道。

其实，并非他一人，这群全科医生都是赣州居民的"健康管家""健康守门人"。他们正用青春呵护赣州百姓健康，提高百姓健康素养。

健康赣州建设，他们在行动。

***威胁每一个中国人的肿瘤与慢性病**

提高健康素养，推动健康行动，中国有话要说。

2016年11月18日（周五）上午9:30，在北京西直门办公区2号楼1层新闻发布厅。国家卫生计生委在此召开新闻发布会。

发布会的内容就是介绍《关于加强健康促进与教育的指导意见》有关情况健康促进的目的，最终是要提高全民的健康素养。

健康素养是指个人获取和理解健康信息，并运用这些信息维护和促进自身健康的能力。居民健康素养评价指标纳入到国家卫生事业发展规划之中，作为综合反映国家卫生事业发展的评价指标。

公民健康素养包括了三方面内容：基本知识和理念、健康生活方式与行为、基本技能。健康素养是社会文明的标尺。提升健康素养是解决我国人民群众健康问题的首选策略，健康素养综合反映个人整体健康自我管理能力和健康素质的提高。

全国居民健康素养水平从2008年的6.48%上升至2015年的10.25%。

2016年，国家卫生计生委在健康数据发布会上发布的数据显示，目前全国居民健康素养水平仅为9.48%，即我国个人获取和理解基本健康信息和服务，并运用这些信息和服务做出正确决策的人口比例为9.48%。

到2020年，希望全国居民健康素养水平将达20%。

随着经济发展和人们生活水平的迅速提高，人们在尽情享受现代文明成果的同时，文明病，即生活方式病日益流行，越来越多。食品安全，环境空气污染，饮水不洁，生活不良习惯导致的疾病与时剧增。卫生问题导致的医疗事件层出不穷，生活水平提高，生活质量反而不断下降，健康反而受到威胁，局部地区平均寿命反而在下降。

中国人不断遭到慢性病袭击，不重视预防，不重视早期发现，忽视或拒绝早期治疗，已经严重影响中国人的身体健康，耗费大量的社会医疗资源和医疗费用，因病致贫会卷土重来。如何让人们生得优、活得长、不得病、少得病、病得晚、提高生命质量、走得安已经成为人们关注的焦点。新的健康理念已是中国人的内心期盼。

倡导一种健康的生活方式，不仅是治病，更是治未病。把疾病消除在萌芽状态中，提高身体素质、减少痛苦，做好健康保障、健康管理、健康维护；帮助百姓从透支健康、对抗疾病的方式转向呵护健康、预防疾病的新健康模式，营造一个健康的环境，让良好的健康习惯进入千家万户。这就是健康促进与健康素养工作要担负的责任。

中国癌症发病率和死亡率在攀升，癌症是中国最主要的死亡原因，已成为非常重要的公共健康问题。

世界癌症报告估计，2012年中国癌症发病人数为306.5万，约占全球发病的五分之一；癌症死亡人数为220.5万，约占全球癌症死亡人数的四分之一。

2015 年我国癌症新发病例数及死亡人数分别为 429.2 万例和 281.4 例，相当于平均每天 12000 人新患癌症、7500 人死于癌症。

全球约 22% 的癌症新发病例及 27% 的癌症死亡病例均发生在中国。

农村地区的癌症发病率（213.6/10 万人）和死亡率（149.0/10 万人），明显高于城市。

十大最常见癌症分别为：肺癌、食管癌、胃癌、结直肠癌、肝癌、乳腺癌、宫颈癌、甲状腺癌、脑肿瘤、胰腺癌。肺癌是发病率、死亡率最高，

男性五大最常见肿瘤依次为肺癌、胃癌、食管癌、肝癌和结肠癌。

女性五大最常见肿瘤依次为乳腺癌、肺癌、胃癌、结直肠癌和食管癌。

今后20年，我国癌症的发病数和死亡数还将持续上升：根据国际癌症研究署预测，如不采取有效措施，我国癌症发病数和死亡数到2020年将上升至400万人和300万人；2030年将上升至500万人和350万人。如何遏制？责任不仅在医院，不仅在医

务工作者。

治疗后生存率低：30%左右，不及欧美一半。原因在于我国癌症发现较多处于中晚期。因为百姓对癌病知晓率很低。

第三次全国居民死亡原因调查结果显示，我国城乡居民的肿瘤死亡构成正在发生变化，与环境、生活方式有关的肺癌、肝癌、结直肠癌、乳腺癌、膀胱癌死亡率呈明显上升趋势。死亡率：乳腺癌上升96% 肺癌狂飙465%。

中国抗癌协会科普宣传部部长、北京宣武医院胸外科主任支修益形象地比喻肺癌为：被烟气、大气、油气、生气等"气"出来的病。

癌症早期，尚无明显症状，因健康意识不强，病人不会去医院。一旦症状严重，往往都到了晚期。

中国亟须向肿瘤宣战。

另外，慢性病正在向中国健康发起挑战。我国慢性病发病率迅速上升，并呈现年轻化趋势。目前明确诊断的慢性病患者超过2.6亿人。慢性病占我国人群死因构成的 85%、疾病负担的 69%。慢性病给家庭生活、卫生服务系统和公共财政带来了巨大压力，对低收入人群的影响尤为严重，已经成为严重的公共卫生问题和社会问题。

我国 18 岁及以上居民高血压患病率为18.8%，估计全国患病人数1.6 亿多。农村患病率上升迅速。

我国 18 岁及以上居民糖尿病患病率为2.6%，空腹血糖受损率为 1.9%。估计全国糖尿病现患病人数 2 000 多万，另有近 2 000 万人空腹血糖受损。城市患病率明显高于农村。

我国成人超重率为 22.8%，肥胖率为 7.1%，估计人数分别为 2.0 亿和 6 000 多万。大城市成人超重率与肥胖现患率分别高达30.0%和 12.3%，儿童肥胖率已达 8.1%。

我国成人血脂异常患病率为 18.6%，估计全国血脂异常现患人数 1.6 亿。城乡差别不大。

我国城市居民膳食结构不尽合理。畜肉类及油脂消费过多，谷类食物消费偏低。脂肪供能比达到 35%，超过世界卫生组织推荐的 30%。城市居民谷类食物供能比仅为 47%，明显低于 55%～65%的合理范围。奶类、豆类制品摄入过低仍是全国普遍存在的问题。

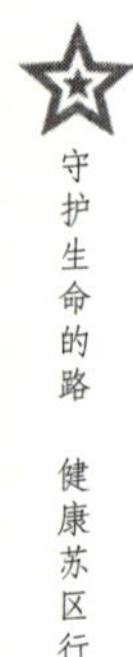

儿童营养不良在农村地区仍然比较严重，5岁以下儿童生长迟缓率和低体重率分别为17.3%和9.3%，贫困农村分别高达29.3%和14.4%。生长迟缓率以 1 岁组最高，农村平均为20.9%，贫困农村则高达34.6%，铁、维生素 A 等微量营养素缺乏是我国城乡居民普遍存在的问题。我国居民贫血患病率平均15.2%；2岁以内婴幼儿、60岁以上老人、育龄妇女贫血患病率分别为 24.2%、21.5% 和 20.6%。3～12 岁儿童维生素 A 缺乏率为9.3%，其中城市为3.0%，农村为11.2%；维生素 A 边缘缺乏率为45.1%，其中城市为29.0%，农村为49.6%。全国城乡钙摄入量仅为 391 毫克，相当于推荐摄入量的 41%。

未来10年是我国防控慢性病的关键时期。为了避免慢性病发病出现“井喷”开展全民健康教育和健康促进，提高健康素养，迫在眉睫。

慢性病呈现“井喷”状态，原因何在？如何应对？

同样是知晓率低。

高血压、糖尿病是可防可控的疾病，关键是要及时发现高危人群和患者，积极采取生活方式干预等综合防控手段。约80%的早发心脏病、脑卒中和Ⅱ型糖尿病以及40%的癌症可以通过改变生活方式加以预防。

吸烟、过量饮酒、不合理饮食、活动不足是威胁健康的四大行为危险因素。

我国现有吸烟人数超过3亿人，15岁以上人群吸烟率为28.1%，其中男性吸烟率高达52.9%，非吸烟者中暴露于二手烟的比例为72.4%。

2012年，全国18岁及以上成人的人均年酒精摄入量为3升，饮酒者中有害饮酒率为9.3%，其中男性为11.1%。控制有害饮酒有助于降低肝脏疾病、胰腺疾病、心脑血管疾病、癌症等发病风险。

传统饮食中，高盐、高脂问题依然突出，很多居民对此不以为然。令人担忧的是，我国成年人经常锻炼率只有18.7%，社会转型期工作、生活节奏加快所带来的心理等压力也对健康造成了负面的影响。

针对危险因素，采取综合干预措施，是慢性病防控的最佳手段。

未来需要政府以及社会各机构层面的共同努力，通过控制慢性感染，推动早期检测和管理来控制胃癌（幽门螺旋杆菌）、肝癌（乙型肝炎病毒和丙型肝炎病毒）、宫颈癌（人乳头状瘤病毒）等多种癌症；通过控烟，治理环境（空气、土壤、水源），降低城乡癌症发病差异，控制肺癌等多种癌症的发病。

包括通过有针对性的政策变化和投资，增加农村基础医疗保健及健康服务的可用性，开展癌症普查工作。实施初级预防计划，对空气和水污染的立法与执法，有效的烟草控制、增加诊断筛查的效果和覆盖面，对控制国人癌症发病与慢性病发生发展都是非常关键的问题。只有政府与每个人积极参与和行为改变，才能真正做到“我的健康我做主”。

2016年11月18日，第九届全球健康促进大会在上海召开。

全球有1124名代表参会，包括世界卫生组织各成员国代表，一些国家的卫生部或者是其他健康相关部门的部长参会，全球100多个健康城市的市长，还有国际上健康促进与可持续发展的专家与学者。要继续推动把健康促进融入今后的全球可持续发展工作中。

公民的健康素养是健康促进工作非常重要的内容，也是健康促进的重要环节。这次大会第一天讨论并且通过的《2030可持续发展中的健康促进上海宣言》和《健康城市上海共识》，其中《2030可持续发展中的健康促进上海宣言》是大会文件，大会的主题是“2030可持续发展议程中的健康促进”，《2030可持续发展中的健康促进上海宣言》将重申健康促进对于可持续发展的重要意义。

党中央吹响了健康中国建设集结号，提出要把人民健康放在优先发展的战略地位。

推进健康中国建设，是我们党对人民的郑重承诺：健康中国“将健康融入所有政策”“人民共建共享”“各级党委和政府正把这项重大民心工程摆上重要日程，强化责任担当，狠抓推动落实。”

健康促进建设已迈开步伐，健康意识传播已见硕果。

健康促进不停息，健康素养在提高。将健康融入了所有政策，健康中国建设必将更加辉煌，健康之花必然愈加灿烂。

尾　声

此曲只应中国有

健康赣州，健康建设，造福后代，这是留给后代的记忆。

记忆能激化深情，记忆能激发厚爱。支持赣南原中央苏区振兴发展，支持赣南原中央苏区卫生事业振兴发展，缩小与发达地区的差距一直是赣南人民所期盼的，一直为党中央所关注的。国务院的《若干意见》，卫生部的《实施意见》下达过去三年多了，赣南18个县（市区）发生了实实在在的变化，这些变化在扩大深入，惠及越来越多的百姓。

《若干意见》出台实施以来，赣州共获中央卫生计生专项资金69亿多元，安排建设项目765个，安排国家贫困地区儿童营养改善等先行先试项目6个，赣州市被列为全国幸福家庭创建试点市。

幸福不是安排的，不是给予的，幸福感与社会保障密切相连。建设幸福赣州就是要更多的人共享发展成果，特别是低收入群体，生活困难群众同步分享发展成果。

2013年，赣州市民政局乘赣南苏区振兴发展和罗霄山脉片区扶贫攻坚两股春风，争取到了重大项目，获得资金9.1亿元，用来推进城市低保、农民低保、精减退职老职工的救济、农村五保集中供养、农村救济等。全市累计救助11.8万人次，救助资金2.29亿元，全年高龄补贴资金为1.3亿元，全市开工建设“三院”项目81个，总投资3.67亿元。新增养老床位3000张，全市新增16个农村老年人颐养之家，19个示范性居家养老服务中心，新建215个农村幸福院项目，3个县建成未成年人儿童救助站，创建26个全省精品农村社区点。

全市养老、医疗、工伤、生育、失业五项社会保险参保人数158.56万人，基金征缴43.18亿元，全市参加调整基本养老金的退休人员169870人，人均月增工资162.22元，人均月养老金增至1407元，全面实现参保居民住院医疗费用实时结算。

2013年，赣州市为131万名义务教育阶段学生免除学杂费、教科书费，为9.8万名义务教育阶段经济困难的寄宿生发放生活费补助，全年“两免一补”资金达到9.5亿元，发放非义务教育阶段家族贫困生补助1.22亿元。

2013年，落实校建资金20.16亿元，改、扩、新建校舍91万平方米，大力推进农村义务教育学生营养计划，累计投入资金6.09亿，共有2800余所农村中小学中的70余万名学生受益。

实施农村中小学都是周转宿舍建设工程，累计投入1.08亿元，新建周转宿舍2294套，一个乡镇建一所公办中心幼儿园。使农村中小学工作生活条件得到明显改善。

在赣州，有三位参加过长征的老红军，他们真没想到在近百岁的晚年，阅读了这两份文件，看到了习近平总书记提出的"使苏区人民过上富裕幸福的生活"目标的文字，感受到了赣南巨变，见证了历史走到这个节点上的闪光。

一生多少次与死神擦肩而过，遇见过多少喜怒哀乐之事，面对世事，已是等闲视之。唯对党的事业忠贞不渝，只增不减；深沉的乡情，只浓不淡。他们读完了这两份文件后激动不已。看到了赣州市委派出10万干部下乡，不禁想起当年兴国唱过的"苏区干部好作风"的山歌，禁不住想唱几句，送给扶贫的干部。

吴清昌老人，会昌县清溪乡人，1914年10月生。

王承登，原籍兴国县城岗乡人，1915年7月生。

钟明老人，于都县人，1916年1月生。

他们都是在1930年参加红军的"红小鬼"。钟明老人最小，当兵时14岁，吴清昌最大，当兵时也不满16岁。长征时，他们刚够选举资格。

钟明老人说，一起过于都河的红军8万多人。湘江一战，牺牲了一半，过雪山草地又死了不少。我真没想到，我还活着，活着回到于都，活到看到赣州、于都发生了天翻地覆的变化。我们是幸存者。我老家村民都用上了自来水、太阳能，修起了楼房，水泥公路铺到了门口，农村还有了健身娱乐场所。回想当年，自带干粮，艰苦长征，枪林弹雨，生死置之度外，不就是为了今天嘛。我们一定要珍惜今天，牢牢把握好发展机遇。有党中央国务院大力支持，赣南人民一定能够和全国人民一道迈入小康。

那天，吴清昌正好100岁。每年他都要回会昌老家一两次，他看到数十万老表告别了土坯房，盖上了新楼房，房里还有电灯电话电视机，脸上笑开了花。

百岁老人思维清晰，言辞清楚地说：我坚信只有坚持群众的积极性和创造性，获得群众的最大拥护和支持的赣南明天会更好。

王承登老人看到家乡巨变，禁不住想给习近平总书记写一封信。老人真的动笔了，他口述，小儿子王建国执笔。

习近平总书记：在您的关怀下，中央出台了《支持赣南等原中央苏区振兴发展的若干意见》，给了我们好政策，老百姓得到很多实惠。如今，乡亲们住进了新砖房，吃上了干净的自来水，家家户户看上了电视，用上了电脑，过上了好日子。想当年，我们跟党闹革命，就是为了让子子孙孙过上好日子。看到赣州翻天覆地的变化，我心满意足了，是您帮我们圆了梦。

他在信里还表达了自己的想法，一是希望国家加大对赣南茶油等扶贫产业的支持；二是当年参加长征，现在仍在赣南的老红军还有3位，都100多岁了，希望有生之年能请总书记到赣南走一走，看一看。

信是3月2日写好的，托人带给习近平总书记，没想到3月6日习总书记在全国两会上，参加了江西代表团的审议，审议时总书记拿出了王承登老人的信，与代表共话老区发展。

让王承登老人感到遗憾的是，他托人送信同时还给习近平总书记送去了两瓶兴国产的茶油，习近平总书记婉言谢绝了。

这小小的礼品只是代表赣南苏区老红军和老表对中央和习总书记的感激之情。

派调研组来帮助赣南油产业发展，习总书记牢牢记住了，承诺了。两瓶茶油却静悄悄地送回了赣州。

时代大潮滚滚向前，两瓶茶油只不过是时代潮流中一朵微不足道的浪花。有如春风细雨，随风入夜，润物无声。在振兴赣南，健康赣州建设的进程中留给干部一个思考，也给后人留下一段佳话。

经枪林弹雨三位老人都已进入百年。花甲、古稀、米寿、白寿，哪个中国人不想活到百岁？

当下，赣州市共有百岁老人344人。分布与赣州18个市、县、区。排序为瑞金市 42人，章贡区31人，兴国县29人，南康区28人；于都县25人；信丰县23人；龙南县21人，寻乌县19人；赣县18人；宁都县18人，会昌县16人；安远县13人；定南县12人；全南县12人，赣州经开区11人，大余县10人；上犹县6人，崇义县和石城县，各为5人。

希望十年以后，二十年以后百岁寿星与年俱增，他们享受健康素养，见证健康素养。健康中国建设就是为此而生，为此而建。

他们一定能见证时代的一切。

我们的国家，我们的党不忘初心，一次次集中人力、物力、财务，把贫困地区向发达地区拉近，再拉近。

三年过去了，振兴发展不是这三年的事，是长期的事；小康、健康不是一阵子的事，是一代人又一代人不断奋进的事。一些工作似乎在结束，一切工作其实是刚开始，一些工作在落幕，一切工作才响起集结号，今天是昨天的结束，明天是新的一天的起点。

呵护生命，永远在路上。

呵护生命，小康健康，这是留给后代的清醒记忆，像井冈杜鹃，像长征源的活水，红色、绿色，今朝更好看……

后　记

健康只有唯一，没有之一

能把这本书写完有两个原因。

其一，四十五年前我曾在赣州工作，几乎走遍了赣南十八个县。那时，去的都是公社卫生院、村卫生所。医疗队工作内容是采草药、在乡卫生院初诊看病、手术。记忆犹新的是在石城县大由公社卫生院，手术做到一半，屋顶泥沙往下掉，虽然有预防，手术台上系了塑料薄膜，但如果继续掉，泥沙过多、过重，薄膜细绳承受不了脱落，患者伤口就有掉进泥沙的可能。我们只好把病人抬开。那时这样做，叫学习老前辈——“苦不苦，想想二万五；累不累，想想老前辈。”“有条件要上，没条件创造条件也要上。”我感受过农村卫生工作的艰难，崇义县的过埠、赣县的韩坊桃江、安远县三百山、宁都的梅江常在梦里。后来我又去了兴国县、瑞金县（现瑞金市）、大余县、广昌县、上犹县等地。到龙南参观围屋，到信丰县登油山……赣州是我的故乡，不老的梦。早就想写赣州，以报答给我青春放飞的地方。

在我准备接受写作时，我妻子病情逆转，我不得不守在她身边。她是一名老兵，16岁穿上军装，25年军龄，军人的性格，军人的意志，她不愿靠药物维持生命，她对生命充满敬仰和敬畏。如果是这样以药物维持，不如选择告别（这真是残酷的选择）！

她对我说：我失去了生命的质量，你也耗了进来，这是极不公平的事。生命就是生活，不能生活叫什么生命?

她躺着，静静地躺着。不吃不喝，拒绝任何治疗，平静地等待那个时间的到来。她不需要我拥抱，不需要多余地安抚。“你去干你喜欢的事吧，我只不过是提前离开家。”她说。

我只能含着泪水，望着她。她是军人，她不流泪，也不喜欢我流泪。“活着要开心，离开不要痛苦。你也不要痛苦哈！”我默默地默默地点头。

在赣州的日月，是我们青春的岁月，我们携手走过赣江浮桥，登过八景台；她在五云桥公社出诊，我周末去陪伴。大热天，我爬峰山去大埠出诊，她为我煎好油饼，我们一起随访病人，走访老红军。一切恍然就在昨天。留她不住，她执意走了，在八月，纪念军人的日子里走了。

那一个月的那天，是我们相识整整六十周年的日子。我清晰地记得，六十年前，她穿着绿色的裙子，小短辫。我们同窗三年，毕业后，她戴上了军帽，我继续升学。在阳光下，我们长大。人生在不经意的日子里，我们又走到一起了，一起到了赣州。说好了，老了，再携手，再看江水北去，再走浮桥……她走后，当我一个人在赣州采访时，我总觉得，她在我身边，陪伴着我。

疾病夺走了她，她哪天会回呢？

我三去赣州，两去于都。我也记住了这句话，健康没有之一，只有唯一。

健康促进，健康素养，全民的需要！

健康真好，健康可以承诺我们白头到老，可以承诺我们走进百年。没有了健康就没有了一切。

她不回来，我就去，我不能忘记自己的承诺。在等待去她那里的日子，我还得工作。完成这本书是工作之一。

感谢江西省健康教育与促进中心主任邹志江同志的信任，感谢《江西卫生报》编辑部副主任戴岳华同志的陪同，感谢赣州市卫计委廖茂铮同志的陪同与支持，是他给我提供了大量的材料，使我有了许多选择。还要感谢接受我采访的人，他们的事迹可歌可泣。健康苏区，健康中国。我愿为中国健康鼓与呼。为健康中国建设的同行们不停地点赞：你们辛苦了！

2016年11月29日爱妻告别纪念日